Epinícios e Fragmentos

PÍNDARO
Epinícios e Fragmentos

Introdução, tradução e notas
ROOSEVELT ROCHA

Copyright © 2018 Kotter Editorial
Direitos reservados e protegidos pela lei 9.610 de 19.02.1998.
É proibida a reprodução total ou parcial sem autorização, por escrito, das editoras.

Coordenação editorial: Sálvio Nienkötter
Editores-assistentes: Raul K. Souza e Valsui Júnior
Projeto gráfico e editoração: Bárbara Tanaka
Capa: Cleber Orsioli
Produção: Cristiane Nienkötter

Dados Internacionais de Catalogação na Publicação (CIP). Andreia de Almeida CRB-8/7889

Píndaro (517 a.C-438 a.C.)
   Píndaro: epinícios e fragmentos / Píndaro ; tradução, introdução e notas Roosevelt Araújo Rocha. –- Curitiba : Kotter Editorial, 2018.
   496 p.

ISBN 978-85-68462-89-8

1. Poesia clássica I. Título

CDD B869.1

Texto adequado às novas regras do acordo ortográfico de 1990, em vigor no Brasil desde 2009.

Kotter Editorial Ltda.
Rua das Cerejeiras, 194
CEP: 82700-510 - Curitiba - PR
Tel. + 55(41) 3585-5161
www.kotter.com.br | contato@kotter.com.br

Feito o depósito legal
1ª edição
2018

Sumário

Epinícios e Fragmentos

7	AGRADECIMENTOS
9	INTRODUÇÃO
55	BIBLIOGRAFIA
75	OLÍMPICAS
157	PÍTICAS
243	NEMEIAS
303	ÍSTMICAS
347	FRAGMENTOS

AGRADECIMENTOS

Agradeço primeiramente à Capes, pela concessão da bolsa de pós-doutorado que me permitiu passar um ano em Paris, junto à École des Hautes Études en Sciences Sociales, frequentando as bibliotecas do Centro Gernet-Glotz e da École Normale, onde pude trabalhar de modo muito proveitoso.

Um agradecimento especial vai para o professor Claude Calame, que me recebeu com enorme gentileza e me prestou o auxílio necessário para desenvolver minhas atividades a contento em Paris.

Dedico este livro a minha mulher, Andrea Nardi, e a meu filho, Pedro da Rocha, que me acompanham nesta aventura.

INTRODUÇÃO

BIOGRAFIA

Temos poucas informações seguras sobre a biografia de Píndaro. Ele teria nascido em Cinoscéfalas, localidade que ficava a algumas centenas de metros a oeste das muralhas de Tebas. As datas mais aceitas hoje em dia entre os estudiosos da sua obra são 518 a. C., para seu nascimento, e 438 a. C., para sua morte. Além dessas informações, temos muitas anedotas contidas nos escólios e em outras fontes, ou seja, na *Suda*, enciclopédia bizantina do século IX d. C., onde encontramos um verbete dedicado ao nosso poeta; na *Vita Ambrosiana*, transmitida no manuscrito A (*Ambrosianus* C 222); na *Vita Thomana*; na *Vita Metrica* e no *P.OXY.* 2438.[1]

Em resumo, as informações que encontramos nesses textos são essas: o pai de Píndaro teria se chamado Daifanto, Pagondas ou Escopelino. É possível, contudo, que esse Escopelino tenha sido um tio paterno ou pai adotivo do poeta. Ele era auleta e teria ensinado o sobrinho a tocar o aulo. A mãe do poeta teria se chamado Cleodice ou Cledice ou mesmo Mirto. Ainda criança, quando estava caçando no Monte Hélicon, Píndaro teria dormido, porque estava muito cansado. Enquanto ele dormia, uma abelha teria pousado na sua boca e teria feito um favo de mel sobre ela. Alguns dizem que, na verdade, ele sonhou e viu sua boca coberta de mel e cera e que, por isso, ele decidiu se dedicar à poesia.

Na sua adolescência, Píndaro teria ido para Atenas, onde teria sido instruído por Agatoclés ou por Apolodoro ou talvez por Laso de Hermíone. Na *Vita Metrica*, conta-se também que Píndaro

---

1   Para mais informações sobre a biografia de Píndaro, cf. Drachmann, 1903-1927, v.1: 1-9; Lefkowitz, 2012: 61-69; Kimmel-Clauzet, 2013: 411-414.

teria sido instruído primeiramente pela poeta Corina. Num determinado momento, Apolodoro teria tido algum problema e não pôde treinar um coro cíclico, ou seja, um coro que cantaria um ditirambo. Ele, então, teria confiado a tarefa de ensaiar esse coro a Píndaro, que era ainda muito jovem, e o poeta teria se saído muito bem. Mesmo sendo tebano, Píndaro compôs um ditirambo no qual Atenas é chamada de 'fortaleza da Grécia'.[2] Tebas era inimiga de Atenas e apoiou os Persas durante as Guerras Médicas. Por isso ele teria sido condenado por seus compatriotas a pagar mil dracmas, mas Atenas teria dado a ele essa quantia, como compensação.

As biografias dizem que Píndaro era um homem profundamente religioso e amado pelos deuses. O próprio deus Pã teria sido visto, entre os montes Citéron e Hélicon, cantando um peã ou versos do poeta que falavam de Pélops. Por isso, Píndaro teria composto um hino a esse deus, para agradecer. Certa feita, a deusa Deméter teria aparecido em sonhos ao poeta, reclamando, porque ela seria a única divindade que ainda não tinha sido celebrada por ele. Depois disso, ele teria composto um hino à deusa. Teria havido em frente à casa dele, que ficaria perto do templo da Mãe dos deuses, um altar para cada uma dessas divindades. E, além desses, Píndaro tinha uma grande devoção por Apolo também, para quem ele compôs muitas canções. Em Delfos também Píndaro era muito estimado e teria conquistado o direito de comer uma parte dos animais sacrificados para Apolo. Ele teria nascido justamente na época do Festival Pítico. Daí mais uma razão para ele nutrir uma devoção especial por esse deus.

Quando os espartanos invadiram Tebas no século IV a. C., a casa de Píndaro teria sido o único edifício poupado e depois

---

[2] Cf. fr. 76 Maehler. Daqui em diante citarei os fragmentos colocando os números seguidos apenas da letra M, de Maehler, editor desses textos.

ela teria sido transformada no pritaneu. Conta-se também que Alexandre, o Grande, do mesmo modo, teria respeitado a casa do poeta, quando invadiu a Beócia.

Píndaro seria uma geração mais jovem do que Simônides e teria vivido seu apogeu na época da invasão de Xerxes, em 480 a. C., quando tinha por volta de 38 anos. Mas isso não teria impedido o surgimento de disputas entre eles. É possível que os dois tenham se encontrado na corte de Hierão, em Siracusa, por volta de 476 a. C.

Ele teria se casado com um mulher chamada Megacleia ou Timoxeina, com a qual teve três filhos: Daifanto, Protomaque e Eumetis.

Sobre sua morte, conta-se que ele teria morrido em Argos, de onde, algum tempo depois, suas filhas levaram suas cinzas para Tebas.

Sua obra, do modo como foi organizada pelos gramáticos alexandrinos, tinha 17 livros, ou seja, 17 rolos de papiro, contendo hinos, peãs, dois livros de ditirambos, dois livros de prosódios, três livros de partênios, dois livros de hiporquemas, encômios, trenos e quatro livros de epinícios.

Essas são as informações que encontramos nos documentos citados acima. Porém, precisamos nos perguntar: até que ponto podemos confiar nas fontes antigas? Em que medida as informações que temos sobre a vida do poeta podem ser interessantes para o estudo da sua produção poética? Algumas dessas informações parecem, sem dúvida, exageradas e podem indicar que Píndaro acabou se tornando uma personagem lendária e começou a ser tratado como um 'heroi' já na segunda metade do século V a. C., quando citações de seus versos já começam a aparecer nas obras de Heródoto (3.38.4: fr. 169a.IM) e Aristófanes (*Cavaleiros*, 1329: fr. 76M; *Aves*, 927 e 942: fr. 105M).[3]

---

3   Sobre esse processo de heroicização de Píndaro, cf. Currie, 2005: 147, n. 159; 302-303. Ver tb. Kimmel-Clauzet, 2013: 27-28 e 230-241.

Por outro lado, temos também os poemas compostos pelo Tebano, dos quais podemos tirar algumas conclusões que podem nos ajudar a pensar sobre a sua biografia. Em alguns poemas, nós encontramos confirmações da origem tebana de nosso poeta. Na *Ístmica* 1, 1, por exemplo, Tebas é chamada de 'minha mãe'.[4] Na *Pítica* 5, 72-76, ele parece indicar que sua família, os Egeidas, teve origem em Esparta. Os Egeidas eram uma família tebana identificada como Dórica com ligações com a região da Lacônia, no Peloponeso.[5] Na *Pítica* 1, 66, o poeta diz ainda que os membros da sua família que vieram de Esparta teriam se fixado na região da cadeia de montanhas chamada Pindo, entre a Tessália e a Beócia. O nome 'Píndaro' poderia ter alguma relação com o nome desse acidente geográfico e é interessante notar que o poema mais antigo que chegou até nós, a *Pítica* 10, é dedicada a um atleta tessálio. Porém é preciso ser cauteloso. O 'meu' que aparece na *Pítica* 5 pode não se referir ao nosso poeta, mas sim ao líder do coro ou ao próprio coro que era composto de habitantes de Cirene, cidade que ficava onde hoje fica a Líbia. O Pindo ao qual Píndaro se refere pode não ser a cadeia de montanhas, mas sim um outro lugar com o mesmo nome. E é possível que ele não tivesse nenhuma ligação com a família dos Egeidas.[6] Por todas essas razões, temos que ter cuidado ao usar os textos poéticos como fonte para a biografia de Píndaro.[7]

Contudo podemos afirmar que Píndaro compôs poemas para comemorar vitórias conquistadas por atletas nos quatro jogos mais importantes da Grécia Antiga. Esses vencedores vinham de dife-

---

4 Cf. também *Olímpica* 6, 85 e *Ístmica* 8, 16.
5 Cf. *Ístmica* 7, 14-15, Heródoto, 4, 147-149 e Instone, 1996: 1.
6 Sobre isso, cf. Krummen, 2014: 153-166 e D'Alessio, 1994: 122.
7 Cf. Instone, 1996: 2.

rentes lugares do mundo helênico. Há um importante conjunto de odes em homenagem a vencedores da ilha de Egina. Temos também alguns dos mais famosos epinícios compostos para importantes personalidades da Sicília. Mas encontramos também, entre os poemas de Píndaro, canções para vitoriosos de Cirene, da Tessália, de Atenas e de Rodes. Minha pergunta aqui seria: que tipo de relação Píndaro tinha com esses patronos? Por que esses vencedores teriam escolhido nosso poeta e não outro? Ele recebia algum tipo de 'retribuição' por ter composto seus poemas? Não me estenderei aqui. Quero apenas colocar algumas ideias que depois poderão ser desenvolvidas em outra sede.

Para compor essas canções, ele teria recebido encomendas. Alguns escólios e boa parte dos estudiosos modernos diz que seus patronos pagavam em dinheiro para o poeta pelo trabalho dele. Eu não penso dessa maneira. Píndaro, na minha opinião, era um aristocrata e não precisaria de dinheiro para sobreviver. Se certas famílias importantes de alguns lugares do mundo grego precisavam de um poeta para celebrar suas conquistas, para o poeta, por sua vez, também era importante ter boas relações com essas famílias para que ele, da mesma forma, tivesse o seu nome perpetuado. Afinal, na cultura da Grécia Arcaica e mesmo Clássica, a reputação era algo determinante para todos. Além do mais, é provável que Píndaro tivesse alguma relação de parentesco, mesmo que distante, ou amizade com, pelo menos, uma parte de seus patronos. Como disse acima, é possível que nosso poeta fosse um membro da família dos Egeidas, que tinha origens dóricas. Ora, havia fortes conexões entre a ilha de Egina e o mundo dórico. E Cirene teria sido fundada por colonos provenientes de Tera (hoje Santorini), que, por sua vez, teria sido colonizada por pessoas de origem dórica. O que estou tentando sugerir é que parece ter havido uma 'conexão dórica' que pode explicar, pelo menos em parte, a lógica das relações que Píndaro tinha com seus patronos.

Além disso, Píndaro, em vários momentos, parece falar de si como um *xeinos*, como alguém que tinha uma relação de *xenia* com seus patronos.[8] Isso quer dizer que ele era um estrangeiro, mas que tinha algum tipo de relação de amizade com as pessoas da cidade de onde vinha o vencedor. Se isso for verdade, algo que era necessário entre *xeinoi* era a troca de presentes. Se Píndaro oferecia seu poema ao vencedor, este certamente retribuia com vasos, trípodes, vinho, azeite ou mesmo objetos feitos de algum metal precioso. Tudo isso é possível. Porém tratar a *xenia* como uma relação comercial, é no mínimo impróprio, para não dizer anacrônico.[9]

Para concluir esta parte, digamos que pode ser angustiante, principalmente numa época em que reina a superexposição, não ter muitas informações seguras sobre a vida de Píndaro. Contudo, o que interessa é que sua poesia teve grande ressonância em sua época e também na posteridade. E o peso dessa recepção pode ser medido pela quantidade de citações pindáricas que encontramos em Platão e Plutarco, por exemplo, mas também pelo caráter heroicizante que algumas das anedotas ligadas a Píndaro têm. Tentemos agora compreender o gênero mais importante que faz parte da produção do nosso poeta.

---

8   Cf. *Nemeia* 7, 61 e *Nemeia* 9, 2.
9   Sobre isso, ver Kurke, 1991: 75ss.; Peliccia, 2009: 243-247; Bowie, 2012: 83-92 e Morgan, 2015: 115-119.

O QUE É UM EPINÍCIO?

Em poucas palavras, um epinício era uma canção feita para comemorar uma vitória de um competidor num dos grandes jogos da Grécia Antiga. Além de comemorar a vitória, o epinício também tinha a função de perpetuar a memória desse grande feito, que era considerado tão importante quanto o sucesso numa batalha. Os competidores, de modo geral, eram pessoas pertencentes às classes mais elevadas de suas respectivas cidades. Hierão de Siracusa, por exemplo, celebrado na *Olímpica* 1 e nas *Píticas* 1, 2 e 3, era o tirano de sua cidade. E Arcesilau, imortalizado através das *Píticas* 4 e 5, era rei de Cirene. Píndaro, contudo, não celebra somente potentados. Ele canta também as vitórias de membros da nobreza de vários lugares, principalmente da ilha de Egina. Isso pode dar a ideia, para alguém que esteja se preparando para ler os poemas aqui apresentados, de que o nosso poeta produziu suas composições somente para confirmar e reforçar o poder de pessoas que já o detinham. Porém, um epinício é algo mais do que uma peça de propaganda ou uma simples bajulação.

Em primeiro lugar, julgo importante frisar que um epinício era uma canção que, boa parte das vezes, senão em todas as ocasiões, era cantada por um grupo de pessoas. Alguns talvez tenham sido apresentados por um grupo de moças, outros por um grupo de rapazes e outros ainda por grupos mistos.[10] Há outros autores que, por outro lado, defendem que os epinícios, na verdade, eram executados por um único cantor, que, provavelmente, era o pró-

---

10   Sobre isso, cf., por exemplo, Calame, 2015: 181-182, onde o autor trata da composição do coro que teria cantado a *Pítica* 11, mas, cujo raciocínio, pode ser aplicado às outras odes.

prio Píndaro. Essa é uma discussão que continua em aberto.[11] Na minha opinião, é possível que alguns epinícios tenham sido cantados por um coro, quando o poeta tinha tempo e recursos para ensinar a canção a um grupo de pessoas. Em outras ocasiões, talvez o próprio poeta tenha cantado, sozinho, sua composição. Esse seria o caso de alguns epinícios curtos que talvez tenham sido compostos logo depois da vitória de um competidor e teriam sido apresentados no próprio local da competição. Todas essas hipóteses são possíveis, se não nos deixarmos dominar pelo dogmatismo das classificações genéricas.

Sabendo disso, o que encontramos então num poema-canção como esse? Para homenagear o vencedor, o poeta, obrigatoriamente, precisava dar informações sobre a sua conquista: em que competição ela aconteceu e em que modalidade. Somos também informados sobre a cidade de onde vem o vitorioso, sobre a sua família e sobre outras possíveis vitórias conquistadas por ele mesmo ou por algum de seus parentes. Outra componente importante desse tipo de poema é a *gnome*, ou seja, uma frase de efeito, uma máxima, que serve para resumir o que foi dito em versos anteriores ou para introduzir algo que virá depois. Assim, as *gnomai* aparecem em momentos de transição de uma parte para outra do poema, geralmente antes e depois de uma narrativa ou alusão mítica.

E essa é uma parte muito importante dentro da composição de vários epinícios: o mito. Em alguns poemas, de modo geral, nos mais curtos, como a *Olímpica* 14, a *Pítica* 7 e a *Nemeia* 2, não encontramos um mito. Porém o mito está presente nos epinícios mais famosos e mais extensos e tem um papel muito importante na

---

11   Para um resumo sobre o debate entre 'monodistas' (representados pricipalmente por Heath e Lefkowitz (1991). Ver também Pires, 2014) e 'coralistas' (Carey, 1991), cf. D'Alessio (1994).

estrutura dos poemas. Píndaro geralmente faz alusão ou narra uma passagem mítica para comparar o vencedor homenageado com um heroi mítico, de modo positivo ou negativo. Ou seja, em alguns mitos o herói é um modelo a seguir e o feito do personagem louvado é comparável, guardados os devidos limites, ao feito realizado pelo heroi. Um exemplo disso encontramos na *Olímpica* 1, na qual a conquista de Hierão de Siracusa nos Jogos Olímpicos é comparada à vitória de Pélops na corrida disputada pela mão de Hipodâmia. Por outro lado, um exemplo de mito negativo encontramos, por exemplo, na *Pítica* 1, onde o monstro Tífon é mostrado como modelo do personagem castigado por Zeus por ter desafiado o pai dos deuses e dos homens.[12]

E, além das informações sobre o vencedor, as *gnomai* e os mitos, encontramos também nos poemas invocações, preces e/ou passagens semelhantes a hinos a deuses e comentários metalinguísticos nos quais o poeta fala da sua própria poesia, muitas vezes usando a primeira pessoa do singular ou do plural. As invocações e preces são algo comum na poesia grega arcaica. Isso nos lembra que a criação poética, na Grécia Antiga, tinha um caráter sagrado e, muitas vezes, estava ligada a rituais religiosos. O poeta, por um lado, não poderia compor sem a inspiração que vem dos deuses: geralmente das Musas, mas também das Graças e das Horas. Além disso, o poeta também costuma fazer preces pedindo que os deuses favoreçam o competidor louvado para que ele seja feliz, tenha prosperidade e consiga novas vitórias.

Quanto aos comentários metalinguísticos, neles o poeta nos dá algumas informações sobre a execução do canto: que instrumento é tocado, que harmonia é usada (eólica, dórica ou lídia) e em que

---

12   Sobre a função dos mitos, cf., por exemplo, Köhnken (1974).

ritmo ele está sendo cantado. Esse tipo de comentário não aparece em todos os poemas, mas está presente em boa parte da sua produção. Além disso, Píndaro costuma usar algumas metáforas para se referir à sua atividade, tais como mel, orvalho, fogo, luz etc.

Fica mais fácil entender os epinícios quando temos alguma informação sobre cada parte da sua composição. Porém, essa percepção também pode nos levar a nos perguntar sobre a unidade dos poemas. Como se pode dizer que há unidade dentro de uma composição desse tipo? Ainda mais quando percebemos que o poeta faz digressões e comentários que, à primeira vista, não parecem ter nenhuma relação com o objetivo principal da canção que é louvar um vencedor. Essa foi uma questão muito importante desde que foi publicada a edição de Boeckh, em 1811. Mais adiante falarei mais sobre isso.

COMPOSIÇÃO DAS CANÇÕES E TRANSMISSÃO E ORGANIZAÇÃO DOS LIVROS

Não sabemos exatamente como Píndaro compunha seus poemas: de modo completamente oral, cantando e 'improvisando' a partir de informações sobre o vencedor passadas a ele pelo próprio louvado e ou por um membro de sua família ou um amigo e, depois, memorizando o que foi produzido; ou usando a escrita como um instrumento importante no processo? Alguns estudiosos defendem a primeira hipótese e outros são mais simpáticos à segunda. De minha parte, penso que Píndaro foi um poeta que viveu num momento de transição, mais especificamente na primeira metade do século V a. C., quando a Grécia passou por grandes transformações. Liderados por Atenas e Esparta, os gregos, que não se submeteram aos estrangeiros, venceram os Persas e, depois disso, a principal cidade da Ática passou por um período de grande prosperidade, o que favoreceu o aprofundamento de processos políticos e culturais que tinham começado a se desenvolver nas últimas décadas do século VI a. C.: a democracia, o teatro, a retórica, a filosofia etc. Como vimos antes, Píndaro teria passado uma parte de sua juventude em Atenas, obtendo uma parte de sua formação com mestres que estariam vivendo ali, na época. Julgo que ele não deve ter ficado imune às influências provocadas por essas transformações.

Porém, mesmo vivendo num momento de transição, Píndaro continuou sendo, em grande medida, um homem arcaico, se julgarmos que podemos inferir de seus poemas algo do pensamento particular do nosso poeta. Como um membro da nobreza tebana, pertencendo a uma família que teria ramificações em Esparta e na ilha de Egina, Píndaro recebia encomendas ou produzia espontaneamente canções para louvar e perpetuar os feitos de membros das classes elevadas de vários lugares da Grécia. É mais ou menos natural que encontremos em seus epinícios a defesa de valores importantes para essas pessoas.

Desse modo, julgo plausível pensar que Píndaro foi um herdeiro da tradição dos antigos aedos da poesia mélica, que tem suas raízes na tradição indo-europeia. Mas, por outro lado, ele pode ter começado a utilizar a escrita como importante instrumento no momento da composição. Penso assim, porque, na minha opinião, os poemas pindáricos têm uma complexidade que não vemos em outros autores, com uso extenso de quiasmos, da composição em anel e de narrativas não lineares que marcam seu estilo e exigiriam dos ouvintes/expectadores originais e exigem de nós, leitores atuais, um nível de atenção e comprometimento elevados e específicos.

De qualquer modo, depois que os poemas foram compostos e apresentados pela primeira vez, eles foram preservados de alguma maneira, seja através da memorização seja através da escrita. Essas composições teriam sido reapresentadas algumas ou várias vezes depois da primeiraexecução. E, em algum momento, teriam sido preservados na forma escrita. Sabemos, através de um escólio à *Olímpica 7*, que esse poema foi gravado com letras de ouro no templo da deusa Atena, em Lindos, uma importante cidade da ilha de Rodes. É possível que as famílias ou os concidadãos dos outros vencedores tenham feito algo parecido com os poemas de Píndaro, gravando suas palavras sobre algum objeto ou suporte que depois poderia ser visto por todos os membros da comunidade e por eventuais viajantes.

A partir de monumentos desse tipo, os primeiros estudiosos da poesia grega talvez tenham feito as primeiras cópias dos epinícios. Isso, se o próprio poeta, ou algum de seus possíveis ajudantes, não preparava e guardava uma espécie de primeira edição autógrafa. É tentador pensar assim, mas isso não passa de uma hipótese, pois não temos como saber como realmente aconteceu todo esse processo, desde a composição até a fixação dos textos que chegaram até os gramáticos alexandrinos que preparam as primeiras edições eruditas dos poemas. A partir dessa época, do século III a. C., as informações começam a ficar mais acessíveis para nós.

Quando os gramáticos que viveram em Alexandria, entre os séculos III e II a. C., tais como Zenódoto, Calímaco, Aristófanes de Bizâncio e Aristarco, começaram a preparar edições dos poetas gregos arcaicos, eles usaram certos critérios para classificar e separar os poemas em volumes. No caso de Safo, por exemplo, foi usado o critério métrico. No caso de Píndaro, por outro lado, foi usado o critério genérico, já que a obra do nosso poeta foi divida de acordo com os tipos de poesia compostos de acordo com suas funções e com as ocasiões em que, supostamente, as canções foram apresentadas. No que diz respeito aos epinícios, outros critérios mais específicos tiveram que ser usados para organizá-los em volumes separados.

De modo geral, a ideia que primeiro norteou o trabalho de organização dos epinícios foi a relevância e a antiguidade das competições: os Jogos Olímpicos, fundados, de acordo com a tradição, em 776 a. C., eram os mais importantes da Grécia Antiga. Por isso, os poemas que celebram as vitórias nesses jogos vêm primeiro. Depois, na ordem original de antiguidade e relevância, vinham os Jogos Píticos (fundados por volta de 582 a. C.), os Ístmicos (também fundados por volta de 582 a. C.) e os Nemeicos (fundados por volta de 573 a. C.). Na ordem atual, perdura uma inversão na ordem dos livros, na qual as *Nemeias* aparecem antes das *Ístmicas*. Essa inversão aconteceu em algum momento da Idade Média e não sabemos exatamente porque isso foi feito. O que sabemos é que, como consequência, temos todas as *Nemeias*, que foram conservadas numa parte mais interna dos manuscritos, mas perdemos algumas *Ístmicas*, porque elas estavam nas últimas páginas que eram mais vulneráveis.

Além disso, o outro critério usado para ordenar os poemas foi a importância das modalidades em que as vitórias foram conquistadas. Em ordem de relevância, em primeiro lugar vinha a corrida de carros puxados por cavalos (quadrigas), depois o pancrácio (mescla de luta greco-romana e boxe, uma espécie de vale-tudo da Antiguidade), luta greco-romana, boxe, pentatlo (que incluía o estádio, corrida de cerca de 200 metros; lançamento de disco; lançamento de dardo; salto em distância e luta greco-romana), corrida de 400 metros com armas, o estádio, o diaulo (corrida de ida e volta, cerca de 400 metros) e o dólico (corrida de cerca de 4800 metros). Além dessas competições atléticas, havia também competições musicais, nos Jogos Píticos, como aquela em que Midas de Agrigento conseguiu a vitória entre os auletas e é celebrada na *Pítica* 12. A exceção que chama nossa atenção nesse sistema é justamente o primeiro poema da coleção, a *Olímpica* 1, que celebra a vitória de Hierão de Siracusa na corrida de cavalo montado. Isso talvez possa ser explicado pela importância do personagem celebrado ou por causa da presença do mito de Pélops, que estava ligado às origens míticas dos jogos Olímpicos.

OS JOGOS

Havia, na Grécia Antiga, vários festivais consagrados aos diversos deuses que faziam parte do panteão helênico. Píndaro menciona muitos desses festivais quando cita as vitórias conseguidas pelo competidor celebrado por ele. Em Argos, por exemplo, havia jogos em homenagem a Hera, deusa patrona da cidade, e, em Epidauro, havia jogos dedicados a Asclépio, o filho de Apolo que herdou do pai o dom da cura. Porém, os quatro mais importantes eram os Jogos Olímpicos, os Jogos Píticos, os Jogos Ístmicos e os Jogos Nemeicos.[13]

Os mais antigos e os mais importantes, como já disse acima, eram os jogos realizados na cidade de Olímpia, em honra a Zeus. A data tradicional de fundação desses jogos é o ano 776 a. C. Essa data era muito importante para os antigos gregos, porque eles a usavam como referência para marcar a passagem do tempo. No que diz respeito à fundação dos Jogos Olímpicos, nós temos testemunhos de dois tipos, pelo menos: os dados arqueológicos e as narrativas míticas. De acordo com os dados arqueológicos, há evidências de ocupação da região de Élis, onde está Olímpia, desde o terceiro milênio a. C. Entre os séculos XI e VIII a. C. foi estabelecido o santuário e talvez, nessa época, já acontecessem jogos numa forma incipiente. Contudo, foi só no século VIII a. C. que aconteceu a fundação tradicional dos jogos e daí podemos falar dos começos históricos das competições, porque a partir daí o número de documentos aumenta.

---

13   Para redigir esta parte da Introdução, baseei-me principalmente nas informações fornecidas por Valavanis, 2004. Para mais informações sobre os jogos, cf. tb. Miller, 2004.

No que diz respeito às origens míticas dos Jogos Olímpicos, a fonte mais antiga que trata desse tema é o *Catálogo das Mulheres* (fr. 259 M-W, por exemplo), atribuído a Hesíodo. Ali ficamos sabendo que os jogos foram fundados por Pélops, heroi que veio da Frígia para conquistar a mão de Hipodâmia, filha de Enomau, rei de Élis. Pélops venceu Enomau numa corrida de carros, matou-o e desposou a filha do rei morto. Desse modo, Pélops tornou-se o rei da região e seu nome passou a designar todas as terras em volta, ou seja, o Peloponeso, a 'ilha de Pélops'. Ele teria fundado os jogos ou para agradecer a Zeus pela vitória ou como um modo de expiar sua culpa pela morte de Enomau. Píndaro, por outro lado, conta, na *Olímpica* X, que Héracles foi quem fundou os jogos, depois da batalha em que atacou e venceu o rei Áugias, rei de Élis, o qual não quis pagar a retribuição devida ao heroi, depois que ele limpou os estábulos do soberano. Outras fontes dizem ainda que os jogos teriam sido fundados por Zeus ou Apolo. O que interessa aqui é saber que há diferentes versões que contam as origens dos jogos e isso indica que eles eram muito importantes para os gregos antigos, porque, em diferentes épocas e lugares, as pessoas quiseram explicar a fundação dos jogos a partir do seu ponto de vista, a partir do ponto de vista da sua cidade e região. Porém, está claro que havia um forte caráter religioso, pois a celebração já era dedicada a Zeus e havia um tipo de culto aos heróis fundadores.

O apogeu dos Jogos Olímpicos aconteceu no século V a. C., época em que viveu nosso poeta. Nesse século foi construído o templo de Zeus, um novo estádio e o hipódromo. Fídias instalou ali um atelier e esculpiu a famosa estátua criselefantina (de ouro e marfim) do deus supremo. Os jogos aconteciam de quatro em quatro anos, quando surgia a segunda lua cheia depois do solstício de verão, ou seja, mais ou menos, nas duas primeiras semanas de agosto. Mais ou menos quarenta mil pessoas assistiam aos jogos, tendo em vista a capacidade do estádio no período clássico (séculos V e IV a. C.).

O festival durava cinco dias, no período clássico. No primeiro dia, por volta de meio dia, os sacerdotes, os atletas e os treinadores chegavam de Élis, onde eles tinham passado um mês se preparando para as competições. Os atletas deveriam jurar que obedeceriam as regras e competiriam de modo justo, sem trapacear, subornar ou usar mágica. Depois sorteios eram feitos para saber quem lutaria contra quem no pugilato, na luta e no pancrácio (uma mescla de pugilato e luta) e para que fosse estabelecida a ordem dos atletas nos eventos de lançamento. À tarde, todo o programa dos jogos era divulgado para todos em placas pintadas de branco, chamadas *leukómata*. No fim do dia, eram realizados sacrifícios aos deuses para que eles favorecessem os atletas na busca pela vitória.

No segundo dia aconteciam as disputas entre os rapazes: as corridas, as lutas, o pugilato e o pancrácio. No terceiro dia aconteciam as corridas equestres (cavalo montado, quadriga e carro puxado por mulas) e o pentatlo (salto em distância, lançamento de disco, lançamento de dardo, corrida no estádio e luta greco-romana). No fim do terceiro dia, rituais eram realizados em honra a Pélops.

No quarto dia, havia cerimônias em homenagem a Zeus, que incluíam uma procissão que começava no ginásio e ia em direção ao altar que ficava em frente ao templo do deus. Ali uma hecatombe (sacrifício de cem bois) era oferecida a Zeus e depois as carnes eram assadas e distribuídas para o público. Em seguida aconteciam as competições dos adultos: o estádio (corrida de cerca de 200 metros), o diaulo (duas vezes o estádio, ida e volta) e o dólico (corrida de mais ou menos 4800). À tarde aconteciam as disputas da luta, do pugilato e do pancrácio. No fim do dia era disputada a corrida com armadura completa de hoplita.

No quinto dia, o mais velho dos *Hellanodikes* (os juízes dos jogos) anunciava e coroava os vencedores com uma coroa feita de ramos de oliveira, em frente ao templo de Zeus. Havia, no meio do dia, um banquete oferecido pelos organizadores dos jogos, originários de Élis e, à noite, os parentes, amigos e concidadãos dos vencedores festejavam as vitórias conseguidas.

Esse tipo de programa aconteceu, mais ou menos dessa maneira, até 393 d. C., quando o imperador Teodósio proibiu todos os cultos aos deuses pagãos, o que incluía um festival em honra a Zeus, como era o caso dos Jogos Olímpicos. Porém, o festival continuou a ser celebrado, pelo menos, por mais alguns anos, até desaparecer completamente no começo do século v d. C., em parte por causa do avanço do cristianismo, mas também por causa das invasões dos povos bárbaros.

Quanto aos Jogos Píticos, celebrados em Delfos de quatro em quatro anos, um ano antes dos Jogos Olímpicos, em homenagem ao deus Apolo, patrono do santuário onde ficava o oráculo da sacerdotisa pítica, eles teriam sido reorganizados e refundados no ano de 582 a. C. Antes disso, o que acontecia era um festival para comemorar a vitória do deus Apolo sobre a serpente Píton. Havia muitas cerimônias religiosas e concursos musicais, principalmente a citarodia (canto acompanhado da cítara), o que demonstra a ligação especial que existia entre essa divindade e a música. Em Delfos, o prêmio era uma coroa feita com ramos de louro, árvore consagrada a Apolo.

No que diz respeito às origens míticas do festival, no *Hino Homérico a Apolo* ficamos sabendo que, depois de muito procurar por um lugar onde pudesse estabelecer seu oráculo, Apolo teria chegado a Delfos. Porém outros deuses, tais como Gaia (Terra), Têmis (Justiça divina) e Posídon, já estavam ocupando aquela região. Além dessas divindades, havia também uma serpente chamada Píton que vigiava o ônfalo, o umbigo da Terra. Depois de lutar contra Píton, Apolo a matou e se tornou o deus mais importante do santuário. Por ter matado essa serpente, ele era chamado Pítio, Delfos era chamada Pito, sua sacerdotisa era a Pítia e os jogos eram chamados Píticos. Para se purificar depois de matar Píton, Apolo foi a Tempe, uma cidade próxima a Delfos, de onde ele trouxe a árvore do louro.

O festival acontecia no final do verão, no mesmo período em que acontecia a reunião da Liga dos Anfictiões, ou seja, uma liga formada pelos povos que viviam nas vizinhanças de Delfos, na região da Fócida. Seis meses antes dos jogos, nove cidadãos de Delfos, os *theorói*, eram enviados em várias direções, em todo o mundo grego: desde o Mar Negro até Marsellha, incluindo aí a Tessália, a Ásia Menor, a Cirenaica (na Líbia atual, no norte da África), a Magna Grécia e a Sicília. Uma trégua sagrada de um ano era declarada para que os atletas e o público pudessem viajar até Delfos com tranquilidade. Se alguma cidade violasse a trégua, seus cidadãos não poderiam nem participar dos jogos nem consultar o oráculo, costume de importância vital para os antigos gregos.

Os Jogos Píticos também duravam cinco dias. No primeiro dia acontecia um sacrifício de um boi, um carneiro e uma cabra no altar do templo de Apolo. Depois centenas de animais eram oferecidos por peregrinos. Em seguida, a luta entre Apolo e Píton era reencenada e, no fim do dia, uma procissão se estendia desde o santuário e ocupava as ruas da cidade. No segundo dia, acontecia um grande banquete, a *hestiasis*, oferecido a todos os participantes. No terceiro dia, ocorriam os concursos musicais, que incluíam citarodia e execução do nomo pítico, peça musical tocada com o aulo e que imitava os vários estágios da luta de Apolo contra Píton.[14] Na ocasião do oitavo festival, foi acrescentada a competição entre citaristas que executavam peças instrumentais, sem canto. Mais tarde, no século IV a. C., concursos dramáticos e de dança passaram a fazer parte dos jogos. Mais tarde ainda, foram acrescentados concursos de pantomima, em que atores apresentavam cenas cômicas ou trágicas e dançavam com acompanhamento musical.

No quarto dia aconteciam as competições atléticas. As modalidades eram mais ou menos as mesmas disputadas em Olímpia. A diferença era que em Delfos havia competições de diaulo, dólico e pancrácio para os rapazes. No último dia, ocorriam as corridas equestres, que provavelmente aconteciam no hipódromo na planície de Crisa, localidade próxima a Delfos. Havia a corrida de quadrigas, corrida para carro com dois cavalos, corrida de cavalo montado e corridas de carros puxados por mulas. Sete das doze *Píticas*, de Píndaro, são dedicadas a vencedores em competições equestres. Isso demonstra que essas competições eram muito importantes dentro do programa dos Jogos Píticos.

Como aconteceu com Olímpia, Delfos, por volta dos séculos III e IV d. C., começou a não mais ser visitada por peregrinos, por causa do avanço do cristianismo. E em 393, o édito de Teodósio foi o golpe de misericórdia aos antigos cultos pagãos, dentre os quais os Jogos Píticos eram uma importante celebração religiosa.

Depois dos Jogos Píticos, em termos de relevância, vinham os Jogos Ístmicos, realizados em Ístmia, perto de Corinto, em homenagem a Posídon. Existem pelo menos três mitos que tratam dos origens desses jogos. No primeiro, conta-se que Atamas, rei da Tessália, com raiva de sua esposa Ino e de seu filho Palémon, teria obrigado os dois a pular das rochas Escirônias e eles se afo-

---

14   Sobre os nomos, cf. Rocha, 2006.

garam. Um golfinho teria levado o corpo do menino até o litoral de Ístmia e ele teria sido encontrado por Sísifo, rei lendário de Corinto (o mesmo que ficou famoso por rolar uma pedra que sempre volta a cair). Sísifo teria chamado o menino de Melicertes, o teria enterrado e teria criado os Jogos Ístmicos em homenagem a ele. Mais uma vez vemos origens de jogos relacionadas a cultos de heróis. Mas esse culto teria sido suplantado pelo culto ao deus Posídon, já que um segundo mito conta que o festival teria sido fundado por essa divindade, depois que ele venceu o deus Hélio (o Sol) numa disputa pelo controle daquela área. Esses dois mitos parecem reproduzir o ponto de vista da cidade de Corinto para a origem dos jogos. Porém havia também uma versão ateniense, segundo a qual Teseu teria fundado os Jogos Ístmicos, da mesma maneira que Héracles teria fundado os Jogos Olímpicos, ou para agradecer por ter acabado com a pirataria nos mares, ou para se purificar depois que matou o ladrão Sinis, que Teseu encontrou no Ístmo quando estava indo de Trezena para Atenas.

Há evidências arqueológicas de que o local onde aconteciam os jogos já era ocupado pelo menos desde o século XI a. C. O primeiro templo de Posídon teria sido construído no século VII a. C. por cidadãos de Corinto e os jogos foram reorganizados e refundados em 582 a. C. pelos tiranos Cipsélidas daquela cidade, seguindo o modelo dos Jogos Olímpicos. O festival, desde então, passou a acontecer de dois em dois anos, na primavera, e seu programa incluia competições atléticas, equestres e uma prova de remo que só acontecia nos Jogos Ístmicos. Havia também uma corrida de quatro vezes o estádio (ou seja, em torno de 800 metros) chamada de *hippéios*, provavelmente em homenagem a Posídon, deus que tinha uma ligação especial com os cavalos. Havia ainda competições de música, recitação de poesia e pintura. O prêmio, a princípio, era uma coroa feita com ramos do pinheiro sob o qual Sísifo teria encontrado o corpo de Melicertes. Porém, no começo do século v a. C., a coroa passou a ser feita com um tipo de aipo selvagem, da mesma maneira como acontecia em Nemeia. No período romano, as duas plantas eram usadas.

Ao longo de toda a sua existência, o festival e os jogos foram organizados pela cidade de Corinto, cuja riqueza e poderio no mar conferiam grande prestígio à celebração. Os jogos aconteceram possivelmente até o final do século iv d. C. Mas, no começo do século v d. C., a região do Ístmo foi atacada pelo Godos, liderados por Alarico, e os habitantes do local construíram uma longa muralha para tentar conter a invasão. Eles usaram pedras que faziam parte dos templos que compunham o santuário do Ístmo. Isso teria levado à destruição dos edifícios que, provavelmente, já estavam em estado de semi-abandono, por causa do avanço da cristianização e devido ao édito de Teodósio, de 393, proibindo qualquer celebração pagã.

Por fim, em quarto lugar, na ordem de importância, vinham os Jogos Nemeicos, realizados em Nemeia, em homenagem a Zeus, no local onde, segundo o mito, Héracles teria matado o leão do qual ele tirou a pele que o protegia e tornou-se um de seus objetos particulares. Essa lenda estaria ligada às origens desses jogos, porque Héracles os teria fundado para agradecer ao seu pai, Zeus, por ter vencido e matado e leão. Outra versão, presente nos escólios às *Nemeias*, de Píndaro, Baquílides (9, 12) e na *Hipsipile*, de Eurípides,[15] diz que Licurgo, rei de Nemeia e sacerdote de Zeus, e Eurídice, sua esposa, tiveram um filho chamado Ofeltes, depois de muito esperar. Eles consultaram o oráculo de Delfos para saber como tornar o menino saudável e forte e a Pítia teria dito que

---

15 Cf. tb. Pausânias (2.15.2) e Apolodoro (3.6.4).

eles não deveriam colocá-lo no chão até que ele pudesse andar. Hipsipile, uma escrava de Lemnos, ficou encarregada de cuidar do menino e foi orientada a nunca deixá-lo no chão. Um dia, contudo, quando estava caminhando com Ofeltes em seus braços nas cercanias de Nemeia, ela encontrou os sete guerreiros que vinham de Argos para atacar Tebas. Eles perguntaram a ela onde poderiam beber água e Hipsipile, para mostrar-lhes onde estava a fonte, colocou Ofeltes no chão, num lugar onde havia aipo selvagem verdejante (planta que era usada para fazer a coroa com a qual eram premiados os vencedores em Nemeia). Então uma serpente se aproximou e mordeu o menino, o que causou a sua morte. Anfiarau, que era vidente, interpretou esse acontecimento como um mau sinal para a expedição deles e chamou a criança de Arquemoro (nome formado a partir de *arkhé*, 'princípio', e *móros*, 'destino' ou 'morte'). Os guerreiros mataram a serpente, enterraram Ofeltes e fundaram os jogos em homenagem a ele. Nessas primeiras competições lendárias, Adrasto venceu na corrida de cavalo, Etéoclo na corrida a pé, Tideu, no pugilato, Anfiarau, no salto e no disco, Laódoco, no lançamento de dardo, Polinices, na luta, e Partenopeu, no arco e flecha.

No período histórico, contudo, sabemos que os Jogos Nemeicos, a princípio, eram controlados pela cidade de Cleonas. Porém, em 583 ou 573 a. C., a cidade de Argos se apoderou do santuário, refundou e reorganizou o festival. Até o final do século V a. C., os jogos continuaram, pelo menos formalmente, sendo organizados pela cidade de Cleonas. Mas no final desse século, Argos transferiu as celebrações para o seu território, onde, na verdade, os jogos foram realizados por volta de 3/4 do tempo em que eles existiram.

As competições aconteciam de dois em dois anos, no segundo e no quarto ano da Olimpíada, na segunda lua cheia depois do solstício de verão, ou seja, no final de julho ou começo de agosto. O programa era muito parecido com o de Olímpia: estádio, diaulo, dólico, corrida com armadura, pugilato, pancrácio, pentátlo, corrida de quadriga e corrida de cavalo montado. Havia também competições de trombetas e arautos, que, como em Olímpia, aconteciam antes das outras provas. É possível que nos períodos helenístico e romano houvessem competições de citarodia e aulética. Algo interessante em Nemeia é que havia uma separação por categorias de idade: crianças (entre 12 e 16 anos), rapazes imberbes (entre 16 e 20 anos) e homens (com mais de 20 anos). No período romano, chama nossa atenção a notícia de que mulheres poderiam competir nas provas atléticas.

Não possuímos dados seguros sobre a organização dos jogos. Mas podemos supor que, em Nemeia, eram seguidos os modelos dos outros jogos. As celebrações durariam alguns dias, cinco, talvez. Haveria sacrifícios na abertura e no fechamento dos jogos. Ocorreriam sorteios para saber quem competiria contra quem em cada prova e elas aconteceriam uma após a outra em dias e horários predeterminados. No final, os vencedores seriam coroados pelos juízes e haveria banquetes para celebrar as vitórias.

O ESTILO DE PÍNDARO

Desde a Antiguidade, o estilo característico de Píndaro tem sido elogiado e considerado incomparável. Dionísio de Halicarnaso (*Perì synthéseos onomáton*, 22; *Perì Demosthénes*, 39) já falava do caráter 'austero' dos seus epinícios[16] e é famoso o parágrafo 33.5, do *Sobre o sublime*, em que o Pseudo-Longino compara suas canções a um grande incêndio que ora se eleva, ora cai inesperadamente, mas era insubstituível. Ateneu de Naucrátis (*Deipnosophístai*,13.5.64c) falou de Píndaro como um poeta de 'grande voz' e também são muito conhecidos os versos da *Ode* 4.2, de Horácio, nos quais o poeta romano diz que é inútil tentar copiar o estilo de Píndaro, porque ele é como um rio que desce de uma montanha com força incontrolável.

Bem, mas quais são exatamente as características do estilo pindárico? Desde a Antiguidade foi dito que nosso poeta utilizava uma linguagem difícil. É certo que sua sintaxe é mais complexa quando comparada à de Baquílides e sua linguagem é menos similar à de Homero. A linguagem homérica em Píndaro é mais rara, com exceção da *Pítica* 4, que é a sua ode mais 'épica'. Píndaro não costuma usar dicção homérica. Ele prefere o epíteto cunhado unicamente (*hapax*) para aquela ocasião específica.[17] Desse modo, seus epítetos são eminentemente não-homéricos, como o *trisolympioníkan* da *Olímpica* 13, 1.

Hoje em dia, podemos dizer que suas canções estavam distantes da linguagem falada. Era mais uma linguagem 'literária', arti-

---

16   Carey (1995: 91) também diz que as odes de Píndaro são mais 'austeras' do que as de Simônides e Baquílides.
17   Cf. Sigelman, 2016: 172.

ficial, com predominância de elementos do dialeto dórico, apesar de ele ser de Tebas, cidade onde se falava o dialeto eólico, ou mais especificamente o beócio. Ele usava o dórico, porque esse era o dialeto característico da poesia mélica coral e, ao fazer isso, ele poderia atingir um número maior de pessoas.[18] E, sabendo disso, é interessante nos perguntarmos até que ponto a audiência entendia essas canções. Elas eram certamente difíceis para o público que as apreciava. Contudo precisamos ter sempre em mente que a audiência estava habituada a ouvir canções com extrema concentração de conteúdo e com linguagem contorcida e, de alguma maneira, o público conhecia as convenções do gênero[19].

Para desfazer um pouco do preconceito da dificuldade que paira sobre a poesia pindárica, precisamos lembrar antes de tudo que o Grego Antigo e o Latim são línguas flexionadas, sintéticas. Isso permitia aos poetas que compunham nessas línguas colocar as palavras em posições que parecem esdrúxulas para nós. Na *Olímpica* 12, 5-6, por exemplo, há treze palavras entre o artigo e o nome que ele determina. Porém, a ordem das palavras também poderia servir para dar ênfase a uma certa palavra, dando a ela um sentido especial por causa do seu posicionamento, como acontece com *laón* (povo), na *Nemeia* 1, 16-17. Podemos dizer, concordando com Race (1986: 15), que Píndaro é o mestre dos paralelismos e das estruturas quiásticas, ou seja, do intercalamento das palavras. E isso produz variedade e sutileza.

Suas odes geralmente têm uma estrutura tripartida, com uma abertura e uma conclusão, que fazem referência à vitória celebrada, e com um mito na parte central do poema. Podemos dizer que Píndaro construía suas canções utilizando uma estrutura quiástica,

---

18   Cf. Baker, 1923: 103-104 e Instone, 1996: 18-19.
19   Cf. Race, 1986: 15

seguindo um esquema ABB'A', no qual encontramos 'respostas' ou 'ecos' internos às odes. Podemos dizer também que ele construia seus poemas usando a composição em anel para demarcar e articular as subseções dentro do todo.[20]

No que diz respeito à abordagem dos mitos, densidade, brevidade e alusividade costumam caracterizar o estilo pindárico.[21] Além disso, nosso poeta algumas vezes faz o narrador intervir numa narrativa mítica para frisar seu distanciamento de outras versões (e, ao fazer isso, ele corrige o conhecimento do seu público)[22] e explicitamente permite que a versão rejeitada ressoe dentro do relato revisado. Encontramos um exemplo disso, na *Olímpica* 1, 25-66.[23] O discurso direto extenso, através do qual personagens falam em primeira pessoa, em Píndaro é raro. As exceções são Medeia, na *Pítica* 4; Quíron, na *Pítica* 9; e Anfiarau, na *Pítica* 8.

Nesse contexto, o narrador pindárico se destaca. A persona de Píndaro como narrador é proeminente e, de certa forma, até intrusiva. A voz narrativa do autor está sempre presente. Nosso poeta coloca muita ênfase na sua personalidade. Mas, segundo Carey (1995: 92), não trata-se aqui do Píndaro real, mas da persona poética projetada nos poemas. Neles encontramos distribuídas muitas referências ao poeta em boa parte dos versos. Citando Carey (1995:93), em Píndaro, "a persona poética atinge um grau incomum de proeminência". Encontramos nas odes muitos detalhes biográficos e uma ênfase no poeta como identidade distinta. Isso, na verdade, não seria uma novidade. Mas o que distingue Píndaro

---

20   Sobre isso, cf. Cairns, 2010: 41-42
21   Cf. Köhnken, 1971: 126, n. 47, 203 e 230; e Pelliccia, 2009: 259-260, que compara os estilos de Píndaro e Baquílides.
22   Cf. Sigelman, 2016: 177.
23   Cf. Cairns, 2010: 45-46.

é a maneira como ele trata dos temas e a ênfase que ele dá a esses temas. Ou seja, o que diferencia nosso poeta dos outros é a intensidade que ele coloca na questão da individualidade.

Através dessa persona evidenciada, ele costuma tratar da excelência da poesia, tema muito importante tanto para ele quanto para Baquílides. Píndaro torna o processo real de composição o tema de sua canção, o que é algo incomum, e apresenta o poeta como uma presença ativa dentro da ode enquanto ela se desenvolve na performance, direcionando seu progresso e lutando contra obstáculos e adversários.[24] Por isso, suas odes têm uma qualidade reflexiva.[25] Ele insiste sobre o *hic et nunc* (o aqui e o agora) da performance, ou seja, suas canções apresentam uma imediatez característica da poesia mélica em geral, mas enfatizada por ele.[26]

Outro traço que pode chamar a atenção de um leitor moderno é o uso de adjetivos compostos. Píndaro os usa muito e com frequência cria novas combinações. Porém ele não era o único poeta grego antigo que fazia isso. Pelo contrário. Essa é uma característica comum em Homero e na mélica coral. De qualquer modo, nosso poeta muitas vezes cria novas combinações e chama a atenção do público para a novidade das suas composições.

O estilo de Píndaro também é marcado pelo uso constante de metáforas poderosas para expressar as ideias de altura, brilho, luz e esplendor. Muitas vezes essas metáforas são múltiplas, amiúde mescladas e intrincadas. Mas ele com frequência emprega também metáforas de caráter metapoético para fazer referência à música e à poesia.[27] Para tratar da atividade de compor canções ele usa as

---

24   Cf. Cairns, 2010: 47.
25   Cf. Carey, 1995: 99 e Carey, 2012.
26   Cf. Sigelman, 2016: 170.
27   Sobre isso, cf. Rueda González, 2003.

imagens da colheita, da navegação, da ação de guiar um carro, do ato de lançar uma flecha com um arco, da luta, da arquitetura, da escultura, da tecelagem, do lançamento de uma lança e do comércio. Metáforas memoráveis, por exemplo, são as ligadas à comida e à digestão, encontradas na *Olímpica* 1, 55 e 83 e na *Pítica* 4, 186. E é quase impossível não lembrar da ideia da falta de substância da existência humana ligada à imagem da sombra usada na *Pítica* 8, 95-96.

Algo comum em Píndaro é também o uso de expressões negativas para expressar ideias positivas, para dar profundidade e variedade à composição, ou seja, a figura de linguagem chamada de 'litote'. Exemplos disso, empregados com delicadeza e sutileza, encontramos na *Olímpica*, 11, 18 e na *Ístmica* 8, 47-48.

Símiles também aparecem com certa frequência nas canções de Píndaro, embora, mais uma vez, esse não seja um elemento particular da sua poesia. Ele não recorre a símiles homéricos tradicionais, mas comparações inovadoras, onde muitas vezes aparecem metáforas híbridas. Ao invés de comparar uma entidade pré-existente com outra, como acontece em Homero, Píndaro cria imagens novas.[28] Alguns desses símiles chamam nossa atenção, entretanto, porque o poeta tebano algumas vezes os usa para falar da sua própria atividade como poeta, por exemplo, na *Olímpica* 7, 1-10, na *Olímpica* 10, 86-90 e na *Ístmica* 6, 1-9.

Não encontramos muitas aliterações em Píndaro. Na *Pítica* 1, entretanto, na conclusão da descrição do monte Etna, encontramos a repetição do *pi*, que pode ser interpretada como uma imitação do som de rochas batendo umas nas outras. Píndaro, contudo, parece ter tido uma certa predileção pela repetição de palavras ou

---

28   Cf. Sigelman, 2016: 174-175.

pelo uso de vocabulário conceitualmente interrelacionado. Nesse sentido, ele usava imagens ligadas ao campo semântico da vegetação, quando ele fala de plantas, árvores, e folhas e do clima. Podemos então falar de 'ecos verbais' dentro dos poemas. Isso foi considerado por Mezger (1880) como a chave para entender Píndaro. Essas repetições verbais também foram consideradas importantes por Bury (1890 e 1892), por Fennell (1883 e 1893) e por Lefkowitz (1976 e 1979).

Algumas vezes, encontramos também jogos de palavras ou trocadilhos nos poemas de Píndaro. Na *Olímpica* 6, 55, por exemplo, ele sugere a relação entre *íon* (violeta) e o nome *Íamos*; na *Ístmica* 6, 53, ele aproxima *áietos* (águia) do nome *Áias* (Ájax); e na *Nemeia* 5, 49, ele coloca *athletés* perto do nome da cidade de *Athénai* (Atenas). Vemos, assim, que ele tem uma certa predileção pelos jogos etimológicos, como o que faz a palavra *hymnos* derivar do verbo *hypháino*.[29]

Desse modo, vemos que Píndaro usa uma linguagem exuberante, ornamentada, extraordinariamente complexa, abundante e difícil, de certo modo. Às vezes, sua linguagem é exuberante a ponto de levar ao fastio, como já indicava o comentário do Pseudo-Longino (33.5), quando ele dizia que, em certos momentos, nosso poeta parece decair repentinamente. Outras vezes a linguagem pindárica chega a ser tão sucinta que pode se tornar obscura. Ela é ora grandiosa, ora extremamente singela. E, mais uma vez concordando com Race (1986: 18), isso a torna variada e surpreendente e faz com que Píndaro seja um poeta inimitável.

Relacionada com a discussão sobre o estilo está também a questão da ordem cronológica dos epinícios: é possível perceber

---

29 Cf. *Nemeia* 4, 44; Nagy, 1991: 64-65 e Cairns, 2010: 47.

alguma mudança no modo de composição dos poemas conforme os anos foram passando? E a partir dessa percepção seria possível propor uma cronologia mais segura? Nós podemos datar com certa segurança as *Olímpicas* e as *Píticas*, porque possuímos listas de vencedores em diferentes documentos que nos ajudam a localizar temporalmente o *terminus post quem* depois do qual essas odes foram compostas. Mas não temos informações seguras sobre as datas das *Ístmicas* e das *Nemeias*.[30] Gaspar (1900) tentou estabelecer uma relação cronológica entre as odes, mas hoje em dia suas propostas são questionadas.[31] Na minha opinião, ainda é necessário fazer um estudo atualizado e sério sobre essa questão. Contudo, comparando a *Pítica* 6, o poema pindárico mais antigo (de 498 a. C.), e a *Pítica* 8, a ode mais recente (de 446), acredito que não seja possível perceber grandes diferenças estilísticas. As características básicas da personalidade poética de Píndaro parecem ter sido mais ou menos as mesmas.

---

30 Sobre isso, cf. Currie, 2005: 24-26.
31 Cf. Pohlsander, 1963.

INTERPRETAÇÕES MODERNAS
DA POESIA PINDÁRICA

A crítica pindárica moderna surge com a publicação, em 1811 e 1821, em dois volumes, da edição dos poemas de Píndaro preparada por August Boeckh, com a colaboração de Georg L. Dissen.[32] Antes dessa época, a interpretação dos poemas pindáricos se baseava principalmente nas informações encontradas nos escólios e nos esquemas encontrados nos tratados de retórica do período imperial romano, muito lidos desde o Renascimento até o século XVIII.[33] O que Boeckh fez, essencialmente, foi mudar a colometria dos versos de Píndaro, arranjados de modo diferente nos manuscritos. Ele propôs uma nova leitura baseada na visualização dos ritmos datilo-epitríticos na página, organizando assim os versos pindáricos em unidades, algumas vezes, mais longas do que as encontradas nos textos transmitidos pela tradição medieval. Além disso, a edição de Boeckh vem acompanhada de uma introdução e de comentários que trazem os temas que serão de grande relevância para os estudos pindáricos nas décadas seguintes, principalmente a questão da unidade dos epinícios. Qualquer pessoa que leia um poema desse tipo percebe que ele é composto de diferentes partes, que algumas vezes parecem não ter relação entre si. Por isso, a questão da unidade se tornou tão importante para os filólogos alemães do século XIX. Boeckh, por exemplo, propôs que, nos poemas de Píndaro, há sempre alusões a fatos históricos mais ou menos contemporâneos ao momento da composição da obra. Dessa forma, a unidade

---

32   Cf. Lloyd-Jones, 1991: 26-27.
33   Sobre isso, cf. Heath, 1986.

seria garantida por essas alusões. Dissen, por outro lado, defendeu que havia um *Grundgedanke*, uma 'ideia fundamental', que seria expressa pelas *gnomai*. Várias propostas foram feitas por diferentes autores daquele período.[34]

Esses desenvolvimentos teóricos acabaram influenciando autores como Wilamowitz (1922) e Bowra (1964), que interpretavam Píndaro do ponto de vista Historicista e Biografista. Influenciados pelas leituras de Boeckh, eles acreditavam que havia uma relação necessária entre os poemas pindáricos e os fatos históricos que aconteceram no tempo de vida de nosso poeta. Pensando dessa maneira, eles chegaram a pensar que o que Píndaro diz nos poemas tinha a ver com a vida particular do nosso autor, fazendo assim uma relação direta entre poesia e vida objetiva, algo característico do pensamento romântico, muito marcado pela filosofia de Hegel.

Na segunda metade do século XX, entretanto, aconteceu uma guinada teórica, algumas vezes chamada de 'revolução' por alguns. Em 1962, Elroy Bundy, rompendo com essa escola historicista e biografista, propôs que, para fazer uma boa leitura dos poemas de Píndaro, não era necessário pensar no contexto histórico nem nas possíveis relações entre a poesia e a biografia do poeta. Influenciado por Schadewaldt (1922) e pela Nova Crítica, Bundy defendeu que os poemas deveriam ser lidos como textos com valor em si mesmos, não como documentos históricos ou autobiográficos. Dando outra solução para a questão da unidade, ele propôs que os epinícios foram compostos com o único objetivo de celebrar as vitórias dos competidores que os teriam encomendado. Nesse sentido, todos os elementos que compõem os epinícios serviriam somente a esse propósito, ou seja, louvar o vencedor, e nada mais

---

34 Todas essas discussões foram recenseadas por Young (1970).

além disso. Fazendo uma leitura eminentemente formalista, Bundy propôs ainda que Píndaro, ao compor suas canções, usou certos 'lugares comuns' ou 'convenções' relativamente fáceis de identificar. Essa leitura encontrou grande ressonância nas décadas seguintes nos livros e artigos de Young (1968 e 1971), Thummer (1968), Slater (1969a) e Köhnken (1971), às vezes com um certo exagero na leitura formalista.[35]

Outra discussão relacianada a esses temas foi desenvolvida em torno da questão da performance dos epinícios e do uso da primeira pessoa nos poemas. Autores como Heath e Lefkowitz (1991) defenderam que a primeira pessoa sempre se refere ao próprio poeta e que, por isso, os poemas foram cantados por uma só pessoa, ou seja, o próprio Píndaro. Outros estudiosos, como Carey (1991), argumentaram a favor da interpretação mais tradicional, segundo a qual as odes foram cantadas por um coro, e, por isso, a primeira pessoa não se referiria ao próprio poeta, mas a uma persona poética criada pelo poeta no momento da composição.[36]

Eu, particularmente, acredito que alguns epinícios podem ter sido compostos para ser cantados por um coro numa ocasião com um grande público e que alguns outros podem ter sido compostos para ser cantados por uma única pessoa num simpósio ou numa ocasião com um público maior. Pensando na *Pítica* 4, por exemplo, eu defenderia a ideia de que, como os poemas de Estesícoro, talvez ela tenha sido cantada pelo próprio Píndaro, por causa das características que o aproximam da épica e da citarodia: extensão do poema, características do metro, extensão das narrativas míticas e presença de personangens falando. Por outro lado, julgo instigan-

---

35   Sobre isso, cf. Lloyd-Jones, 1973: 115-117.
36   Para mais informações sobre essa discussão, cf. D'Alessio (1994), Lefkowitz (1995) e Calame, 2011: 115-117.

tes as interpretações de Kurke (2000: 84; 2007: 156-158), que trata do 'eu' pindárico como uma 'persona flexível', um 'eu cambiante, evanescente'; e as de Calame (2011: 137-138), que usa o termo 'ego polifônico' para tratar do uso da primeira pessoa no epinício.

Nas últimas décadas, outra tendência teórica, chamada de Novo Historicismo,[37] a qual procura retomar algumas ideias do antigo historicismo para tentar mitigar os exageros do formalismo bundyano, tem florescido. Autores como Most (1985), Kurke (2013), Krummen (2014) e Currie (2005), por exemplo, buscaram mostrar que é preciso colocar os poemas de Píndaro no seu contexto cultural, social e religioso. Desse ponto de vista, os epinícios foram compostos para celebrar vitórias, como bem mostrou Bundy, mas eles acabavam desempenhando outras funções também, como reintegrar os vitoriosos nas suas comunidades depois do período de distanciamento ocorrido por causa da viagem para participação num dos jogos (cf. Kurke, 2013); ou os epinícios faziam parte de algum festival religioso, onde algumas vezes eram apresentados como uma oferenda ao deus celebrado (cf. Krummen, 2014); ou ainda os epinícios poderiam ser um componente no processo de heroicização de algum personagem proeminente na comunidade do vencedor (esse personagem heroicizado habitualmente era o próprio vencedor celebrado ou algum parente dele. Cf. Currie, 2005).

Haveria ainda outras interpretações sobre a obra de Píndaro, mas essas são, em resumo, as principais tendências teóricas que influenciaram a maioria dos estudiosos da poesia do poeta tebano nos últimos dois séculos.

---

37   Sobre isso, cf. Nisetich, 2007, que faz muitas críticas ao Novo Historicismo.

PÍNDARO EM PORTUGUÊS

Por fim, gostaria de tratar brevemente da fortuna da obra pindárica: como ele foi lido, traduzido e recebido ao longo dos séculos em alguns países, inclusive no Brasil. Em português, temos muitas traduções de Homero, do *Édipo Rei*, de Sófocles, e da *Medeia*, de Eurípides. De Píndaro, porém, até onde eu sei, não temos, até agora, nenhuma tradução completa de todos os epinícios e dos fragmentos. Este livro apresenta a primeira versão na nossa língua com toda a obra do poeta tebano. Por que essa recusa? Por que essa ausência no universo lusófono de um poeta tão importante em sua época e para a posteridade da cultura greco-latina? No passado, Píndaro foi considerado obscuro, incompreensível, difícil, quase intraduzível. Mas isso não explica tudo. Talvez o fato de ele celebrar homens da nobreza tenha causado uma certa aversão entre tradutores imbuídos de ideologias contrárias à celebração de poderosos. De qualquer modo, o fato é que o nosso poeta é pouco traduzido e pouco estudado por nós, falantes da língua portuguesa.

Esse quadro, no entanto, tem mudado nos últimos anos. Mas falemos primeiro dos princípios do pindarismo lusófono, mesmo que ele seja limitado. Píndaro foi um dos autores mais importantes da poesia grega antiga. Seus versos são citados por autores do período clássico que produziram pouco depois de sua morte. Heródoto, Aristófanes, Platão e Aristóteles são apenas alguns dentre aqueles que citaram os poemas pindáricos.[38] No período helenístico, Píndaro foi incluído no cânone dos nove poetas mais significativos da poesia mélica (poesia feita para ser cantada por uma única

---

38   Sobre isso, cf. Carey, 1995.

pessoa ou por um coro), junto com Safo, Alceu, Estesícoro, Íbico, Anacreonte, Simônides e Baquílides. Mais tarde, Horácio (*Odes*, 4.2) fala do nosso poeta como quase inimitável, porque sua poesia seria como um rio que desce das montanhas com uma força incontrolável. Quintiliano (8.6.71.2 e 10.1.61.2) escreveu que Píndaro era o 'príncipe dos poetas líricos'. No período bizantino, seus poemas foram copiados e recopiados através da tradição manuscrita, certamente por causa do valor educativo e moralizante de muitas de suas máximas. Tanto que ele é o único autor da poesia mélica que chegou até nós através dos manuscritos, não somente através de fragmentos ou através de papiros.[39]

Na Idade Média, no Ocidente, Píndaro não teria exercido grande influência sobre outros poetas. Porém, com a chegada do Renascimento, sua obra passou a ser lida e imitada por vários autores, como Ronsard, Góngora, Hölderlin e Goethe, entre outros. No âmbito da língua portuguesa, entretanto, Píndaro ainda parece ser um autor distante, de difícil acesso e pouco influente. Encontrei referências a ele, de modo geral associado a Horácio, em alguns poemas de Filinto Elísio (1734-1819), poeta do Neoclassicismo português. Entre autores brasileiros, é interessante lembrar que José Bonifácio traduziu e publicou sob o pseudônimo de Américo Elísio, a Primeira Olímpica. Já no século XX, outro poeta que também traduziu a Primeira Olímpica de Píndaro foi Mário Faustino (publicada na página *Poesia-Experiência*, do *Jornal do Brasil*, em 03 de novembro de 1957). Influenciado por Faustino, Haroldo de Campos (197: 109-119), traduziu a *Pítica* 1 e fez interessantes comentários sobre leituras modernas do nosso autor.

---

[39] Algo parecido só aconteceu com Teógnis, poeta elegíaco, cuja obra chegou até nós também através da tradição manuscrita.

Nos últimos anos, estamos assistindo ao crescimento do interesse pelo nosso poeta no Brasil. Isso se comprova pelo número de dissertações de mestrado e teses de doutorado sobre sua obra.[40] Além disso, algumas odes têm sido publicadas em português, mas de maneira esparsa. Posso citar aqui o livro de Malhadas (1976), no qual encontramos algumas odes pindáricas dedicadas a chefes sicilianos. Temos também as traduções de Pereira (2003) e de Lourenço (2006: 91-151) e o livro organizado por Lourenço (2006a), que em suas páginas finais traz algumas odes traduzidas para o português. E acaba de ser publicada também a tradução das Odes Olímpicas, preparada por Onelley e Peçanha (2016). Existem ainda outras traduções esparsas de odes ou grupos de odes publicadas em revistas. Contudo, ainda hoje em dia, não temos, na nossa língua, uma edição com a tradução de todos os poemas pindáricos. Essa é uma deficiência que precisa ser sanada. E espero que este livro seja apenas o primeiro dentre outros que virão para aumentar o interesse do público em geral pelo nosso poeta.

---

[40] Exemplos disso são as dissertações de Alisson Alexandre de Araújo, sobre a Sétima Olímpica, defendida na USP, em 2006; a de Gustavo Henrique Montes Frade, sobre a Contigência em Píndaro, defendida na UFMG, em 2012; e a tese de doutorado de Carlos Leonardo Bonturim Antunes, intitulada *Métrica e Rítmica nas Odes Píticas de Píndaro*, defendida em 2013.

SOBRE A TRADUÇÃO

O texto de base é o preparado por Snell e Maehler (1998), mas também consultei outras edições como as de Bowra (1935) e Turyn (1952).

Quanto à tradução, pretendi apresentar um texto o mais claro possível, porém tentando manter o máximo de poeticidade. Não penso que as traduções que produzi têm existência independente do texto original. Espero que meu trabalho funcione como uma porta de entrada, um primeiro degrau para que o leitor interessado possa ter acesso à poesia de Píndaro. Para isso, tentei manter, na medida do possível, em português, certas características das composições desse poeta, como o uso constante de metáforas e comparações, o quiasmo e a invenção ou reutilização de palavras compostas.

Quanto às notas, nelas tentei esclarecer passagens obscuras e busquei explicar para o leitor iniciante referências míticas e possíveis diálogos intertextuais com outras obras do próprio Píndaro e de outros poetas, como Homero, Hesíodo, Safo, Simônides e Baquílides. Além disso, fiz comentários sobre o original grego, inclusive em momentos em que não concordo com o texto de Snell-Maehler.

O que procurei fazer ao traduzir foi tentar encontrar um equilíbrio entre uma tradução que fosse fiel ao texto original e, ao mesmo tempo, uma tradução que tornasse o texto legível, compreensível para o leitor não iniciado. Contudo, tentando ser fiel ao original, julguei relevante não facilitar demais o resultado final, o que implicaria num texto muito interpretativo e calcado numa leitura pessoal determinada pelo meu olhar. Por isso optei por tentar conservar em português a literalidade e a densidade das metáforas, para que o resultado fosse o menos interpretativo e o mais poético (no sentido poundiano: poesia é linguagem concentrada) possível. Preferi conservar uma certa estranheza, porque, na minha opinião, as canções de Píndaro eram difíceis de entender também para o seu público original. Era necessário fazer torneios de raciocínio e prestar muita atenção no que a canção estava dizendo. Tenho consciência de que os gregos antigos tinham um modo de pensar completamente diferente do nosso e de que eles estavam imersos numa cultura da oralidade marcada por uma forte tradição que tinha suas raízes fincadas na herança Indo-Europeia. Porém, quando comparamos Homero, Hesíodo ou Teógnis com Píndaro, sentimos a diferença no que diz respeito à compreensibilidade. Isso poderia ser explicado pelo gênero e pela métrica, muitomais previsível e repetitiva na poesia épica e na poesia elegíaca. Mas isso não explica tudo. Baquílides, por exemplo, foi contemporâneo de Píndaro e compôs canções nos mesmos gêneros exercitados pelo nosso poeta: epinícios, ditirambos etc. Contudo, posso garantir que traduzir e compreender Baquílides é muito mais fácil do que traduzir e compreender Píndaro. Isso não quer dizer que um seja melhor do que o outro necessariamente. O fato, de qualquer modo, é que os epinícios pindáricos chegaram até nós, principalmente, através de uma longa tradição de manuscritos que foram copiados e recopiados ao longo de séculos, porque Píndaro foi considerado uma boa fonte de frases sapienciais; porque seu texto era estranho para muitos leitores e isso despertava o interesse de muitos gramáticos; porque seus poemas contam, pelo menos em parte, passagens míticas importantes; e porque sua obra pode ter tido um caráter 'edificante', aos olhos dos professores e dos monges bizantinos que garantiram a sobrevivência desses textos. Desse ponto de vista, pelo menos, Píndaro foi 'melhor' do que Baquílides, porque porque sobreviveu através da tradição manuscrita bizantina medieval e não por causa de um acaso, através de poucos papiros.

Quanto à métrica, decidi não tentar reproduzir em português os ritmos encontrados na poesia pindárica. A língua grega antiga é bastante diferente da nossa no que diz respeito, em primeiro lugar, à quantidade das sílabas. Em grego, o fato de uma vogal e, consequentemente, uma sílaba serem longas ou breves era um traço significativo. Além disso, a língua grega tinha acento musical e não tônico, como é o caso do português. Isso quer dizer que quando encontramos num texto grego um 'acento agudo', isso quer dizer que naquela sílaba o falante deveria emitir uma nota mais aguda do que a nota que ele utilizou para pronunciar a sílaba anterior. E quando encontramos um 'acento grave', isso significa que o falante da língua grega antiga deveria emitir uma nota mais grave do que a nota usada na sílaba anterior. Quanto ao chamado 'circunflexo', quando acentuada com esse sinal gráfico, nessa sílaba haveria um elevação e um abaixamento da melodia. Isso é um pouco difícil de reproduzir em nossa língua, porque é uma característica que se perdeu ao longo do tempo, conforme as línguas indo-europeias foram se transformando.

Além disso, Píndaro, em seus poemas, utilizou estruturas métricas bastante diferentes dos metros usados na tradição ibérica. É característico da nossa tradição usar versos que têm metros que se repetem ao longo de uma composição. Isso era comum na poesia épica grega, assim como é comum num soneto, por exemplo. Outra caractrística comum da nossa tradição poética é o uso de rimas, algo raro na poesia grega antiga. Na poesia pindárica, por outro lado, encontramos uma grande variedade de estruturas métricas. É verdade que encontramos nos poemas construções básicas como o hemíepes, metade de um hexâmetro datílico (-uu-uu-), e o epítrito (-u--), que, combinados, formam o dátilo-epítrito. Esse último é usado na maioria dos epinícios, geralmentedentro da estrutura triádica, ou seja, numa sequência formada por estrofes e antístrofes (com estruturas mais ou menos idênticas) e epodos (com estruturas parecidas, mas um pouco diferentes das estrofes e antístrofes). Encontramos também nos poemas pindáricos os chamados metros eólicos, compostos principalmente de jambos (u-) e coriambos (-uu-).

Tendo tudo isso em vista e conhecendo os ritmos dos textos originais, cheguei à conclusão de que seria melhor tentar me concentrar nos significados das palavras e das frases e tentar reproduzir em português mais a estranheza da sintaxe e a beleza das metáforas. Tentar reproduzir na nossa língua os metros das línguas antigas implica muito mais na criação de novos metros incomuns à nossa tradição poética do que numa efetiva reprodução ou imitação do original. Pelo menos no que diz respeito aos metros utilizados por Píndaro. Acredito que para gêneros que utilizam repetição de estruturas métricas, como o hexâmetro, na poesia épica, o dístico elegíaco, na poesia elegíaca, e o jambo, na poesia jâmbica, seja possível obter bons resultados quando tentamos imitar em português os metros da poesia grega antiga. Porém, quando tentamos reproduzir os metros da poesia mélica coral, acredito que os resultados se aproximem muito mais dos versos livres ou de métrica variada da poesia moderna. Por isso, decidi usar versos livres, tentando acompanhar a estrutura dos versos originais, na medida do possível.

Píndaro cria muitas palavras novas, palavras compostas, geralmente adjetivos, combinando duas raízes diferentes. Há muitos *hapax legomenoi* no corpus pindárico. Assim, tentando respeitar o espírito do original, também procurei adotar esse procedimento sempre que achei adequado e possível. Algumas vezes criei adjetivos compostos com base na haplologia, metaplasmo similar à síncope, que acontece quando uma sílaba é suprimida por ter um som muito parecido ou igual ao de outra sílaba presente na mesma palavra. Por exemplo: 'brilhantrovejante', ao invés de 'brilhantetrovejante', no *Peã* 12, 9.

Esses procedimentos não são algo completamente novo na nossa tradição poética, embora ainda haja muitos leitores que possam julgá-los estranhos. Odorico Mendes fez algo parecido com isso no século XIX e os poetas concretos levaram adiante práticas similares. Aparentemente, criar novas palavras compostas era algo mais ou menos natural na língua grega antiga. Contudo, acredito que, na verdade, essa era uma prática comum na poesia e não na língua do cotidiano. Sendo assim, achei necessário criar novas palavras em português para que a tradução conservasse algo do estilo da canção pindárica.

Dessa forma, espero receber críticas de todo tipo de leitor, desde o público em geral apreciador de poesia até o erudito especialista em poesia grega arcaica, para que, no futuro, eu possa aperfeiçoar minhas traduções e comentários.

BIBLIOGRAFIA

EDIÇÕES E TRADUÇÕES

Balasch, Manuel (1993) *Píndar. Odes.* Vol. III: Olímpiques. Introducció general per Josep Maria Gómez Pallarès. Història de la tradició manuscrita, text crític, introduccions particulars, traducció i notes per Manuel Balasch. Barcelona: Fundació Bernat Metge.

Balasch, Manuel (1993) *Píndar. Odes.* Vol. IV: Pítiques. Introducció general per Josep Maria Gómez Pallarès. Història de la tradició manuscrita, text crític, introduccions particulars, traducció i notes per Manuel Balasch. Barcelona: Fundació Bernat Metge.

Balasch, Manuel (1994) *Píndar. Odes.* Vol. V: Nemees/Ístmiques. Introducció general per Josep Maria Gómez Pallarès. Història de la tradició manuscrita, text crític, introduccions particulars, traducció i notes per Manuel Balasch. Barcelona: Fundació Bernat Metge.

Bowra, Cecil Maurice (1935) *Pindari Carmina cum Fragmentis.* Oxford: Clarendon.

Briand, Michel (2014) *Pindare. Olympiques.* Texte établi par Aimé Puech, traduit et commenté par Michel Briand. Paris: Les Belles Lettres.

Burnett, Anne Pippin (2010) *Pindar. Odes for Victorious Athletes.* Translated with an introduction by Anne Pippin Burnett. Baltimore: The Johns Hopkins University Press.

Cannatà Fera, Maria (1990) *Pindarus. Threnorum Fragmenta*. Edidit Maria Cannatà Fera. Roma: Edizioni dell'Ateneo.

Drachmann, Anders B. (ed.) (1903-27) *Scholia Vetera in Pindari Carmina, i—iii*. Leipzig: Teubner.

Ferrari, Franco (1998) *Pindaro. Olimpiche*. A cura di Franco Ferrari. Milano: Bur Rizzoli.

Ferrari, Franco (2008) *Pindaro. Pitiche*. A cura di Franco Ferrari. Milano: Bur Rizzoli.

Gentili, Bruno (ed.) (1995) *Pindaro. Le Pitiche*. Introduzione, testo critico e traduzione di Bruno Gentili. Commento a cura di Paola Angeli Bernardini, Ettore Cingano, Bruno Gentili e Pietro Giannini. Milano: Fondazione Lorenzo Valla e Arnaldo Mondadore Editore.

Gentili, Bruno (ed.) (2013) *Pindaro. Le Olimpiche*. Introduzione, testo critico e traduzione di Bruno Gentili. Commento a cura di Carmine Catenacci, Pietro Giannini e Liana Lomiento. Milano: Fondazione Lorenzo Valla e Arnaldo Mondadore Editore.

Lavecchia, Salvatore (2000) *Pindaro. I Ditirambi*. Roma e Pisa: Edizioni dell'Ateneo.

Lehnus, Luigi (1981) *Pindaro. Olimpiche*. Traduzione, commento, note e lettura critica di Luigi Lehnus. Introduzione di Umberto Albini. Milano: Garzanti.

Λεκατσάς, Παναγής (1960) *Πίνδαρος. Μετάφραση και Ερμηνευτικά*. Αθήνα: Δίφρος.

Maehler, Herwig (1987) *Pindarus. Pars I: Epinicia*. Post Bruno Snell edidit Herwig Maehler. Leipzig: Teubner.

Maehler, Herwig (2001) *Pindarus. Pars II: Fragmenta*. Indices. Edidit Herwig Maehler. München und Leipzig: Saur (Bibliotheca Teubneriana).

Privitera, G. Aurelio (1982) *Pindaro. Le Istmiche*. A cura di G. Aurelio Privitera. Milano: Fondazione Lorenzo Valla e Arnaldo Mondadore Editore.

Race, William H. (1997) *Pindar: Nemean Odes, Isthmian Odes, Fragments*. Edited and translated by William H. Race. Cambridge (Mass.) and London: Harvard University Press.

Race, William H. (1997) *Pindar: Olympian Odes, Pythian Odes*. Edited and translated by William H. Race. Cambridge (Mass.) and London: Harvard University Press.

Ruiz y Amuza, Emilia (2002) *Píndaro. Odas y fragmentos*. Introducción general de Emilia Ruiz y Amuza. Traductión y notas de Alfonso Ortega. Madrid: Gredos.

Savignac, Jean-Paul (2004) *Pindare. Oeuvres complètes*. Traduites du grec et présentées par JeanPaul Savignac. Paris: Minos La Différence.

Triadú, Joan (1957) *Píndar. Odes.* Vol. I: Olímpiques I-V. Text revisat i traducció de Joan Triadú. Barcelona: Fundació Bernat Metge.

Triadú, Joan (1959) *Píndar. Odes.* Vol. II: Olímpiques VI-XIV. Text revisat i traducció de Joan Triadú. Barcelona: Fundació Bernat Metge.

Turyn, Alexander (1952) *Pindari Carmina cum Fragmentis.* Oxford: Blackwell.

van der Weiden, Maria Johanna Helena (1991) *The Dithyrambs of Pindar: Introduction, Text and Commentary.* Amsterdan: Gieben.

Willcock, M. M. (1995) *Pindar. Victory Odes: Olympians 2, 7 and 11; Nemean 4; Isthmians 3, 4 and 7.* Cambridge: Cambridge University Press.

ESTUDOS

Agöcs, Peter, Chris Carey and Richard Rawles, (eds.) (2012) *Reading the Victory Ode*. Cambridge: Cambridge University Press.

Athanassaki, Lucia and Bowie, Ewen (eds.) (2011) *Archaic and Classical Choral Song: Performance, Politics and Dissemination*. Berlin and Boston: De Gruyter.

Baker, Lawrence Henry (1923) 'Some Aspects of Pindar's Style', in *The Sewanee Review*, vol. 31, n. 1, pp. 100-110.

Boeckh, Phillip August (1811-1821) *Pindari opera quae supersunt*. 2 Bände in 4 Teilen, Leipzig: Weigel.

Boeke, Hanna (2007) *The Value of Victory in Pindar's Odes. Gnomai, Cosmology and the Role of the Poet*. Leiden and Boston: Brill.

Bowie, Ewen (2012) 'Epinicians and 'Patrons'', in *Agócs*, Carey and Rawles (2012), pp. 83–92.

Bowra, Cecil M. (1964) *Pindar*. Oxford: Oxford University Press.

Braswell, Bruce Karl (1988) *A commentary on the Fourth Pythian Ode of Pindar*. Berlin and New York: De Gruyter.

Bundy, Elroy L. (1962) *Studia Pindarica*. Berkeley: Department of Classics UCB. Disponível em versão digital de 2006 em: <http://repositories.cdlib.org/ucbclassics/bundy>.

Burnett, Anne (2005) *Pindar's Songs for Young Athletes of Aegina*. Oxford: Oxford University Press.

Burnett, Anne Pippin (2008) *Pindar*. London: Bristol Classical Press.

Burton, R. W. B. (1962) *Pindar's Pythian Odes*. Essays in Interpretation. Oxford: Clarendon Press.

Bury, J. B. (1890) *The Nemean Odes of Pindar*. Edited with Introduction and Commentary. London and New York: Macmillan.

Bury, J. B. (1892) *The Isthmian Odes of Pindar*. Edited with Introduction and Commentary. London and New York: Macmillan.

Caeiro, António de C. (2010) *Píndaro - Odes*. Lisboa: Quetzal.

Cairns, Douglas L. (2010) *Bacchylides. Five Epinician Odes (3, 5, 9, 11, 13)*. Cambridge: Francis Cairns.

Calame, Claude (2011) 'La Fondation Narrative de Cyrène', in idem, *Mythe et Histoire dans L'Antiquité Grecque*. La création symbolique d'une colonie. Paris: Les Belles Lettres, pp. 91-249.

Calame, Claude (2011) 'Enunciative fiction and poetic performance. Choral voices in Baquilides' epinicians', in *Athanassaki*, Lucia and Bowie, Ewen (eds.) Archaic and Classical Choral Song: Performance, Politics and Dissemination. Berlin and Boston: De Gruyter, pp. 115-138.

Campos, Haroldo de (1977) 'Píndaro, hoje', em idem, *A arte no horizonte do provável*, São Paulo: Perspectiva, pp. 109-119.

Carey, Christopher (1981) *A commentary on five odes of Pindar: Pythian 2, Pythian 9, Nemean 1, Nemean 7, Isthmian 8*. New York: Arno Press.

Carey, Christopher (1991) 'The Victory Ode in Performance: the Case for the Chorus', in *Classical Philology*, 85, 192-200.

Carey, Christopher (1995) 'Pindar and the Victory Ode', in Ayres, Lewis (ed.) *The Passionate Intellect*. Essays on the Transformations of Classical Traditions. New Brunswick: Transaction Publishers, pp. 85-103.

Carey, Christopher (2012) 'Pindaric metapoetics revisited', in Correa, Paula da Cunha et alii (eds.) *Hyperboreans: Essays in Greek and Latin poetry, philosophy rhetoric and linguistics*. São Paulo: Humanitas, pp. 25-50.

Carne-Ross, D. S. (1985) *Pindar.* New Haven and London: Yale University Press/Hermes Books.

Cole, Thomas (1992) *Pindar's feasts or the music of power.* Roma: Ateneo.

Currie, Bruno (2005) *Pindar and the Cult of Heroes.* Oxford: Oxford University Press.

D'Alessio, Giovan Battista (1994) 'First Person Problems in Pindar', in *Bulletin of the Institute of Classical Studies of the University of London*. n. 39, pp. 117-139.

Dornseiff, Franz (1921) *Pindars Stil*. Berlin: Weidmannsche Buchhandlung.

Duchemin, Jacqueline (1955) *Pindare poète et prophète*. Paris: Les Belles Lettres.

Fennell, C. A. M. (1883) *Pindar: The Nemean and Isthmian Odes*. Cambridge: Cambridge University Press.

Fennell, C. A. M. (1893) *Pindar: The Olympian and Pythian Odes*. Cambridge: Cambridge University Press.

Gaspar, Camille (1900) *Essai de chronologie pindarique*, Bruxelas: Lamertin.

Gostoli, Antonietta. (1990) *Terpander*, Roma: Edizioni dell'Ateneo.

Hamilton, John (2003) *Soliciting Darkness: Pindar, obscurity, and the classical tradition*. Cambridge (Mass.): Harvard University Department of Comparative Literature.

Heath, Malcolm (1986) 'The Origins of Modern Pindaric Criticism', in *The Journal of Hellenic Studies*, vol. 106, pp. 85-98.

Heath, Malcolm e Lefkowitz, Mary R. (1991) 'Epinician Performance', in *Classical Philology*, vol. 86, n. 3, pp. 173-191.

Henry, W. B. (2005) *Pindar's Nemeans: A Selection.* München und Leipzig: Saur.

Hornblower, Simon (2004) *Thucydides and Pindar.* Historical Narrative and the World of Epinikian Poetry. Oxford: Oxford University Press.

Hornblower, Simon and Morgan, Catherine (eds.) (2007) *Pindar's Poetry, Patrons, and Festivals from Archaic Greece to the Roman Empire.* Oxford: Oxford University Press.

Hummel, Pascale (1993) *La syntaxe de Pindare.* Louvain-Paris: Éditions Peeters.

Hummel, Pascale (1999) *L'épithète pindarique. Étude historique et philologique.* Bern: Peter Lang.

Hummel, Pascale (2011) *Pindare et les pindarismes.* Paris: Philologicum.

Hurst, André (ed.) (1985) *Pindare.* Fondation Hardt Pour L'Étude de l'Antiquité Classique. Entretiens, Tome XXXI. Genève: Fondation Hardt.

Instone, Stephen (1996) *Pindar. Selected Odes.* Warminster: Aris and Phillips.

Itsumi, Kiichiro (2007) *Pindaric Metre: The Other Half.* Oxford: Oxford University Press.

Kimmel-Clauzet, Flore (2013) *Morts, tombeaux et cultes des poètes grecs.* Bordeaux: Ausonius.

Kirkwood, Gordon (1982) *Selections from Pindar.* Chico (CA): Scholars Press.

Köhnken, Adolf (1971) *Die Funktion des Mythos bei Pindar. Interpretationen zu sechs Pindargedichten.* Berlin und New York: Walter de Gruyter.

Krummen, Eveline (2014) *Cult, Myth, and Occasion in Pindar's Vitory Odes. A Study of Isthmian 4, Pythian 5, Olympian 1, and Olympian 3.* English translation by J. G. Howie. Prenton (U. K.): Francis Cairns. [Publicado originalmente em 1990, em alemão, sob o título *Pyrsos Hymnon*, pela De Gruyter].

Kurke, Leslie (2000) "The strangeness of „song culture": Archaic Greek Poetry", in Taplin, Oliver (ed.) *Literature in the Greek and Roman Worlds. A new perspective.* Oxford: Oxford University Press, pp. 58-87.

Kurke, Leslie (2007) "Ancient Greek Poetry", in Shapiro, H. A. (ed.) *The Cambridge Companion to Archaic Greece.* Cambridge: Cambridge University Press, pp. 141-168.

Kurke, Leslie (2013) *The Traffic in Praise.* Berkeley: California Classical Studies. 2nd edition. Disponível em: <http://calclassicalstudies.org>. [Publicado originalmente em 1991].

Lefkowitz, Mary R. (1976) *The Victory Ode: An Introduction*. New Jersey: Noyes Press.

Lefkowitz, Mary R. (1979) 'Pindar's Nemean XI', in *Journal of Hellenic Studies*, 99, pp. 49-76.

Lefkowitz, Mary R. (1991) *First Person Fictions: Pindar's Poetic 'I'*. Oxford: Clarendon Press.

Lefkowitz, Mary R. (1995) 'First Person in Pindar Reconsidered - Again', in *Bulletin of the Institute of Classical Studies*, vol. 40, pp. 139-150.

Lefkowitz, Mary R. (2012) *The Lives of the Greek Poets*. 2nd ed. Baltimore: The Johns Hopkins University Press.

Lloyd-Jones, Hugh (1973) 'Modern Interpretation of Pindar: The Second Pythian and Seventh Nemean Odes', in *The Journal of Hellenic Studies*, vol. 93, pp. 109-137.

Lloyd-Jones, Hugh (1991) 'Pindar', in idem, *Greek in a Cold Climate*, Savage (Maryland): Barnes and Noble. Publicado originalmente em 1982 in *Proceedings of the British Accademy*, 68, pp. 139-163. Disponível em: <http://www.britac.ac.uk/pubs/proc/files/68p139.pdf>.

Loscalzo, Donato (2000) *La Nemea settima di Pindaro*. Viterbo: Università degli Studi della Tuscia.

Loscalzo, Donato (2003) *La Parola Inestinguibile. Studi sull'Epinicio Pindarico.* Roma: Edizioni dell'Ateneo.

Lourenço, Frederico (2006) *Poesia Grega de Álcman a Teócrito.* Lisboa: Cotovia.

Lourenço, Frederico (org.) (2006a) *Ensaios sobre Píndaro.* Lisboa: Cotovia.

Mackie, Hilary Susan (2003) *Graceful Errors: Pindar and the performance of praise.* Ann Arbor: The University of Michigan Press.

Malhadas, Daisi (1976) *Odes aos Príncipes da Sicília.* Araraquara: FFCLAr-UNESP.

Maslov, Boris (2015) *Pindar and the emergence of Literature.* Cambridge: Cambridge University Press.

Mezger, Friedrich (1880) *Pindars Siegeslieder.* Leipzig: Teubner.

Miller, Stephen G. (2004) *Ancient Greek Athletics.* New Haven and London: Yale University Press.

Morgan, Kathryn A. (2015) *Pindar and the Construction of Syracusan Monarchy in the Fifth Century B.C. Greeks overseas.* Oxford: Oxford University Press.

Morrison, Andrew (2007) *Performances and Audiences in Pindar's Sicilian Victory Odes.* London: Institute of Classical Studies (BICS Supplement 95).

Moura Neves, Maria H. de (1976) *Antologia de poetas gregos de Homero a Píndaro*. Araraquara: FFCLAr-UNESP.

Most, Glenn W. (1985) *The Measures of Praise: Structure and Function in Pindar's Second Pythian and Seventh Nemean Odes*. Göttingen: Vandenhoeck & Ruprecht.

Nagy, Gregory (1990) *Pindar's Homer: The Lyric Possession of an Epic Past*. Baltimore and London: The Johns Hopkins University Press.

Nagy, Gregory (1996) *Poetry as Performance*. Cambridge: Cambridge University Press.

Nisetich, Frank (2007) 'The Ghost of Historicism: Three New Books on Pindar', in *International Journal of the Classical Tradition*. vol. 14, n. 3/4, pp. 535-578.

Olivieri, Oretta (2011) *Miti e Culti Tebani nella Poesia di Pindaro*. Pisa e Roma: Fabrizio Serra Editore.

Onelley, Glória Braga e Peçanha, Shirley (2016) *As Odes Olímpicas de Píndaro*. Introdução, tradução e notas. Rio de Janeiro: Sete Letras.

Pelliccia, Hayden (2009) 'Simonides, Pindar and Bacchylides', in *The Cambridge Companion to Greek Lyric*, ed. F. Budelmann: 240–262. Cambridge: Cambridge University Press.

Pereira, Maria H. da R. (2003) *Sete odes de Píndaro*. Porto: Porto editora.

Peron, Jacques (1974) *Les images maritimes de Pindare.* Paris: Klincksieck.

Pfeijffer, Ilja Leonard (1999) *First Person Futures in Pindar.* Stuttgart: Franz Steiner Verlag.

Pfeijffer, Ilja Leonard (1999) *Three Aeginetan Odes of Pindar.* A Commentary on Nemean V, Nemean III, and Pythian VIII. Leiden: Brill.

Phillips, Tom (2016) *Pindar's Library.* Performance Poetry and Material Texts. Oxford: Oxford University Press.

Pires, Robert Brose (2014) *Epikomios Hymnos: investigações sobre a performance dos epinícios pindáricos.* São Paulo: Tese (FFLCH--USP).

Pohlsander, Hans A. (1963) 'The Dating of Pindaric Odes by Comparison', in *Greek, Roman and Byzantine Studies*, vol. 4, n. 3, pp. 131-140.

Race, William H. (1986) *Pindar.* Boston: Twayne Publishers.

Race, William H. (1990) *Style and Rhetoric in Pindar's Odes.* Atlanta: American Philological Association (Scholars Press).

Rocha, Roosevelt (2006) 'A invenção dos nomos e seu desenvolvimento no livro 'Sobre a Música', de Plutarco', in *Calíope*, v. 15, pp. 112-130.

Rueda González, (2003) 'Imágenes del quehacer poético en los poemas de Píndaro y Baquílides', in *Cuadernos de Filología Clásica: Estudios Griegos y Indoeuropeos*, vol. 13, pp. 115-163.

Rutherford, Ian (2001) *Pindar's Paeans. A Reading of the Fragments with a Survey of the Genre.* Oxford: Oxford University Press.

Schadewaldt, Wolfgang (1928) *Der Aufbau des Pindarischen Epinikion.* Halle (Saale): Max Niemayer Verlag.

Segal, Charles (1986) *Pindar's Mythmaking: The Fourth Pythian Ode.* Princeton: Princeton University Press.

Sigelman, Asya C. (2016) *Pindar's Potics of Immortality.* Cambridge: Cambridge University Press.

Slater, William J. (1969) *Lexicon to Pindar.* Berlin: De Gruyter.

Slater, William J. (1969a) 'Futures in Pindar', in *The Classical Quarterly.* Vol. 19, No. 1, pp. 86-94.

Thummer, Erich (1968) *Pindar.* Die Istmische Gedichte, Heidelberg: Carl Winter.

Valavanis, Panos (2004) *Games and Sanctuaries in Ancient Greece.* Los Angeles: Getty Publications.

Wells, James Bradley (2009) *Pindar's Verbal Art. An Ethnographic Study of Epinician Style.* Cambridge (Mass.) and London: Center for Hellenic Studies (Harvard).

Wilamowitz-Moellendorff, Ulrich von (1922) *Pindaros*. Berlin: Weidmannsche Buchhandlung.

Young, David C. (1968) *Three Odes of Pindar: A literary Study of Pythian ii, Pythian 3 and Olympian 7* (Mnemosyne, suppl. 9). Leiden: Brill.

Young, David C. (1970) 'Pindaric Criticism', in Calder, William M. and Stern, Jacob (eds.) *Pindaros und Bakchylides, Wege der Forschung 134*. Darmstadt: Wissenschaftliche Buchgesellschaft, pp. 1-95.

Young, David C. (1971) *Pindar, Isthmian 7, Myth and Exempla (Mnemosyne, suppl. 15)*. Leiden: Brill.

OLÍMPICAS

Olímpica 1 (476)
Para Hierão de Siracusa, vencedor com o cavalo montado

Ótima a água e o ouro, como ardente
fogo, resplandece à noite, acima da magnânima riqueza.
Mas se jogos cantar
desejas, meu coração,
não mais do que o sol procures   5
outro mais quente de dia brilhante
      astro no deserto éter,
nem do que o de Olímpia um torneio proclamaremos,
de onde o multifamoso hino em torno lança-se
dos sábios às mentes, para celebrar
de Crono o filho[1] depois de chegarem ao rico e   10
venturoso lar de Hierão,

que o legítimo cetro possui na multifrúctea
Sicília, colhendo os ápices das excelências todas,
e esplendifica-se também
da música[2] no
primor,   15
que interpretamos, nós homens,
amiúde em torno à sua cara mesa. Mas a
      dórica forminge[3] da cavilha

---

1   Zeus, deus homenageado nos Jogos Olímpicos.
2   Entendida aqui não só como a arte das melodias, mas como a arte das Musas, ou seja, a união das notas musicais, com as palavras e a dança.
3   Instrumento de corda, feito todo de madeira, semelhante à lira (cuja caixa de ressonância era um casco de tartaruga). Aqui Píndaro diz que ela é 'dórica' talvez porque Hierão era o soberano de uma cidade com raízes dóricas.

pega, se de algum modo de Pisa[4] e de Ferênico[5] a graça
tua mente sob dulcíssimos pensamentos colocou,
quando junto ao Alfeu[6] acelerou, seu corpo   20
sem esporas na corrida dispondo,
e ao sucesso ligou seu dono,

siracúsio equestrejubiloso
    rei. Lampeja sua glória
na nobilivaronil colônia do lídio Pélops.[7]
Por ele se apaixonou o megaforte Terrirregente   25
Posídon, depois que do puro caldeirão
    retirou-o Cloto,[8]
de marfim seu radiante ombro distinto.
Sim, maravilhas muitas há e de algum modo também dos mortais
o falatório vai acima da veraz palavra:
adornados com mentiras intrincadas
    enganam os mitos.

Mas a Cáris,[9] que provê todo o mavioso aos mortais,   30
trazendo honra, até o incrível faz com que crível
seja amiúde.

---

4   Localidade próxima a Olímpia, cujo nome serve para designar o local onde aconteciam os jogos.
5   Nome do cavalo de Hierão, que significa 'aquele que traz a vitória'.
6   Rio que banha a região de Olímpia.
7   Filho de Tântalo, rei de Sípilo, na Lídia, no oeste da Ásia Menor. O Peloponeso, a 'ilha de Pélops', era a sua 'colônia', porque ele se tornou soberano da região de Olímpia depois que venceu uma corrida de carros e se casou com Hipodâmia, a 'domadora de cavalos'.
8   Junto com Átropo e Láquesis, uma das três Moiras. Ela estava ligada ao nascimento e à determinação do destino dos humanos.
9   A Graça, deusa que concedia a beleza e a doçura dos cantos, mas também favorecia os humanos em competições.

Mas os dias vindouros
são as testemunhas mais sábias.
É conveniente ao homem dizer sobre os   35
       deuses belas palavras, pois menor é a culpa.
Filho de Tântalo, sobre ti, contra meus predecessores, falarei:
quando teu pai convidou para o mais bem ordenado
festim e à cara Sípilo,
em retribuição aos deuses um banquete oferecendo,
então o Esplenditridente[10] te raptou,   40

domado em seu espírito pelo desejo, e sobre áureas éguas
para a altíssima morada do vastionrado Zeus te transportou,
para onde, num segundo momento,
foi também Ganimedes[11]
de Zeus para o mesmo serviço.   45
Quando invisível estavas e à tua mãe, depois
       de muito procurar, os homens não te trouxeram,
disse em segredo logo algum dos invejosos vizinhos
que da água no fogo no auge fervente
com uma adaga cortaram-te, membro a membro,
e em torno às mesas, por fim, tuas   50
carnes dividiram e comeram.[12]

Mas para mim é impossível glutão
       chamar um dos venturosos. Recuso-me.
Ausência de ganho é a sorte amiúde dos caluniadores.

---

10   Posídon.
11   Jovem troiano, raptado por Zeus por causa de sua beleza, tornou-se copeiro daquele deus no Olimpo.
12   Ou seja, os deuses teriam cortado e comido o corpo de Pélops.

Mas se, de fato, algum homem mortal do Olimpo os guardiões
honraram, esse foi Tântalo. Mas, 55
     de certo, digerir
sua grande ventura não pôde e, por sua ganância, conseguiu
uma ruína monstruosa, que, de certo, o pai[13] sobre
ele suspendeu, a poderosa pedra,
que ele sempre almeja de sua cabeça afastar
     e da alegria extravia-se.

E tem essa desvalida vida sempre penosa,
com as outras três uma quarta fadiga,[14] 60
porque, depois de roubar dos deuses,
aos seus coetâneos simposiastas
o néctar e a ambrosia
deu, com os quais imortal
tornaram-no. Mas se a um deus um homem espera
     ocultar-se ao agir, ele erra.
Por isso os imortais enviaram seu filho de volta 65
para junto da brevifadada, de novo, raça dos homens.
E quando, no tempo da florescente madurez,
os pelos seu negro queixo estavam cobrindo,
pensou em prontas núpcias

do pai, rei de Pisa,[15] a afamada Hipodâmia 70
conseguir. Perto tendo chegado do mar griz, só, na treva

---

13   Zeus.
14   Junto com a sede, a fome e o desconforto de ter uma pedra sobre sua cabeça, a quarta pena seria o desespero de saber que ela será eterna, já que Tântalo ganhou dos deuses o dom da imortalidade.
15   Enomau.

chamou o gravigolpeante
de Belotridente[16] e ele junto
ao pé daquele perto apareceu.
A ele disse: "Os amáveis dons de Cipris,[17]   75
    vamos, se de algum modo, Posídon, para tua graça
contam, detém a brônzea lança de Enomau,
leva-me sobre velocíssimo carro
para Élis[18] e do sucesso aproxima-me.
Porque, depois de matar treze homens
pretendentes, ele protela as núpcias   80

da filha. O grande perigo
    não captura o homem covarde.
Para quem morrer é necessário, isso alguém anônimo
a velhice na escuridão sentado cozinharia sem propósito,
de todos os belos feitos não partícipe? Mas diante de mim
    esse certame
apresentar-se-á e tu o desempenho desejado concede".   85
Assim disse e não usou irrealizáveis
    palavras. Honrando-o, o deus
deu-lhe uma carruagem áurea e com asas
    infatigáveis cavalos.

E venceu de Enomau o vigor e sua filha como cônjuge.
Ela gerou seis filhos,[19] líderes por façanhas ansiosos.

---

16   Posídon.
17   Uma das epicleses de Afrodite, assim chamada porque teria surgido do mar em Chipre, ilha onde recebia um culto especial.
18   Região onde se localiza Olímpia.
19   Os nomes desses seis filhos variam, de acordo com as fontes, mas os mais célebres dentre eles foram Atreu, pai de Agamêmnon e Menelau, e Tiestes, pai de Egisto.

E agora em cruentas oblações 90
    esplêndidas está mesclado,
do Alfeu ao curso jaz,
uma tumba assaz visitada tendo junto ao
    muitíssimo hospitaleiro altar.[20] E a glória
de longe refulge das Olimpíadas nas corridas
de Pélops, onde a rapidez dos pés é disputada 95
e os auges audacifatigantes da força.
Quem vence, pelo resto da vida
tem melidoce bonança

por causa dos jogos. Sempre a diária bênção
suprema vem para todo mortal. Mas a mim coroá-lo 100
com um equestre nomo
em eólico canto[21]
cabe. Estou persuadido de que hóspede[22]
nenhum tão habituado a belos feitos
    nem no poder mais soberano
entre os de agora, pelo menos, adornaremos com as ínclitas dobras de nossos hinos. 105
Um deus, que é guardião, com tuas ambições
preocupa-se, tendo esse cuidado,
Hierão. E se logo não abandoná-lo,

---

20   Pélops era cultuado como herói em Olímpia, onde sua tumba recebia muitos sacrifícios. Ele era considerado, de acordo com algumas tradições, o primeiro fundador dos Jogos Olímpicos, depois que venceu e matou Enomau.
21   Um nomo era um tipo de composição tradicional, composta de várias partes. Porém aqui o termo parece referir-se ao próprio epinício, chamado 'equestre' talvez porque está celebrando uma vitória numa corrida de cavalos. Além disso, o canto é eólico talvez porque Píndaro tenha usado a harmonia eólica, construção melódica originária das regiões onde se falava o dialeto eólico, como a Beócia e a ilha de Lesbos.
22   Hierão, chamado aqui 'hóspede', porque recebeu Píndaro como seu hóspede em Siracusa, criando assim um laço de amizade entre os dois.

uma[23] ainda mais doce espero

com o carro veloz glorificar, 110
    tendo encontrado a auxiliadora via das palavras,
depois de chegar junto ao ensolarado Crônio.[24] Para mim, de certo,
a Musa o mais poderoso dardo com força nutre.
Ora uns ora outros são grandes, mas
    o píncaro se eleva
para os reis. Não olhe ainda mais além.
Possa tu nesse tempo no alto caminhar 115
e eu também aos vitoriosos
acompanhar, sendo eminente por minha perícia
    na Hélade por toda parte.

Comentário

Esta ode, talvez a mais famosa de Píndaro, celebra a vitória de Hierão de Siracusa na corrida de cavalo montado. Seguindo a lógica de organização dos epinícios estabelecida pelos gramáticos alexandrinos, este poema deveria vir depois das *Olímpicas* 2 e 3, que celebram a vitória de Téron de Agrigento na quadriga também

---

23   Píndaro faz uma prece para que Hierão obtenha outra vitória nos Jogos Olímpicos, na corrida de bigas puxadas por quatro cavalos, a principal prova dos jogos que proporcionavam a glória máxima ao vencedor. Essa vitória seria conseguida em 468 a. C., mas foi cantada por Baquílides, na Ode 3.
24   Monte localizado em Olímpia, assim chamada em honra a Crono, pai de Zeus.

de 476 a. C., porque esta prova era considerada mais importante. Um escólio (1.7 Drachmann), porém, explica que este epinício foi colocado em primeiro lugar por Aristófanes de Bizâncio porque ele faz um grande elogio aos Jogos Olímpicos e conta a história de Pélops, que foi o primeiro a competir e vencer em Élis. O que chama nossa atenção neste poema, entre outras coisas, é a versão corrigida do mito de Tântalo e Pélops contada pelo poeta. Não é admissível dizer que os deuses eram glutões e comiam carne humana. Isso é invenção de algum invejoso. Tântalo não poderia ter matado seu filho e dado de comer aos deuses. Na verdade, ele teria convidado os deuses para um banquete e foi aí que Posídon se apaixonou por Pélops, que foi levado para o Olimpo para viver com os deuses. Depois Tântalo teria roubado néctar e ambrosia das divindades e teria dividido com seus companheiros. Por isso, ele foi condenado a ter uma pedra sempre pendendo sobre sua cabeça. Por essa razão também, Pélops foi reenviado ao mundo dos humanos. Quando chegou na idade de se casar, ele pediu a ajuda de Posídon para que pudesse vencer Enomau numa corrida de quadriga e pudesse se casar com Hipodâmia, cujo nome significa algo como 'domadora de cavalos'. Pélops funciona como paradigma mítico para Hierão, no sentido positivo. Mas, sentido negativo, Tântalo funciona como paradigma negativo, porque, ao contar a sua história, Píndaro estava dando conselhos a Hierão para que não se excedesse e não ofendesse os deuses desejando ser mais feliz do que já era.

Olímpica 2 (476)
Para Téron de Agrigento, vencedor na corrida de carros

Regiforminges hinos,[1]
que deus, que heroi, que homem celebraremos?
De certo, Pisa[2] é de Zeus e as Olimpíadas
    estabeleceu Héracles
como primícias da batalha,[3]
mas Téron por causa da quadriga vencedora   5
cabe proclamar, justo em relação aos estrangeiros,
    baluarte de Agrigento,
de famosos pais primor, protetor da cidade.

Tendo sofrido muito em seu coração,
eles obtiveram a sacra morada do rio e da Sicília foram
o olho[4] e sua vida encontrou o destinado a ela,   10
    riqueza e graça levando
a suas genuínas excelências.

---

1   A forminge era um instrumento de corda usado pelos aedos homéricos e por poetas posteriores. Diferente da lira, feita a partir de um casco de tartaruga, a forminge era feita toda de madeira. Aqui Píndaro diz que ela é regida ou governada pelos hinos, porque, na sua época, pensava-se que as palavras cantadas eram mais importantes do que as notas musicas produzidas pelo instrumento que as acompanhavam.
2   Localidade próxima a Olímpia cujo nome serve para designar o lugar onde aconteciam os jogos.
3   Héracles estabeleceu os Jogos Olímpicos como oferenda a Zeus para comemorar sua vitória sobre o exército do rei Áugias, que não quis pagar o heroi por ele ter limpado seus estábulos. Cf. *Ol.* 10.
4   Ou seja, os familiares de Téron se tornaram a parte mais bela, mais brilhante e mais gloriosa da Sicília.

Mas, ó Crônio filho de Reia,[5] que a sede do Olimpo vigias,
dos jogos o ápice e o curso do Alfeu,[6]
    acalentado pelas canções,
propício, a terra pátria deles preserva ainda

para a futura geração. Das ações praticadas   15
com justiça ou sem justiça inconcluso nem
o Tempo, de tudo pai,
    poderia tornar dos eventos o fim.[7]
Mas oblívio com um destino feliz poderia surgir.
Pois por nobres alegrias domada a pena
maligna morre,   20

quando do deus a Moira envia
para cima ventura altaneira. Esse dito convém às belitrôneas
de Cadmo filhas,[8] que sofreram grandemente.
    Tristeza cai pesada
diante de mais fortes bens.
Vive entre Olímpicos depois de morta pelo bramido   25
do raio a longipilosa Sêmele e a amam
    Palas sempre
e Zeus pai e muito a ama seu filho herífero[9].

---

5   Zeus.
6   Rio que banha a planície de Olímpia.
7   Ou seja, nem o Tempo pode desfazer o que foi feito com justiça ou contra ela.
8   As filhas de Cadmo eram Agave, Autônoe, Sêmele e Ino. As quatros sofreram muito, mas as duas últimas foram divinizadas. Píndaro usa o adjetivo *euthronos*, antes dele usado para caracterizar deuses, talvez para lembrar que duas das quatro se tornaram deusas.
9   Porta-hera, hericingido, coroado de hera, ou seja, Dioniso.

E dizem também que no mar
com as filhas marinhas de Nereu vida imortal
a Ino foi ordenada por todo o tempo.   30
     De certo, dos mortais ao menos está determinado
nenhum limite da morte,
nem quando pacífico dia, filho do sol,
com incólume bem terminaremos.[10]
     Fluxos, ora daqui ora de lá,
com júbilos e fadigas aos homens vêm.

Assim a Moira, que tem   35
o paterno propício destino destes,[11] com a deinascida ventura
uma pena também sobreleva,
     cambiante com outro tempo,
desde quando matou Laio o fadado filho[12]
quando o encontrou e em Pito[13] o oráculo
no passado pronunciado cumpriu.   40

Depois de vê-lo a aguda Erínia[14]
matou sua raça guerreira com mútua matança.[15]
Mas restou Tersandro[16] do abatido

---

10   Ou seja, ninguém sabe ao certo quando vai morrer.
11   Dos Emênidas, a família de Téron.
12   Édipo. Os Emênidas diziam ser descendentes dos Labdácidas, ou seja, de Laio e seu filho.
13   Delfos.
14   Deusa vingadora dos crimes cometidos entre membros de uma mesma família.
15   Referência à expedição dos Sete contra Tebas, na qual os filhos de Édipo, Etéocles e Polinices, mataram um ao outro.
16   Filho de Polinices com Argia, filha de Adrasto, rei de Argos. Ele participou da expedição dos Epígonos, filhos de seis dos sete guerreiros que morreram na primeira invasão a Tebas. Depois de conquistada a cidade, ele se tornou rei dos Cadmeus.

  Polinices, em novos jogos
e nas batalhas da guerra
estimado, dos Adrástidas rebento salvador da casa.   45

Daí é justo que quem tem da semente a raiz,
o filho de Enesidamo,[17]
os cantos dos encômios e das liras receba.
Pois em Olímpia ele
o prêmio recebeu e em Pito para o coerdeiro irmão[18]
e no Ístmo as partilhadas Cárites[19] as flores   50
  das quadrigas de doze voltas
levaram. Ser bem sucedido
liberta das angústias aquele que se arrisca no combate.
A riqueza com excelências ornada
  traz disso e daquilo
a ocasião suscitando profunda ambição caçadora,

astro conspícuo, veríssima   55
luz para o homem. Se tendo-a alguém conhece o futuro,
que dos mortos aqui
  súbito os indefesos espíritos
penalidades pagam e neste reino de Zeus as
transgressões sob a terra alguém julga pronunciando
sentença com hostil necessidade;   60

---

17 Téron.
18 Referência a Xenócrates, irmão de Téron, que também foi vitorioso nos Jogos Píticos de 490 a. C e nos Jogos Ístmicos, talvez de 476 a. C. Cf. *Pít.* 6 e *Ist.* 2.
19 Também conhecidas como Graças, Aglaia (Esplêndida), Eufrósina (Alegria) e Talia (Festa), as Cárites eram deusas ligadas à beleza e ao prazer, aqui especialmente associadas ao deleite proporcionado pela vitória.

Em iguais noites sempre
e em iguais dias sol tendo, sem fadigas
os nobres recebem uma vida, não o solo
    perturbando com o vigor de sua mão
nem a marinha água
por um magro sustento[20] e entre os honrados   65
pelos deuses aqueles que deleitavam-se com as fieis juras
    possuem ilácrime
vida, mas os outros suportam incontemplável fadiga.

Quantos ousaram três vezes
em cada lado tendo ficado por completo das injustiças afastar
a alma, completam de Zeus a via para de   70
    Crono a torre onde dos venturosos
em torno à ilha oceânicas
brisas sopram e flores de ouro flamejam,
algumas da terra desde esplêndidas árvores
    e outras a água as nutre,
com grinaldas delas suas mãos entrelaçam e coroas
nos retos conselhos de Radamanto,[21]   75
que o grande pai tem ao seu lado como parceiro,
o esposo de Reia,[22] a qual tem
    a todos superior o trono.
Peleu e Cadmo entre eles são contados.
E levou Aquiles, porque de Zeus o coração
com suas súplicas persuadiu, sua mãe.   80

---

20   Seguindo o texto dos códices adotado por Wilcock (1995: 51 e 156) e Gentili *et alii* (2013: 72).
21   Filho de Zeus e Europa e um dos juízes do mundo dos mortos, junto com Minos e Éaco, segundo Platão (*Górgias*, 523e ss.).
22   Crono.

Ele derrubou Heitor, de Troia
invencível inabalável pilar, e Cicno à morte deu
e da Aurora o filho etíope.[23] Muitas tenho sob
    o braço ágeis flechas
dentro da minha aljava
que falam aos sagazes e no todo[24] de intérpretes   85
carecem. Sábio é aquele que muito sabe por natureza.
    Mas os que aprenderam impetuosos
com garrulice como dois corvos em vão[25] cantam[26]

de Zeus contra a ave divina.
Direciona agora para o alvo o arco, vamos, coração. Quem atingimos
desde nosso suave espírito desta vez gloriosas   90
    setas lançando? De certo, sobre
Agrigento mirando
proclamarei um juramento com vero senso:
não gerou, em cem anos, a cidade um
    homem aos amigos mais
benfeitor de espírito e mais desinvejoso quanto à mão
do que Téron. Mas pisa sobre o louvor a saciedade   95
não por justiça acompanhada, mas, por causa de loucos homens,
o tagarelar desejando
    e oculto tornar o nobre com más
ações,[27] porque a areia ao número foge

---

23   Mémnon.
24   Seguindo a interpretação de Slater e Wilcock (1995: 161-162).
25   Também podemos traduzir por 'coisas não realizadas', 'coisas incompletas'.
26   Seguindo o texto dos códices adotado por Wilcock (1995: 52 e 162-163) e Gentili *et alii* (2013: 76 e 411).
27   Nos versos 97-98 sigo a lição dos manuscritos defendida por Gentili *et alii* (2013: 78 e 413).

e ele, quantas alegrias a outros proporcionou,
quem poderia dizer? 100

Comentário

Esta ode começa com uma priamela que apresenta uma hierarquia que começa com Zeus, passa por Héracles e termina com Téron, que deve ser louvado porque venceu nos Jogos Olímpicos. Píndaro faz questão de destacar que Téron e seus antepassados passaram por muitas provações, mas agora estão sendo recompensados. Como aconteceu com as filhas de Cadmo e com a família de Édipo (personagens da mitologia da cidade de Tebas, pátria de Píndaro), que sofreram muito, mas depois foram recompensados. Há aqui uma descrição, entre os vv. 56 e 77, do que acontece com as almas no mundo dos mortos. Isso pode indicar que Téron tinha alguma simpatia pelos cultos órficos e ou pitagóricos. Píndaro menciona também Aquiles como paradigma do vencedor (vv. 79-80) e termina o poema, fazendo uma composição em anel, retomando o elogio a Téron feito na primeira estrofe.

Olímpica 3 (476)
Para Téron de Agrigento, vencedor na corrida de carros, nas Teoxênias

Aos Tindáridas hospitaleiros agradar
    e à belicomada Helena,[1]
a gloriosa Agrigento honrando, rogo,
de Téron, o Olímpico vencedor,
    o hino erigindo, dos infatigápedes
cavalos primor. A Musa assim, de algum maneira,
    estava ao meu lado quando encontrei o novibrilhante modo
de harmonizar com dórica sandália[2] a voz   5

esplendifestiva, porque sobre os cabelos
    jungidas as coroas
exigem-me esta divina dívida:
a fórminge varivócea,
    a voz dos aulos e das palavras a disposição
de Enesidamo para o filho comesclar adequadamente
    e Pisa[3] exige que eu eleve minha voz. Dela vêm
para os homens os deidestinados cantos,   10

---

1   Cástor e Pólux eram irmãos de Helena e, os três, são chamados de filhos de Tíndaro em diversas fontes, apesar de Helena e Pólux serem, na verdade, filhos de Zeus. Eles eram cultuados como divindades em cidades dóricas, como era o caso de Agrigento.
2   Possível referência ao metro e/ou à melodia usados pelo poeta.
3   Localidade próxima a Olímpia, cujo nome serve também para designar o local onde aconteciam os jogos.

para aquele que, cumprindo as ordens primeiras de Héracles,
o rigoroso juiz dos jogos, homem
    etólio,[4] acima das pálpebras,
em torno à coma lance
    o verdoengo adorno da oliva, que outrora
das umbrosas fontes
    do Istro[5] trouxe o Anfitriônida,
memória belíssima dos jogos de Olímpia,   15

o povo dos Hiperbóreos,[6] de Apolo servidor,
    tendo persuadido com sua palavra.
Com boa fé pediu de Zeus para o todacolhedor
precinto uma umbrosa planta
    partilhada pelos humanos e uma coroa das façanhas.
Pois já, diante dele, ao pai os altares consagrados,
    no meio do mês, de áureo carro, de noite
seu olho pleno inflamou a Lua,   20

dos grandes jogos o sacro julgamento
    e a festa quadrienal ao mesmo tempo
estabeleceu sobre as divinas margens do Alfeu.
Mas belas árvores não produzia
    o solo nos vales do Crônio Pélops.[7]

---

4   O juiz é chamado assim porque ele seria um herdeiro do mítico rei Oxilo que veio da Etólia junto com os Heráclidas, para se estabelecer e governar a região da Élide, onde estava Olímpia. No original ele é chamado de *Hellanodikas*, porque somente gregos podiam participar das competições.
5   O rio Danúbio.
6   Povo mítico que viveria no extremo norte do mundo conhecido dos gregos antigos.
7   Em Olímpia. A denominação 'Crônio', atribuída a Pélops, pode ser enttendida de diferentes modos: ele é chamado assim seja porque mora junto ao monte

Delas desnudo pareceu-lhe o jardim
  estar submetido aos agudos raios do sol.
De certo então o coração incitou-o a ir à terra   25

Ístria. Lá de Leto a equimotriz filha[8]
o acolheu vindo das gargantas da Arcádia
  e das multimeândricas ravinas,
quando, pelas mensagens
  de Euristeu,[9] o impeliu a necessidade do pai
a auricórnea corça
  fêmea levar, a qual outrora Taígeta[10]
depois de oferecê-la escreveu: "sacra a Ortósia".[11]   30

Perseguindo-a viu também aquela terra
  depois dos sopros do Bóreas
gélido. Ali as árvores admirou estático.
Delas um doce desejo tomou-o,
  de em torno à meta de doze voltas da pista
dos cavalos plantá-las. E agora a essa festa
  propício vem com os deissímiles
gêmeos filhos[12] de Leda de fina cintura.   35

Crônio, em Olímpia, seja porque, como filho de Tântalo e neto de Pluto, era descendente de Crono.
8   Ártemis.
9   Rei de Argos que impôs os doze trabalhos a Héracles, dentre os quais estava a captura da cerva de cifres de ouro.
10 Filha de Atlas e uma das sete Plêiades. Para fugir de Zeus, que estava apaixonado por ela, Taígeta pediu ajuda a Ártemis. A deusa então a transformou numa cerva. Em agradecimento, quando retomou a forma humana, Taígeta dedicou a Ártemis uma cerva de chifres dourados, que depois seria capturada por Héracles.
11 Seguindo o texto dos manuscritos defendido por Gentili *et alii* (2013: 89 e 428-429). Ortósia seria um outro nome de Ártemis usado na Arcádia.
12 Cástor e Pólux, citados no começo do epinício.

Pois a eles confiou, ao Olimpo indo,
    o mirífico torneio vigiar e
sobre a excelência dos homens e dos carros velozes
a condução. E a mim, então, de algum modo,
    o coração incita a dizer que aos Emênidas[13]
e a Téron veio a distinção que dão os Tindáridas
    de belos cavalos, pois com a grandiosa hospitalidade
dos mortais eles os honram em suas mesas   40

com reverente desígnio resguardando dos venturosos os rituais.
Se é ótima a água e dentre os tesouros
    o ouro é o mais estimado,
agora ao extremo
    Téron pelas suas façanhas chegando toca
desde sua casa de Héracles
    os pilares.[14] O além é para sábios inacessível
e para não-sábios. Não o perseguirei: aquele eu seria.   45

---

13   Família de Téron.
14   Há aqui alguma relação com os primeiros versos da *Ol.* 1, onde a água e o ouro também são citados. A *Ol.* 1, para Hierão de Siracusa, e a *Ol.* 3, para Téron, foram compostas no mesmo ano, 476 a. C. É possível que Píndaro pretendesse fazer alguma comparação entre Hierão e Téron, dois governantes que mantinham boas relações. É interessante notar também a comparação que Píndaro propõe entre Téron e Héracles: assim como o herói, que chegou ao extremo do mundo conhecido, o tirano de Agrigento chegou ao limite das façanhas humanas ao conquistar uma vitória nos Jogos Olímpicos. Para um ser humano, não seria possível ir além ou desejar mais do que isso: o próprio Héracles não foi além das colunas que receberam seu nome.

Comentário

Nesta ode, que celebra a mesma vitória festejada com a *Olímpica* 3, há dois temas principais: em primeiro lugar, a devoção que Téron e sua família provavelmente dedicavam aos Dióscuros, Cástor e Pólux, e a Helena, heróis divinizados cultuados em cidades de cultura dórica, como Agrigento; e depois há também o mito etiológico que narra como Héracles trouxe a oliveira da terra dos Hiperbóreos, para que em Olímpia houvesse sombra para o descanso dos competidores e para que de seus ramos fossem feitas as coroas dadas aos vencedores. É importante observar que Píndaro, como é característico de seu estilo, não conta a história numa sequência cronológica. A ordem da narrativa seria essa: instado por Euristeu, a quem devia obedecer por ordem de Zeus, Héracles persegue a corça de chifres de ouro (que foi seu terceiro trabalho). Nessa perseguição, ele viu pela primeira vez as oliveiras (vv. 26-32). Mais tarde ele fundou os Jogos Olímpicos e se lembrou das árvores (vv. 19-25 e 33-34). Por isso ele foi até a terra dos Hiperbóreos (vv. 16 e 25-26), no extremo norte do mundo conhecido pelos gregos, além do curso do rio Danúbio. Finalmente ele volta com o primeiro ramo de oliveira que seria plantado em Olímpia (v. 14).

Olímpica 4 (452[1])
Para Psaumis de Camarina,[2] vencedor na corrida de carros

Auriga supremo do trovão infatigápede,
    Zeus, sim, as tuas Horas[3]
com o canto da variegada forminge girando me enviaram
como testemunha dos altaneiros jogos.
Quando os hóspedes[4] são bem sucedidos
alegram-se súbito com a doce notícia os nobres.   5
Mas tu, filho de Crono, que tens o Etna,
fardo ventoso do centicéfalo
    Tífon[5] terrível,
o Olímpico vencedor
acolhe e, graças às Cárites, este cortejo,

durabilíssima luz de vastipotentes façanhas.   10
    Pois vem da carruagem
de Psaumis, que coroado com a oliva de Pisa[6] distinção anseia
despertar para Camarina. Que o deus propício
seja às vindouras preces,

---

[1] Aceitando a proposta de Lomiento em Gentili *et alii* (2013: 99-102).
[2] Cidade localizada no sudoeste da Sicília, várias vezes destruída e reconstruída.
[3] Filhas de Zeus e Têmis, eram deusas ligadas às estações do ano.
[4] Ou seja, quando um amigo estrangeiro (hóspede) é vitorioso, os homens nobres se alegram, como o eu-poético fez no momento da execução da ode.
[5] Monstro de cem cabeças que cuspia fogo. Ele desafiou Zeus, mas foi vencido e condenado a permanecer preso sob o peso do monte Etna. Cf. *Pít.* 1, 16-28.
[6] Nos Jogos Olímpicos, os vencedores recebiam uma coroa feita com ramos de oliveira. Pisa era uma localidade próxima a Olímpia e, por antonomásia, designa o lugar onde aconteciam os jogos.

pois o louvo,[7] muito apto para a criação de cavalos,
alegrando-se com hospitalidades todacolhedoras   15
e à Paz amacidade com puro
      desígnio inclinado.
Com mentira não mancharei
minha palavra. A persistência, de certo, dos mortais é a comprovação:

ela de Clímeno o filho[8]
das Lêmnias mulheres libertou da desonra.   20
Em brônzeas armas vencendo a corrida,
disse a Hipsípila, indo buscar a coroa:
"Este sou eu na rapidez.
As mãos e o coração igualmente. Nascem também nos jovens   25
homens grisalhos cabelos
amiúde, contra da idade o oportuno tempo".

Comentário

O que chama nossa atenção nesta ode é o fato de Psaumis ter conquistado a vitória quando já estava velho, o que é confirmado pela comparação feita entre ele e Ergino, um dos Argonautas que, em

---

7   Ou seja, "eu louvo Psaumis".
8   Referência a Ergino, rei dos Mínios e um dos Argonautas, que, em Lemnos, participou dos jogos fúnebres em homenagem a Toas, esposo de Hipsípile, e ganhou, contra todas as expectativas, dos filhos de Bóreas, Zeto e Cálias, que o tinham desdenhado porque era um grisalho prematuro. Talvez Psaumis também estivesse já velho e tenha conquistado essa vitória de modo inesperado.

Lemnos, venceu uma corrida. Ambos têm cabelos grisalhos, embora Ergino ainda fosse jovem. Além da coloração dos cabelos, eles tinham em comum também a persistência. Essa característica torna a comparação pertinente. Notável também é a curta extensão do poema, que tem apenas uma tríade (uma estrofe, uma antístrofe e um epodo) e termina com a fala de Ergino, que faz parte da narrativa mítica. Cabe observar que entre a composição da *Olímpica* 5, de 488, e a da *Olímpica* 4, de 452 a. C., passaram-se 36 anos e, mesmo depois de tanto tempo, Píndaro parece ter mantido algum tipo de amizade com o vitorioso.

Olímpica 5 (488)
Para Psaumis de Camarina, vencedor na corrida de carros de mulas

Das altaneiras façanhas e das coroas Olímpicas
o doce primor, filha de Oceano, com coração risonho,
do infatigápede carro de mulas, recebe, dons de Psaumis.

Ele, tua cidade exaltando, Camarina,[1] do povo nutriz,   5
seis altares dúplices honrou às supremas festas dos deuses
com os bovinos sacrifícios e os torneios quinquidiurnos dos jogos,

com cavalos, mulas e montaria. A ti distinção egrégia,
tendo vencido, ofereceu e seu pai
      Ácron proclamou e a refundada sede.

Vindo de Enomau e de Pélops das bem-amadas
moradas,[2] ó urbiguardiã Palas, ele canta o teu precinto   10
sacro, o rio Oano, o lago local

e os augustos canais, pelos quais o Híparis irriga tua gente,
e une de sólidos tálamos rápido o altimembre bosque,
da impotência levando à luz este povo de cidadãos.[3]

---

1   Nome da cidade, mas também nome da ninfa filha de Oceano e protetora da cidade.
2   As 'moradas de Enomau e de Pélops' eram o local onde ocorriam os jogos, ou seja, Olímpia. Enomau teria sido, segundo a lenda, rei de Pisa e pai de Hipodâmia. Ele matava os pretendentes da sua filha. Mas Pélops, filho de Tântalo, conseguiu vencer o desafio proposto pelo rei e desposou Hipodâmia. Cf. *Ol.* 1, 69-71.
3   Oano e Híparis eram rios que corriam na região de Camarina. Perto deles havia um templo da deusa Palas Atena.

Sempre pelas façanhas fadiga e despesa lutam por
uma ação no perigo coberta, mas os bem-sucedidos   15
    sábios também aos concidadãos parecem ser.

Salvador altinúbilo Zeus, habitante da Crônia colina,[4]
que honras do Alfeu o vasto fluxo e do Ida o augusto antro,[5]
como teu suplicante venho com lídios aulos cantando,

para pedir que esta cidade com virilidades ínclitas   20
ornamente, e que tu, Olímpico vencedor, que com os Posidônios cavalos
te deleitas, chegues à velhice, contente até o fim

com teus filhos, Psaumis, ao teu lado. Se alguém saudável ventura rega,
satisfeito com seus bens e elogio
    adicionando, não busque deus tornar-se.

Comentário

Este é o único epinício dentre os que chegaram a nós cuja autenticidade já foi questionada. Uma anotação constante do manuscrito Ambrosiano (1.138.21 Drachmann) diz que esse poema "não esta-

---

[4] Em Olímpia havia uma colina designada com o nome de Crono, pai de Zeus, o qual, por sua vez, recebia um culto especial ali.
[5] O Alfeu é o rio que corre na região ne Olímpia. E o monte Ida, em Creta, é o lugar onde Zeus foi criado, dentro de uma caverna, depois que Reia impediu que ele fosse engolido por Crono.

va entre os textos, mas nos comentários de Dídimo [gramático do século 1 a. C.] ele é atribuído a Píndaro". De minha parte, estou de acordo com a argumentação de Lomiento (cf. Gentili *et alii*, 2013: 113-120), que demonstra que o poema é autêntico e foi composto logo depois da recolonização de Camarina, por cidadãos de Gela, que aconteceu depois de 490 a. C., e estabelece a composição desta ode em 488, na 73a Olimpíada, a primeira depois da colonização. Por isso Píndaro usa a expressão "refundada sede", no verso 8. Sendo assim, a *Olímpica* 5 é bem mais antiga do que a *Olímpica* 4, dedicada ao mesmo Psaumis.

Olímpica 6 (468)
Para Hagésias de Siracusa, vencedor na corrida de carros de mulas

Áureos pilares, sob
    o bem murado pórtico de um tálamo,
alçando, como quando se alça mirífico palácio,
construiremos. Começando uma obra, uma fachada
cabe pôr longibrilhante. E se for
    Olímpico vencedor
e do altar oracular de Zeus guardião em Pisa,   5
cofundador da gloriosa Siracusa,[1]
    a que hino fugiria
esse homem, encontrando
    desinvejosos concidadãos entre amáveis canções?

Saiba, pois, que nesta sandália
    seu venturoso pé tem
de Sóstrato[2] o filho. Desarriscosas façanhas
nem entre homens nem em naves cavas   10
são honradas, mas muitos recordam,
    se algo belo é feito com esforço.
Hagésias, para ti o louvor está pronto, o qual a partir de sua
justa língua Adrasto ao adivinho de Ecleu

---

1   Hagésias não participou, realmente, da fundação de Siracusa, mas os seus antepassados Iâmidas, certamente, acompanharam Árquias de Corinto naquela ocasião, mesmo que Tucídides (6, 3) não fale deles.
2   Pai de Hagésias.

       filho, Anfiarau,[3] outrora
proferiu, quando a terra
       a ele e a suas radiantes éguas engoliu.

Depois que as sete piras dos   15
       cadáveres foram terminadas, de Tálao o filho
disse em Tebas um dito deste tipo:
       "Sinto a falta do olho[4] do meu exército,
ao mesmo tempo nobre adivinho e
       com a lança ao lutar." Isso também
ao homem siracúsio, senhor do cortejo, está presente.
Nem dado a rixas sendo nem sendo ambicioso em excesso
e uma grande jura fazendo, isso ao menos a ele claramente   20
testemunharei e melíssonas
       permitirão as Musas.

Ó Fintis,[5] junge agora
       para mim a força das tuas mulas,
bem rápido, para que por um caminho imaculado
dirijamos nosso carro e eu chegue também até
a origem destes homens. Pois elas melhor do que outras   25
       por esta via
sabem conduzir, porque em Olímpia
coroas receberam. Cabe então as portas

---

3   Adrasto, filho de Tálao e rei de Argos, e Anfiarau participaram da expedição dos Sete contra Tebas. Cinco dos sete morreram na batalha. Adrasto sobreviveu, mas viu seu filho, Egialeu, morrer. E Anfiarau desapareceu dentro de um buraco na terra.
4   Referência a Anfiarau. O olho era considerado a parte mais brilhante do corpo e uma das mais importantes e belas.
5   Auriga de Hagésias.

>   dos hinos abrir para elas
> e a Pitane,⁶ do Eurotas junto ao
>   curso, devemos hoje chegar em tempo,

> a qual, sim, com o Crônida Posídon
>   mesclada, conta-se
> sua filha violitrância, Evadne, ter gerado.   30
> Mas ocultou a virginal gravidez nos seus drapejos
> e no mês designado enviando
>   servos ordenou
> dar ao herói filho de Elato a criança para cuidar,
> o qual os homens árcades regia em Fesana⁷
>   e obteve junto ao Alfeu morar.
> Ali, crescida, sob Apolo   35
> da doce Afrodite primeiro experimentou.⁸

> E não escapou a Épito por todo
>   o tempo que ela ocultava a semente do deus.
> Mas ele a Pito,⁹ no coração comprimindo
>   cólera indizível com aguda resolução,
> foi indo para consultar o oráculo sobre
>   esse insuportável sofrimento.
> E ela a purpuritecida cintura tendo deposto
> e o cântaro argênteo, sob escuro bosque   40
> pariu de mente divina um menino. Junto a ela o auricomado

---

6   Nome de uma localidade que fazia parte da cidade de Esparta e, também, nome da ninfa, filha do rio Eurotas (que banha a Lacônia). Ela seria a fundadora da família dos Iâmidas.
7   Cidade da Arcádia, onde Épito, filho de Elato, era rei.
8   Ou seja, Evadne teve relações amorosas com Apolo.
9   Delfos.

Ilítia de doce pensar
    colocou e as Moiras.[10]

E veio sob o ventre sob
    parto amável Íamo
à luz sem demora. A ele, angustiada,
deixou no chão. Mas duas cerulolhos serpentes,   45
pelos desígnios dos deuses,
    alimentaram-no com inóxio
veneno de abelhas,[11] cuidadosas. E quando o rei[12]
da pedregosa Pito em seu carro
    veio, a todos em casa
perguntou sobre o filho que Evadne
    parira. Pois dizia ter nascido de Febo,

pai dele, e entre mortais será adivinho para os terrícolas   50
eminente e jamais eclipsar-se-á sua raça.
Assim então declarava. Eles, de certo, nem ter ouvido
nem ter visto alegavam o há cinco
    dias nascido. Mas, de fato,
ocultava-se em junco e em sarça impérvia,
das violetas pelos amarelos e todopurpúreos   55
    raios banhado em seu delicado
corpo. Por isso também anunciou
    a mãe que ele seria chamado, por todo o tempo,

---

10   Apolo enviou Ilítia, deusa associada ao parto, e as Moiras para que ajudassem Evadne a dar à luz. As Moiras estão presentes para garantir que o destino de Íamo se cumpra.
11   O inofensivo veneno das abelhas é o mel.
12   Épito.

por esse nome imortal.¹³ E quando
    da aprazível auricoroada Hebe
o fruto colheu, ao meio do Alfeu tendo descido
    chamou Posídon vastipotente,
seu ancestral, e o arqueiro de
    Delos deofundada patrono,
pedindo uma povonutriz honra para sua cabeça,   60
de noite sob o céu.¹⁴ Ressoou fluente
do pai a voz e procurou-o. "Levanta-te, filho,
por aqui para a todopartilhada
    terra vamos, minha voz seguindo."

E chegaram à pedra
    íngrime do altaneiro Crônio¹⁵
onde lhe concedeu o tesouro dúplice   65
da profecia: agora sua voz escutar
de mentiras ignara e depois, quando
    viesse o audacinventivo
Héracles, augusto rebento dos Alcidas,¹⁶ e para o pai
a festa fundasse multifrequentada e
    a norma suprema dos jogos,
de Zeus sobre o altíssimo altar   70
    então, por outro lado, um oráculo colocar ordenou.

---

13   O bebê foi encontrado escondido entre violetas, ia em grego, e, por isso, ele foi chamado Íamo.
14   Hebe era a deusa da juventude. Ou seja, quando Íamo chegou à adolescência, ele chamou Posídon e Apolo, nascido na ilha de Delos, e pediu a ajuda deles.
15   Monte localizado em Olímpia.
16   Héracles era filho de Anfitrião, que, por sua vez, era filho de Alceu, fundador da família dos Alcidas.

Desde então multigloriosa é entre
      os Helenos a raça dos Iâmidas
e ventura junto seguiu. Honrando as excelências
por conspícuas vias vão. Dá testemunho
cada ação. A censura de
      outros, invejosos, paira sobre
aqueles, outrora os primeiros que na corrida de doze voltas   75
dirigiram seus carros, para os quais destilou a estimada
      Cáris[17] gloriosa beleza.
Se deveras sob o monte
      Cilene,[18] Hagésias, teus maternos ancestrais

habitando presentearam
      Hermes, dos deuses o arauto, com suplicatórios
sacrifícios muitos amiúde, de certo, piamente,
      o qual os torneios rege e o destino dos jogos
e a Arcádia de nobres homens estima,   80
      ele, ó filho de Sóstrato,
com o gravitroante pai[19] realiza teu sucesso.
Uma sensação tenho sobre a língua de estrídula amoladora,
que de mim, desejoso, se aproxima com belifluentes sopros.[20]
A mãe de minha mãe era de
      Estínfalo,[21] a florida Metopa,[22]

---

17   A Graça, deusa associada à beleza e ao contentamento proporcionado pelo canto que celebra os vencedores.
18   Monte no norte da Arcádia, local de nascimento de Hermes.
19   Zeus.
20   O eu-lírico tem a sensação de que uma pedra de amolar está afiando e preparando sua língua para que continue o seu canto.
21   Cidade e montanha da Arcádia.
22   Deusa filha de Ládon, rio da Arcádia, que se casou com o rio Asopo, da Beócia, com quem gerou Tebe, epônima da cidade de Tebas, a 'mãe' de Píndaro.

que Teba guiacavalos gerou,   85
    cuja amável água
beberei, para homens lanceiros tecendo
variegado hino. Incita agora os companheiros,
Eneias,[23] primeiro a Hera
    Partênia[24] celebrar
e a saber depois se à antiga vergonha com verídicas
palavras fugimos, a do beócio suíno.[25]   90
    Pois tu és núncio correto,
cítala das belicomadas Musas,[26]
    doce cratera de altissonantes canções.

E dize que se lembrem de
    Siracusa e de Ortígia,
que Hierão com puro cetro conduzindo,
o adequado meditando, a purpurípede
Deméter venera, a festa   95
    de sua filha[27] de alvos corceis
e de Zeus Etneu o poder. E dulciverbes
as liras e os cantos o conhecem. Que não perturbe
    sua ventura o tempo avançando
e com afabilidades bem-amadas de Hagésias receba o cortejo

de casa para casa desde as
    Estinfálicas muralhas vindo,

---

23   Líder do coro.
24   Hera 'das Moças', cultuada em Estínfalo.
25   Os beócios tinham a fama de serem grosseiros como porcos.
26   A cítala, *skytala*, era um bastão usado pelos espartanos para transmitir uma mensagem secreta.
27   Perséfone.

a mãe[28] tendo deixado da Arcádia rica em
rebanhos.   100
     Boas são em procelosa
noite desde a veloz nau para ser
     lançadas duas âncoras.[29] Que um deus
destes e daqueles o ínclito destino proveja amigável.
Senhor marirregente,[30] direta navegação que seja
de aflições isenta dá, marido da aurifúsea
Anfitrite, e dos meus   105
     hinos exalta a jubilosa flor.

Comentário

Chama a atenção logo na abertura deste poema a comparação arquitetônica: como um construtor ergue um palácio, Píndaro construirá sua canção. É notável também a comparação que o poeta estabelece entre Hagésias e Anfiarau, ambos adivinhos que realizaram grandes feitos, um como competidor nos jogos e o outro como guerreiro. Também é interessante o fato de Píndaro dizer

---

28   Estínfale, a metrópole da Arcádia.
29   É possível que essas 'duas âncoras' sejam uma referência às raízes da família de Hagésias fincadas tanto em Estínfalo quanto em Siracusa. Mas acredito que possa haver aí também uma referência a Hierão de Siracusa e a Hagésias como dois homem que garantiriam a segurança da nau 'Siracusa', que estaria passando por uma 'tempestade' política. Pouco tempo depois de esta ode ser cantada, Hierão foi deposto e Hagésias foi morto. Cf. escólio 165.
30   Posídon, marido de Anfitrite, filha de Nereu, um deus marinho.

que tem um parentesco com os Iâmidas e Hagésias, já que ele é de Tebas e a ninfa que deu nome à sua cidade era filha de Metopa, que também era de Estínfalo, como a família do homenageado. Ou seja, Píndaro, de certa forma, também era um adivinho e um atleta: veja-se os versos 22 e seguintes, onde ele pede que as mulas sejam jungidas para que ele percorra o caminho da canção.

Olímpica 7 (464)
Para Diágoras de Rodes, vencedor no pugilato

Uma taça, como se alguém com rica mão tendo tomado
dentro espumando da vinha com o orvalho
presenteasse
ao jovem noivo brindando
      de casa para casa, todáurea, ápice dos tesouros,
do simpósio a graça e a nova   5
      boda dele honrando, entre amigos
presentes o torna invejável pelo concorde leito,

também eu um néctar vertido, das Musas dom, a homens
vencedores enviando, doce fruto do meu espírito,
propicio,
em Olímpia e em Pito aos   10
      vencedores. Ditoso aquele que as boas famas envolvem.
Ora por uns, ora por outros zela
      a Cáris[1] viviflorescente com a dulcimélica
forminge amiúde e nos panfônicos instrumentos dos aulos.[2]

E agora, ao som de ambos, com
      Diágoras desembarco, hineando

---

1   A Graça, aqui tratada como divindade que favorece as vitórias de alguns e, por consequência, o contentamento e a celebração proporcionados pelo canto.

2   A forminge era um instrumento de corda semelhante à lira, porém com caixa de ressonância em madeira, não com um casco de tartaruga. O aulo era um instrumento de sopro, geralmente com dois tubos, que contava com um tipo de palheta na embocadura, como o oboé ou o clarinete. Ele é chamado 'panfônico', porque produzia muitas notas e isso dava a impressão de que ele produzia 'todas as notas'.

a marinha filha de Afrodite
  e de Hélio esposa, Rodes,³
para louvar o francolutador enorme homem que,   15
  junto ao Alfeu⁴
coroou-se, paga da pugna,⁵
e junto a Castália,⁶ e seu pai,
  Damageto, agradável à Justiça,⁷
perto do esporão⁸ da Ásia espaçosa uma triúrbia⁹
ilha habitando com argiva lança.¹⁰

Quero para eles, desde o princípio, a partir de Tlepólemo, 20
recontando sua pública lenda endireitá-la,
de Héracles
com a vastipotente linhagem. Pois, por parte
  de pai, de Zeus alardeiam descender. E Amintôridas¹¹ são
pela sua mãe, Astidâmia.
  Em torno às mentes dos humanos erros
inúmeros pendem e é impossível encontrar   25

o que agora e no final é melhor ao homem acontecer.
E, de fato, de Alcmena o irmão bastardo

---

3 Aqui, é o nome tanto da ilha quanto da ninfa epônima dela.
4 Rio que banhava a região de Olímpia.
5 Ou seja, o hino composto por Píndaro é uma 'recompensa pela vitória no pugilato'.
6 Fonte de água que ficava em Delfos, onde aconteciam os Jogos Píticos.
7 Ou seja, Dike, aqui tratada como uma deusa.
8 Pequena península da Ásia Menor que fica em frente a Rodes.
9 Rodes tinha três cidades: Lindo, Iáliso e Camiro. Sobre esse trecho, comparar com *Ilíada*, 2, 653-670.
10 Tlepólemo, filho de Héracles e Astidamia, levou seus guerreiros de Argos para Rodes.
11 Tlepólemo era neto de Amíntor, que foi rei da Tessália.

com um bastão tendo atingido
de dura oliva matou em
      Tirinto, Licínio, que vinha do tálamo de Mídea,
desta terra o outrora colonizador   30
      encolerizado. Do espírito os distúrbios
desviam até o sábio. Mas consultou o oráculo, ao deus tendo ido.[12]

A ele o auricomado desde
      seu fragrante ádito de uma viagem em naves
disse desde a praia de Lerna[13]
      direto ao marrodeado pasto,[14]
onde outrora regou dos deuses o grande rei
      com áureos flocos de neve a cidade,
quando, pelas artes de Hefesto,   35
com bronziforjado machado, no alto
      da cabeça do pai Atena
tendo saltado deu o grito de guerra com superlongo brado.[15]
O Céu e a Terra[16] mãe tremeram diante dela.

Então também o iluminamortais deus Hiperiônida[17]
ordenou aos seus filhos observar   40

---

12   Tlepólemo matou seu tio-avô, Licínio, filho de Eléctrion e Mídea, sua concubina. Licínio era irmão de Alcmena, mãe de Héracles. Depois de cometer esse crime, ele foi a Delfos, consultar Apolo, o deus auricomado, isto é, de cabelos louros.
13   Cidade Próxima a Argos, na costa leste do Peloponeso.
14   Ou seja, Apolo previu que Tlepólemo faria uma viagem até Rodes.
15   Quando Atena nasceu, saindo de dentro da cabeça do pai, Zeus fez cair uma chuva de ouro sobre Rodes, onde a deusa recebeu os primeiros sacrifícios dedicados a ela.
16   Urano e Gaia, tratados aqui como deuses, mas também como o céu e a Terra.
17   O deus Hélio (o Sol), filho de Hipérion.

um futuro dever:
que à deusa fossem os primeiros a erigir
    um altar conspícuo e, augusto sacrifício tendo estabelecido,
também do pai o coração deveriam
    acalentar e da moça lancitroante. Excelência
e alegrias lança nos humanos o respeito pelo previdente.[18]

Entretanto sobrevem também do oblívio, imprevisível, uma nuvem   45
e afasta das ações a reta via
para fora dos espíritos.
Pois também eles, não tendo
    a semente da ardente chama, subiram e construíram com sacrifícios sem fogo
um precinto na cidade alta. Sobre
    eles loura nuvem levando
forte choveu[19] ouro e ela a eles concedeu em toda

arte os outros terrícolas, a Cerulolhos,[20]   50
    com eximilaborantes mãos superar.
Obras símiles a viventes
    e moventes os caminhos portavam
e sua glória era profunda. Ao sapiente também a sabedoria
    é maior sem dolo.[21]
Dizem dos humanos antigas
lendas que, quando a terra   55
    dividiram Zeus e os imortais, ainda não

---

18   Era recomendável que os filhos de Hélio (o previdente) respeitassem as ordens de seu pai. Isso lhes traria virtude e contentamento.
19   Zeus fez chover ouro.
20   Atena de olhos glaucos, de olhos cerúleos, azulados.
21   Ou, seguindo a sugestão de Wilcock (1995: 126), "Para o experto habilidade sem engano é melhor".

era conspícua Rodes no pélago marinho,
mas em salgadas funduras a ilha se ocultava.

Ausente Hélio, ninguém indicou seu lote
e então da terra sem sua parte deixaram-no,
o sacro deus. 60
Foi lembrado e para ele Zeus estava prestes a um novo
      sorteio realizar, mas não o permitiu, porque dentro
do grisalho mar disse ver
      crescendo desde o fundo
uma multinutriz terra para os humanos e amena para os rebanhos.

E ordenou súbito à auricoroada Láquesis[22]
as mãos levantar e dos deuses a grande jura 65
não falsear,
mas de Crono com o filho consentir que
      ao brilhante éter ela fora enviada para se tornar
no futuro um dom para sua cabeça.[23]
      Realizaram-se das suas palavras os ápices,
na verdade tendo caído. Brotou do úmido mar

uma ilha e tem-na o pai 70
      gerador dos agudos raios,
dos fogorrespirantes cavalos senhor.
Ali a Rodes outrora mesclado gerou
sete filhos que os pensamentos mais sábios
      entre os primeiros homens

---

22   Uma das três Moiras, responsável por determinar a sorte dos humanos.
23   Rodes seria um presente para Hélio. 'Para sua cabeça' é uma expressão que significa algo como 'para si mesmo'.

receberam, um dos quais Camiro,
Iáliso, o mais velho,
    e Lindo gerou. E à parte mantiveram,
depois que dividiram por três a terra paterna,   75
    das cidades as porções e foram chamadas com seus nomes as sedes.

Lá, da desgraça deplorável[24] como doce compensação para Tlepólemo
fundador dos Tiríntios estão instituídos,
como para um deus,[25]
de ovelhas sacrifical procissão   80
    e julgamento dos jogos. Com suas flores Diágoras
coroou-se duas vezes, no célebre
    Ístmo quatro vezes tendo sucesso,
em Nemeia uma após a outra e na rochosa Atenas.

Em Argos o bronze o conheceu, na Arcádia e em
Tebas os prêmios, os torneios tradicionais
dos Beócios,   85
Egina e Pelene[26] vitorioso
    seis vezes. Em Mégara o pétreo registro
não tem outra palavra. Mas ó
    Zeus pai, dos cumes do Atabírio[27]
regente, honra do hino o rito olímpico vencedor

---

24   O assassinato de Licínio.
25   Por ser fundador de Rodes, Tlepólemo foi cultuado como um deus, honrado com sacrifícios e jogos em sua homenagem.
26   Aceitando aqui o texto proposto por Gentili (2013: 192). Os sujeitos do verbo 'conheceu' são 'o bronze', 'os prêmios', 'os torneios', 'Egina e Pelene'. Ou seja "eles o conheceram (o viram) vitorioso", provavelmente com uma vitória em cada lugar.
27   Montanha mais alta de Rodes, onde Zeus era cultuado.

e o homem que com o punho excelência
>encontrou e dá a ele o estimado favor
dos concidadãos e dos estrangeiros. 90
>Porque a via inimiga da arrogância
direto percorre, claramente tendo aprendido o que a ele dos seus nobres
>pais os retos espíritos
profetizaram. Não ocultes a comum[28]
semente de Caliánax.[29]
>Dos Erátidas, sim, com os favores tem
suas festividades também a cidade. Mas numa porção de tempo
ora daqui ora de lá rápido mudam os ventos. 95

Comentário

Nesta ode, a narrativa sobre o passado mítico de Rodes ocupa uma parte importante dos versos. Colocando em ordem cronológica, que não é como Píndaro faz, primeiro aconteceu a partilha da terra entre os filhos de Crono e o Sol ficou com a ilha de Rodes, a qual foi colonizada primeiro pelos filhos do deus com a ninfa epônima da ilha. Depois aconteceu o nascimento de Atena da cabaça de Zeus, à qual foram feitos sacrifícios sem fogo. Por isso Zeus enviou a eles uma chuva de ouro e Atena fez deles grandes escultores. Depois Tlepólemo, filho de Héracles e Astidâmea, nascido

---

[28] 'Comum' porque compartilhada pelos membros da família.
[29] Antepassado de Diágoras e membro da família dos Erátidas, importante linhagem da ilha de Rodes.

em Tirinto, após matar involuntariamente seu tio-avô, Licínio, vai para Rodes, sob orientação do oráculo de Delfos. Isso explica a existência de jogos em homenagem a Tlepólemo em Rodes, nos quais Diágoras provavelmente começou sua carreira de pugilista e obteve suas primeiras vitórias. É interessante notar que outras fontes nos falam de Diágoras e nos contam que ele venceu em todos os quatro grandes jogos da Grécia Antiga e que três de seus de filhos e dois de seus netos também foram vitoriosos em Olímpia (cf. Pausânias, 6.7.1-2 e o historiador Górgon de Rodes *(FgrHist 515F18)*).

Olímpica 8 (460)
Para Alcimedonte de Egina, vencedor na luta para rapazes

Ó Mãe dos auricoroados jogos, Olímpia,
soberana da verdade, onde os adivinhos,
combustos sacrifícios perscrutando, questionam
     Zeus fúlgido-raio,
se tem alguma palavra sobre os humanos
que desejam grande   5
renome no coração conquistar
e das fadigas o fôlego.

Realizam-se, graças à sua piedade, dos homens as súplicas.[1]
Mas ó de Pisa benarbóreo junto ao Alfeu precinto,
este cortejo e a coroação   10
     acolhe. Grande, por certo, glória sempre,
a quem teu prêmio esplêndido segue.
Diversos para cada um vêm
os bens e muitas as vias
do sucesso com os deuses.

Timóstenes, o destino vos atribuiu   15
a Zeus, teu ancestral. Ele em Nemeia tornou-te
preclaro e Alcimedonte Olímpico vencedor
junto à colina de Crono.[2]

---

1   Graças à piedade dos homens, ou seja, graças ao respeito que eles tivessem pelos deuses, suas súplicas seriam atendidas.
2   Timóstenes era irmão de Alcimedonte. Ele venceu em Nemeia, onde Zeus era o deus homenageado nos jogos, assim como em Olímpia. A família dos dois, os Blepsíadas, dizia ser descendente de Zeus, talvez através de Éaco.

Era belo de se ver e, com seu feito, sua forma não desmentindo,
proclamou, vencendo   20
      na luta, a longirrêmea Egina, sua pátria,
onde a salvadora Têmis,[3] de Zeus
hospitaleiro parceira, é honrada

máxime entre os humanos. Pois o que é muito e em muitos modos oscila na balança
com reta mente julgar, não contra o oportuno,
é dura luta. Mas uma ordem dos imortais também   25
      esta maricingida terra
para múltiplos hóspedes alçou,
pilar divino —
e que o vindouro tempo
isso fazendo não se canse —

por um dórico povo governada desde Éaco,   30
o qual o filho de Leto e o vastirregente Posídon,
em Ílion prestes a construir a coroa,[4]
      chamaram como cooperário
da muralha, pois estava predestinado que,
surgindo guerras,
em urbaniquilantes guerras   35
exalasse voraz fumo.
Glaucas serpentes, quando construída há pouco,
de uma torre saltando dentro três, duas caíram

---

3   Deusa ligada ao âmbito da justiça. Com Zeus, ela é mãe de *Dike*, a deusa Justiça.
4   Éaco, filho de Zeus e da ninfa Egina, nesta versão que só aparece em Píndaro, teria ajudado Apolo, o filho de Leto, e Posídon a construir a 'coroa', isto é, a muralha de Troia. Ele teria participado, porque, se a muralha tivesse sido construída somente por deuses, ela seria inexpugnável. Assim, um dos descendentes de Éaco, por fim, conseguiu penetrar justamente na parte construída por ele.

e ali aterradas suas almas lançaram,
mas uma pulou dentro gritando.⁵   40
Disse, ponderando sobre o adverso prodígio, logo Apolo:
"Pérgamo⁶ em torno aos teus,
    herói, da mão lavores⁷ está sendo tomada:
assim diz a visão a mim enviada
pelo Crônida gravitroante Zeus,

não sem teus filhos, mas tanto pela primeira será submetida   45
quanto pela quarta geração".⁸ Assim então o deus, claro tendo dito,
ao Xanto apressou-se, às Amazonas de belos
    cavalos e ao Ístro dirigindo-se.⁹
E o Brandetridente¹⁰ para o Ístmo marinho
seu carro veloz direcionou,
reenviando Éaco   50
ali sobre éguas áureas,

---

5   As duas serpentes que tentaram invadir Troia e morreram seriam Aquiles e Ájax. A terceira, que conseguiu entrar, seria Neoptólemo.
6   Assim era chamada a fortaleza de Troia, localizada na parte mais alta da cidade.
7   A muralha foi tomada no lugar onde Éaco trabalhou.
8   Passo um pouco confuso. Télamon, filho de Éaco e pertencente à primeira geração, tomou Troia junto com Héracles, numa primeira expedição para punir Laomedonte, que se recusou a pagar pela construção da muralha. Depois, na segunda invasão a Troia, Neoptólemo, pertencente à terceira geração, invadiu a cidade. Porém podemos entender que Neoptólemo faria parte da quarta geração se começamos a contagem a partir de Éaco.
9   Apolo se dirige ao país dos Hiperbóreos. O Xanto era um dos rios que banhava a região da Lícia, no sudoeste da atual Turquia. As Amazonas era mulheres guerreiras que viviam junto às margens do Mar Negro, no norte da Asia Menor. E Ístro é o antigo nome do rio Danúbio.
10   Posídon.

e para vigiar de Corinto o cume festínclito.
Prazer entre os humanos igual não haverá nenhum.
E se eu de Melésias dentre os imberbes
    a distinção repercorro com meu hino,
que não me atinja com sua pedra áspera a inveja,   55
pois também em Nemeia igualmente
direi essa graça
e depois aquela da luta entre os homens

do pancrácio.[11] Ensinar, de certo,
para quem sabe é mais fácil e ignaro é não preaprender,   60
pois mais levianas dos inexpertos são as mentes.
Aquele[12] poderá falar sobre
aquelas ações melhor do que os outros, que modo fará avançar o homem
que deseja dos sacros
    jogos o cobiçadíssimo renome obter.
Agora para ele[13] uma honra Alcimedonte obtém,   65
a trigésima vitória tendo conquistado.

Ele, com ajuda de um deus e de virilidade não carente,
em[14] quatro corpos de meninos afastou

---

11   Melésias foi o treinador de Alcimedonte. Citado também nas *Nemeias* 4 (vv. 93ss.) e 6 (vv. 64ss.), ele era ateniense e Atenas estava ameaçando Egina nessa época (460 a. C.). É possível que sua presença despertasse a inveja e a desconfiança de algumas pessoas em Egina. Para desfazer esse clima negativo, Píndaro lembra que Melésias obteve algumas vitórias também. Por isso, ele sabe como treinar e preparar um vencedor. O pancrácio era uma combinação de luta livre com pugilato.
12   O experto, o conhecedor, ou seja, Melésias, o treinador.
13   Ou seja, para Melésias, o treinador. Alcimedonte conseguiu a trigésima vitória da 'escola' de Melésias.
14   Slater, em seu *Lexicon*, diz que aqui o *en* significa 'sobre' ou 'dentro', mas me parece que aqui significa 'contra'.

o retorno odiosíssimo, a desonrosa língua
    e a oculta vereda,   70
e ao pai do seu pai inspirou força
da velhice oponente.
Do Hades, de certo, se esquece
o homem que faz o adequado.[15]

Mas é preciso que eu, a memória despertando, proclame
das mãos o primor para os Blepsíadas vitorioso,   75
sexta coroa já a cingi-los
    dos folhíferos torneios.
Há também para os mortos uma parte
das oferendas segundo o costume.
O pó não oculta
dos parentes o estimado lustre.   80

De Hermes a filha tendo ouvido Ífion,
a Notícia, poderá dizer a Calímaco sobre o radiante
adorno que, em Olímpia, à raça deles Zeus
concedeu.[16] Nobres feitos para
nobres queira dar e agudas moléstias afaste.   85
Rogo que na partilha
    das bênçãos uma retribuição ambígua não estabeleça,
mas concedendo indolor vida
exalte a eles e à sua cidade.

---

15   O avô de Alcimedonte ainda estava vivo e, certamente, ficou muito feliz com a vitória de seu neto.
16   Píndaro caracteriza aqui a *Angelia*, a Mensagem, a Notícia, como uma deusa personificada e filha de Hermes, deus mensageiro e responsável por guiar as almas dos mortos até o Hades. Ífion talvez fosse o pai de Alcimedonte e Calímaco, seu tio. Na minha opinião, Calímaco está morto e Ífion pede à deusa que envie a notícia da vitória de Alcimedonte a ele.

Comentário

Esta é uma ode que não apresenta grandes problemas de interpretação. Nela estão os temas esperados num epinício composto para um jovem vencedor: primeiros versos tratam do local da vitória, Olímpia; depois de uma rápida menção à vitória do irmão do homenageado em Nemeia, o poeta faz elogios a Egina, local de origem do vencedor; e daí vem o mote para a narrativa mítica, que trata da construção dos muros de Troia por Posídon, Apolo e Éaco e da profecia de Febo sobre as futuras invasões à cidade realizadas por eácidas; em seguida, como é costumeiro numa ode a um jovem atleta, Píndaro elogia Melésias, o treinador do rapaz; o poema fala ainda como Alcimedonte obteve sua vitória e como isso fez feliz o seu avô; por fim, o poeta lembra das vitórias anteriores de familiares do louvado e termina com uma prece pela felicidade da família do vencedor.

Olímpica 9 (466)
Para Efarmosto de Opunte,[1] vencedor na luta

De Arquíloco a canção
vocalizada em Olímpia,
    canto de vitória triplo ressoante,
bastou junto ao Crônio monte para abrir caminho
ao celebrante Efarmosto com seus caros camaradas.[2]
Mas agora, das longisseteantes Musas desde os arcos,   5
Zeus purpurirrelampejante alcança e a augusta
colina da Élide[3]
com tais flechas,
a qual outrora o lídio heroi Pélops
conquistou como belíssimo dote de Hipodâmia.[4]   10

Lança rumo a Pito[5]
uma alada doce flecha.
    De certo terricadentes palavras não tocarás,
a forminge fazendo vibrar em torno às lutas de um homem
da gloriosa Opunte. Louvando a ela e a seu filho,
a qual Têmis e sua filha, salvadora dela, obtiveram por lote,   15

---

1   Cidade costeira da Lócrida, região ao norte da Beócia.
2   Logo depois da vitória de um competidor, era entoado, junto ao Monte Crônio, em Olímpia, um curto refrão, repetido três vezes (daí o 'triplo'), para comemorar a vitória. Esse canto teria sido composto por Arquíloco, poeta da primeira metade do século VII a. C., em honra a Héracles, heroi fundador dos Jogos Olímpicos.
3   Região onde fica Olímpia.
4   Cf. *Ol.* 1, 67-71.
5   Delfos, onde Efarmosto conquistou uma vitória, nos Jogos Píticos, em 466 a. C.

a megafamosa Benelégia.[6] E floresce com façanhas
junto à tua corrente, Castália,[7]
e junto à do Alfeu,[8]
de onde das coroas os primores exaltam
dos Lócrios a gloriosa mãe esplendidarbórea.[9]   20

E eu, de certo, a cara cidade
inflamando com ardentes canções,
e, mais veloz do que
altivo cavalo e do que nave alada, por toda parte
este anúncio enviarei,   25
    se com uma predestinada mão
seleto das Cárites[10] cultivo o jardim.
Pois elas concedem os deleites: valorosos
    e sábios, por vontade da divindade, os homens

tornam-se. Pois, como
Héracles contra   30
    o tridente sua clava brandiu com as mãos,
quando perto de Pilos postado atacou-o Posídon,
e atacou-o, com seu argênteo arco lutando,
Febo, nem Hades imóvel tinha sua vara,
com a qual mortais corpos subduz rumo à oca via
dos defuntos? Longe de mim essa   35
história, boca, arremessa,

---

6   *Eunomia*, em grego. Ou seja a 'Boa Lei', a 'Boa Ordem' que reina quando numa cidade há justiça, à qual era associada a deusa Têmis.
7   Fonte de água em Delfos.
8   Rio que banhava a região de Olímpia.
9   Ou seja, Opunte.
10   Deusas associadas à beleza e à composição poética.

pois insultar os deuses
é odiosa habilidade e vangloriar-se fora de hora

com as loucuras se afina.¹¹
Agora não tagareles tais   40
    coisas. Deixa a batalha e toda guerra
distante dos imortais. Leva de Protogênia¹²
para a cidade a língua, onde, do cintilanraio Zeus pelo decreto,
Pirra e Deucalião, do Parnasso tendo descido,
sua morada fizeram primeira e, sem leito,¹³ unida
fundaram pétrea raça: 45
de povos-pedras¹⁴ foram chamados.
Incita de versos para eles uma vereda clara
e louva o velho vinho e as flores dos hinos

novos. Contam, de fato,
que inundou a terra negra   50
a força da água, mas
de Zeus pelas artes um refluxo súbito
a enchente levou. Deles¹⁵ eram
    os bronzescudados vossos ancestrais
desde o princípio, do Japetiônida¹⁶ cepo   55

---

11   Ou seja, "vangloriar-se fora de hora é um tipo de loucura". Píndaro estaria rejeitando essa história, segundo a qual Héracles teria lutado contra deuses.
12   A 'primeira nascida', filha de Deucalião e Pirra. Sua cidade é Opunte.
13   Isto é, sem uma união amorosa. Essa raça é 'unida' porque é 'homogênea', ou seja, todos os humanos nascidos dela têm a mesma origem.
14   Píndaro parece estar criando aqui um jogo de palavras a partir de *laoi*, que significa 'povos'. Mas, por outro lado, ele parece estar evocando a palavra *laes*, que significa 'pedra'.
15   Dos 'Laoi', os 'povos-pedras'.
16   Deucalião era filho de Prometeu e neto de Jápeto. E Pirra era filha de

filhos das filhas e dos insuperáveis Crônidas,
    nativos reis sempre,

até que o Olímpio soberano,
a filha de Opunte[17] da
    terra dos Epeios[18] depois de raptar, em paz
a ela se uniu nos Menálios vales[19] e trouxe
para Locro,[20] para que não o destruisse o tempo, um destino atando-lhe   60
órfão de descendência. Tinha uma semente grandiosa
sua esposa e alegrou-se o heroi depois de ver o adotivo filho.
Do avô materno chamou-o
com o mesmo nome, inefável homem pela beleza e   65
pelos feitos. A cidade concedeu-lhe e o povo para governar.

E vieram até ele estrangeiros
de Argos e de Tebas
    os Árcades e também os Pisatas.[21]
Acima dos outros colonos honrou o filho de Áctor
e de Egina, Menécio. Dele o filho[22] junto com os Atridas[23]   70
de Teutras[24] à planície tendo ido, ficou de pé com Aquiles,

---

Epimeteu e Pandora.
17   Chamada Cambise ou Cabie, teve um filho que recebeu o mesmo nome do avô, Opunte.
18   Povo que habitava a Élide, região onde fica Olímpia.
19   Na Arcádia.
20   Rei da região da Lócrida e marido de Cabie, que não conseguia ter filhos.
21   Habitantes de Pisa, localidade próxima a Olímpia.
22   Pátroclo.
23   Agamêmnon e Menelau, filhos de Atreu.
24   Rei da Mísia, no noroeste da Ásia Menor, onde os dânaos aportaram por engano no caminho para Troia e foram atacados por Télefo, filho adotivo de Teutras.

só ele, quando, os valentes dânaos depois de por em fuga às marinhas
proas, Télefo atacou, para ao sensato dar a
conhecer de Pátroclo a poderosa mente.   75
Desde então de Tétis o filho no[25] mortal Ares

exortou-o a jamais
entrar em batalha sem sua
domamortais lança.
Que eu seja um inventaversos para avançar   80
digno na carruagem das Musas.
    Audácia e vasto poder
me sigam. Pela proxenia[26] e pela virtude vim
honrando de Lamprômaco as Ístmicas
    coroas, quando ambos conquistaram

o prêmio num único dia.   85
Outros dois sucessos depois
    nas portas de Corinto aconteceram,[27]
outras também para Efarmosto de Nemeia no vale.
Em Argos conseguiu a distinção entre os homens e menino em Atenas.
E em Maratona, separado dos imberbes, que
disputa suportou entre os mais velhos pelas argênteas taças![28]   90
Os homens, com ágil-cambiante dolo,

---

25   "Com o mortal Ares", ou seja, na batalha, na guerra.
26   Lamprômaco, parente de Efarmosto, era um próxeno de Tebas em Opunte, ou seja, uma espécie de embaixador que protegia os interesses dos tebanos que viviam ali e cuidava dos interesses desses estrangeiros. Ele teria encomendado o epinício a Píndaro.
27   Também nos Jogos Ístmicos.
28   O prêmio para os vencedores nos jogos dedicados a Héracles, em Maratona, eram taças de prata.

sem cair, depois de dominar,
atravessou o círculo[29] com tamanha gritaria,
jovial e belo sendo, belíssimos feitos tendo realizado.

Outros feitos ao parrásio povo,[30] 95
admirável sendo, apresentou
      no festival de Zeus Liceu,
e quando o cálido remédio contra as frias brisas
em Pelene levou.[31] E testemunha foi de Iolau
a tumba[32] e a marinha Elêusis de seus triunfos.
O natural é potentíssimo em tudo. Muitos humanos 100
com ensinadas virtudes glória
anseiam conquistar,
mas, sem o deus, silenciada
cada coisa não é o que há de pior,[33] pois há outras,

dentre as rotas, rotas mais longas[34] 105
e um único cuidado não nos alimenta
a todos. As perícias
são íngrimes. Mas apresentando este prêmio,
alto grita confiante

---

29   O estádio, onde aconteciam as provas, tinha uma forma quase circular.
30   Parrásia era uma cidade da Arcádia, junto ao monte Liceu, onde Zeus era cultuado. Ali aconteciam jogos em honra a esse deus.
31   Em Pelene, cidade no norte do Peloponeso, aconteciam jogos em honra a Hermes e o prêmio ali era um manto de lã, "cálido remédio contra frias brisas".
32   Em Tebas, onde também aconteciam jogos em homenagem a esse heroi, sobrinho de Héracles.
33   Ou seja, é melhor silenciar aquilo que foi feito sem a ajuda do deus, através de artes aprendidas, não herdadas por natureza.
34   Ou, em português corrente, "há algumas rotas mais longas do que outras".

   que este homem, por graça divina, nasceu   110
com mãos hábeis, ágeis pernas e olhar vigoroso,
e que, Ájax, em tua festa, filho de Ileu,[35]
vencendo ele coroou teu altar.

Comentário

Píndaro menciona nesta ode o canto tradicional atribuído a Arquíloco (fr. 324 West), cujo refrão seria *tenella kallinike*, que era repetido três vezes logo depois da vitória de um competidor em Olímpia. Esse canto teria sido entoado em 468 a. C., quando Efarmosto venceu. Mas agora, em 466, depois de outra vitória do mesmo atleta nos Jogos Píticos, em Delfos, citada no verso 11, Píndaro compõe um poema maior, mais belo e mais verdadeiro. Pois a poesia pindárica é mais sábia do que a poesia tradicional anterior, onde Héracles aparecia lutando contra Posídon, Apolo e Hades. Píndaro era mais piedoso e tinha um respeito maior pelo herói e pelas divindades. Mas era importante citar Héracles também porque ele recebia um culto especial em Opunte, a cidade do vencedor. É importante também comentar o relato mítico que trata das origens do povo que colonizou a região da Lócrida oriental. Eles seriam descendentes dos povos-pedras, que surgiram depois do dilúvio, quando Deucalião e Pirra chegaram àquela região. Eles

---

35 Este Ájax, chamado 'Menor', para distinguí-lo do outro Ájax, de Salamina, era da Lócrida e havia em Opunte um altar junto ao qual aconteciam jogos em sua homenagem.

teriam lançado pedras para trás e dessas pedras surgiam homens. Por isso eles eram chamados de povos-pedras. Píndaro também fala da união entre Zeus e Cabie, filha do rei Opunte, da qual nasceu o heroi Opunte, que recebeu o mesmo nome do avô e que foi adotado por Locro, rei da região de Locres, onde estava a cidade que primeiro recebeu o nome de Protogênia, filha de Deucalião e Pirra, mas depois foi chamada de Opunte em homenagem ao herói e rei do local. Essas eram as origens da cidade e da família de Efarmosto e isso explica em parte porque ele é um grande vencedor. Ou seja, ele tem boas origens, uma boa natureza, além de contar com a ajuda dos deuses, de certamente ter tido um bom treinamento e de ter se esforçado muito para vencer.

Olímpica 10 (474?)
Para Hagesidamo de Locres Epizefíria,[1] vencedor no pugilato para meninos

Do olímpico vencedor lede para mim o nome,
de Arquéstrato o filho, onde no meu
espírito está escrito, pois que devia um doce canto a ele
    e esqueci. Ó Musa e tu também Verdade,
filha de Zeus, com reta mão
afasta das mentiras   5
a censura ofensiva aos hóspedes.

Pois, de longe tendo chegado, o vindouro tempo
envergonhava minha profunda dívida.
Mas, porém, pode remover o agudo reproche
    dos mortais a paga com juros. Agora como a onda fluindo
um seixo rolante submerge,   10
assim com público elogio
pagaremos à gratidão amiga.

Pois a Retidão vigia a cidade dos lócrios zefírios
e eles veneram Calíope[2]
e o brônzeo Ares. E a guerra   15
    contra Cícno[3] pôs em fuga até o superforte

---

1   Colônia da cidade grega de Opunte (na Lócrida, Grécia Central), localizada na Magna Grécia, atualmente na Calábria, no sul da Itália.
2   Uma das Musas.
3   Cícno era um filho de Ares que aterrorizava a região de Delfos. Píndaro estaria se baseando aqui em Estesícoro (escólio 19b = fr. 207 Davies), que teria contado que, com a ajuda de Ares, Cícno teria afugentado Héracles. É possível que

Héracles. Como púgil na Olimpíada vencendo,
a Ilas renda graças
Hagesidamo, como
a Aquiles Pátroclo.[4]
Afiando o nascido com excelência, para   20
prodigiosa glória pode incitá-lo
     um homem, com as mãos de um deus.[5]

Sem fadiga alguns poucos conquistaram alegria,
luz para a vida acima de todos os labores.
O torneio seleto a cantar incitam os decretos
     de Zeus, que junto à antiga tumba de Pélops,
de provas sêxtuplo ele[6] fundou,   25
depois que matou
o Posidônio Cteato inculpável,

matou Eurito, para do superforte Augias
de mal grado, ele de bom grado, o servil salário
receber.[7] Depois de espreitá-los nos bosques sob Cleonas,[8]   30
     venceu-os também Héracles no caminho,

---

haja aqui uma alusão a uma derrota anterior de Hagesidamo, que depois ele teria superado.

4   Ilas foi o treinador de Hagesidamo, a quem ele deve agradecer, assim como Pátroclo deveria agradecer a Aquiles pelo treinamento dado.

5   Ou seja, com a ajuda de um deus, um treinador pode aprimorar as habilidades de um rapaz que nasceu com talento herdado dos seus antepassados.

6   Héracles. Aconteceram seis competições quando os jogos foram fundados. Por isso o torneio foi 'sêxtuplo'. Ver os vv. seguintes.

7   Cteato e Eurito eram dois filhos de Posídon e aliados de Augias, rei de Elis. Este recusou-se a pagar a Héracles depois que o heroi limpou seus estábulos, desviando o curso do rio Alfeu. Héracles então o atacou com seu exército de guerreiros de Tirinto, cidade próxima a Argos.

8   Cidade localizada perto de Argos e do Ístmo de Corinto.

porque antes outrora destruíram
seu exército tiríntio
acampado nos vales da Élide

os Moliones[9] arrogantes. E de certo o engana-hóspedes
dos Epeios[10] rei depois de   35
não muito viu sua pátria multirrica
      sob o contumaz fogo
e os golpes do ferro no fundo fosso da ruína
afundando, a sua cidade.
A contenda dos mais fortes
afastar é impossível.   40
E ele, por sua imprudência, por último,
a captura tendo encontrado, da morte
      abrupta não escapou.

Então em Pisa[11] tendo reunido o exército inteiro
e todo o butim, de Zeus o valente
filho[12] mediu o sacro precinto para o pai supremo.   45
      Tendo cercado o Altis,[13] ele num descampado
demarcou-o e o solo em torno
estabeleceu como repouso da refeição,
honrando o curso do Alfeu[14]

---

9   Cteato e Eurito, filhos de Posídon e Molione.
10   Antigo povo da Élide, cujo rei era Augias.
11   Localidade próxima a Olímpia, cujo nome também serve para designar o lugar onde aconteciam os jogos.
12   Héracles demarcou o solo consagrado a Zeus onde seriam realizados os jogos.
13   Bosque sagrado em Olímpia.
14   Rio que banha a região de Olímpia.

com os doze soberanos deuses. E à colina
de Crono o nome deu, pois, antes, 50
anônima, sobre ela Enomau[15] reinava, estava coberta com muita
    neve. Nesse primevo ritual
estavam presentes, então, as Moiras, perto,
e o único que comprova
a verdade genuína,

o Tempo. Isso claramente, indo adiante, declarou: 55
como da batalha o dom,
tendo dividido primícias, ofereceu e
    como então a quinquenal festa
estabeleceu com a primeira Olimpíada
e com as vitórias.
Quem então a recente 60
coroa obteve
com as mãos, os pés e o carro,
no torneio seu triunfo no renome
    tendo posto, com seu feito tendo-o alcançado?

No estádio foi o melhor, em linha reta
com seus pés correndo, o filho de Licímnio, 65
Eono. Veio de Mídea seu exército guiando.
    Na luta Équemo veio distinguindo Tégea.
Dóriclo obteve da pugna o prêmio,
de Tirinto habitante da cidade.
Com os quatro cavalos

---

15   Antigo rei da Élide, pai de Hipodâmia, com quem Pélops se casou, depois de vencer uma corrida de carros. Cf. *Ol.* 1.

de Mantineia Samo, filho de Halirótio.   70
Com o dardo Frástor acertou o alvo.
Longe Niceu lançou a pedra sua mão girando
        sobre todos e seus aliados um grande
aplauso lançaram.¹⁶ Ao entardecer
inflamou a bela de ver
lua sua amável luz.   75

E ressoava todo o precinto com deleitosos festejos
ao modo do encômio.
Aos princípios antigos seguindo
        também agora como epônima graça
da vitória altiva celebraremos o trovão
e o foguimanejado dardo   80
do alcestrondo Zeus,
com todo poder
ardente raio fabricado.
E responderá ao cálamo o delicado
        canto das melodias,

as quais junto à gloriosa Dirce,¹⁷ com o tempo, apareceram,   85
mas como um filho de uma esposa desejado
pelo pai, que chega da juventude no inverso já,
        e muito aquece com amor sua alma,

---

16   Eono, Équemo, Dóriclo, Samo, Frástor e Niceu eram companheiros de Héracles que lutaram junto com ele contra o exército de Augias e, depois, participaram dos primeiros Jogos Olímpicos, fundados pelo heroi como agradecimento a Zeus e para honrar a Pélops, cuja tumba estava localizada em Olímpia. Mídea, Tégea, Tirinto e Mantineia são todas cidades próximas à Élide, o que indica que os primeiros jogos tinham um caráter regional e não Panelênico.
17   Fonte de água, em Tebas, onde Píndaro nasceu e morou.

porque a riqueza a qual obtem um pastor
estrangeiro, de outro lugar,
a quem está morrendo é odiosíssima.[18]   90

Também quando belos feitos tendo realizado sem canto,
Hagesidamo, às moradas de Hades
um homem chega, vanidades aspirando, dá à sua labuta
    um breve deleite. Mas sobre ti a dulcivócea lira
e o doce aulo espargem a graça
e nutrem a vasta glória   95
as filhas Piérides[19] de Zeus.

E eu consorciando-me com zelo, o ínclito povo
dos lócrios abracei, com mel
a cidade de nobres homens banhando.
    E o filho amável de Arquéstrato
louvei, o qual vi vencer com a força da mão   100
junto ao altar Olímpio
naquele tempo
belo na forma
e na juventude temperado, a qual outrora
da cruel morte Ganimedes[20]
    afastou com a ajuda da Ciprogênia.   105

---

18   Em todo esse trecho, vv. 84-90, Píndaro parece estar falando do epinício que demorou a chegar, mas será recebido com grande alegria pelo celebrado, como um pai já velho que finalmente vê seu primeiro filho nascer, a quem poderá transmitir sua herança, que não cairá nas mãos de um pastor estrangeiro.
19   As Musas, nascidas na Piéria, perto do Monte Olimpo.
20   Jovem troiano por quem Zeus se apaixonou (com a ajuda de Afrodite, a Ciprogênia, ou seja, a deusa nascida em Chipre). Como Ganimedes foi imortalizado, Hagesidamo também viu o seu nome escapar da morte através do poder do canto.

Comentário

Píndaro começa esta ode dizendo que está realizando a celebração com atraso e, por isso, precisa pagar com juros sua dívida. O Papiro de Oxirinco 222 nos informa que a vitória de Hagesidamo aconteceu no ano 476 a. C., quando também aconteceram as vitórias celebradas na *Olímpica* 1, em homenagem a Hierão de Siracusa, e nas *Olímpicas* 2 e 3, em homenagem a Téron de Agrigento. Talvez por causa desses compromissos, com personalidades mais importantes do que um jovem pugilista, Píndaro tenha demorado um pouco mais para finalizar este epinício.

Olímpica 11 (476)
Para Hagesidamo de Locres Epizefíria, vencedor no pugilato
para meninos

Há para humanos de ventos por vezes muitíssima
necessidade. E há de celestes águas,
pluviosas filhas da nuvem.
Mas se com labor alguém é bem sucedido, melivóceos hinos
príncipio de pósteros louvores 5
tornam-se e fiel penhor de grandiosas excelências.

Desinvejoso este elogio às vitórias
olímpicas está guardado. Isso nossa
língua pastorear deseja,
mas desde um deus o homem floresce com sábio espírito igualmente. 10
Sabe agora, de Arquéstrato
filho, Hagesidamo, por causa de teu pugilato

um adorno para a coroa de áurea oliveira
dulcimélico cantarei,
dos zefírios lócrios a raça honrando. 15
Lá comemorai.[1] Garanto
a vós, ó Musas, que a um povo afugentóspedes
nem inexperto em belezas
não chegareis, mas altisábio e
       lanceiro. Pois seu inato caráter nem a fulva
raposa nem vastirrugentes leões alterariam. 20

---

1   O verbo aqui é *sygkomazo*, que significa 'tomar parte de um *komos*', ou seja, participar do cortejo festivo.

Comentário

Este epinício comemora a mesma vitória celebrada na *Olímpica* 10 e a possível relação entre eles ainda é objeto de debate. Os escólios dizem que este poema foi composto para pagar os 'juros' mencionados na ode anterior. Mas, seguindo Boeckh, Dissen, Gildersleeve, Fennell e Farnell, por exemplo, pensam que a *Olímpica* 11 foi composta antes da 10, foi apresentada logo depois da vitória ainda em Olímpia e nela haveria a promessa da composição de um poema mais longo. Essa hipótese ganha força, se lembrarmos do verso 100 da *Olímpica* 10, onde Píndaro parece dizer que viu Hagesidamo vencer nos Jogos Olímpicos. Além disso, há verbos no futuro, nos versos 14 e 16, que podem ser interpretados como uma indicação de que haverá uma outra celebração com um outro poema. Talvez seja melhor interpretar essas formas verbais como futuros performativos, algo comum do estilo pindárico (cf. v. 3 da *Olímpica* 13 e vv. 4, 7, 36, 105, da *Olímpica* 1, por exemplo). Porém não temos outro exemplo de um epinício onde encontramos uma referência a outro epinício.

Olímpica 12 (466)
Para Ergóteles de Hímera, vencedor na corrida longa

Suplico-te, filha de Zeus Libertador,
proteje Hímera[1] vastipotente, salvadora Fortuna.[2]
Pois por ti no mar são pilotadas as ágeis
naves, em terra as repentinas batalhas
e as assembleias deliberativas. As esperanças   5
dos homens amiúde ora para cima e ora para baixo
rolam fendendo vazias mentiras.

E um sinal jamais nenhum dos terrestres
confiável sobre eventos vindouros encontrou vindo de um deus
e do futuro são cegos os conhecimentos.
Muita coisa aos humanos contra suas expectativas sucede,   10
o oposto do seu deleite, mas outros, contra penosas
tempestades depois de se chocar,
pelo bem profundo sua pena em curto tempo trocaram.

Filho de Filánor, de certo também a honra
de teus pés, como galo que luta em casa
junto à lareira hereditária,
inglória, se desfolharia,   15
se a discórdia entre os homens não te privasse da pátria Cnossos.
Mas agora em Olímpia coroado

---

1   Ergóteles era originário de Cnossos, em Creta. Mas ele emigrou para Hímera, no litoral norte da Sicília, a leste de Palermo, possivelmente, por causa de disputas políticas.
2   Tykhe, deusa associada ao acaso, que pode trazer bons ou maus resultados.

e duas vezes em Pito[3] e no Ístmo, Ergóteles,
os cálidos banhos das Ninfas[4] exaltas
   frequentando junto a teus campos próprios.

Comentário

Nesta ode, Píndaro parece estar fazendo referência ao possível significado do nome do vencedor (Ergóteles pode ser entendido como 'aquele que faz algo longe' (de casa?)), ao tratar da sua emigração de Cnossos, em Creta, para Hímera, na Sicília. Em 1953, foi encontrada uma inscrição numa placa de bronze que estava afixada à estátua dedicada a Ergóteles. Ela foi datada de 464 a. C. Na época em que a ode foi composta, em 466, Hímera tinha sido libertada do domínio de Agrigento por Hierão de Siracusa. Talvez isso explique o fato de Píndaro invocar Zeus Libertador. Esta é uma ode que não pode ser lida apenas a partir de uma perspectiva formalista: é preciso levar em conta o contexto histórico.

---

3   Nos Jogos Píticos, em Delfos.
4   Há, perto de Hímera, uma fonte de águas termais, que teriam sido criadas por Ninfas, sob as ordens de Atena, para que Héracles pudesse descansar depois de roubar os bois de Gerião.

Olímpica 13 (464)
A Xenofonte de Corinto, vencedor no estádio e no pentatlo

Triolimpicampeã[1]
casa louvando, afável aos concidadãos
e prestativa aos hóspedes, reconhecerei[2]
a venturosa Corinto, do Ístmico
Posídon pórtico, esplendimoça,[3]   5
pois nela Benelégia[4] mora e suas
      irmãs,[5] base segura de cidades,
Justiça e a conutrida
      Paz, provedora de riqueza para os homens,
áureas filhas da benatinada Têmis.

Desejam repelir
Arrogância, da Ganância mãe audacilíngue.   10
Tenho belas coisas para contar e uma coragem
direta minha língua incita a falar.
Impossível ocultar o inato caráter
e para vós, filhos de Aletes,[6] amiúde
      o vitorioso esplendor concederam
pelas elevadas virtudes dos que   15

---

1   Xenofonte venceu duas vezes e seu pai, Téssalo, uma vez nos Jogos Olímpicos.
2   No sentido de 'darei reconhecimento', ou seja, 'saudarei', 'aclamarei'.
3   De resplendente mocidade, de esplêndida juventude.
4   *Eunomia*, 'Boa Lei'.
5   Seguindo a lição *kasignetai*. Cf. Gentili, 2013: 591. As irmãs de *Eunomia* (Benelégia ou Boa Norma) são *Dike* (Justiça) e *Eirene* (Paz).
6   Descendente de Héracles, foi o primeiro rei mítico de Corinto.

        exceleram nos sacros jogos,
e amiúde nos corações dos homens lançaram

as Horas[7] multifloridas
        antigas habilidades. Toda obra é do seu inventor.
De Dioniso de onde surgiram
com o boitangente ditirambo[8] as canções?
Quem, pois, sobre os equestres arreios as medidas,   20
ou dos deuses sobre os templos das aves os reis duplos
colocou?[9] Aqui a Musa doce-alento,
aqui Ares floresce nas mortais lanças dos jovens homens.

Altíssimo vastirregente
de Olímpia, desinvejoso de meus versos   25
sejas o tempo todo, Zeus pai,
e, este povo incólume vigiando,
de Xenofonte dirige o vento da sorte[10]
e recebe para ele das coroas o encômio
        ritual que ele traz das planícies de Pisa,[11]
no pentatlo e também do estádio   30
        vencendo a corrida. Alcançou
façanhas que homem mortal nenhum jamais antes.

---

7   As três deusas citadas nos versos 6 e 7, antes lembradas como protetoras da vida política das cidades e agora invocadas como deusas da fertilidade e favorecedoras das vitórias nos jogos.
8   Canção em homenagem a Dioniso, que seria cantada por um grupo de pessoas enquanto tangiam um boi, conduzindo-o para o local onde seria sacrificado.
9   Referência a outras duas invenções: os arreios colocados nas bocas dos cavalos e águias duplas que ornamentavam templos de deuses na Grécia Antiga, especialmente em Corinto.
10   *Dáimon*, em grego.
11   De Olímpia, localizada perto de Pisa, na região da Élide, no Peloponeso.

Duas o cobriram
coroas de aipos nos Jogos Ístmicos
quando brilhou. E Nemeia não se opõe.[12]
Do pai Téssalo junto do Alfeu[13]
às correntes o fulgor dos pés permanece
e em Pito[14] obtém do estádio a honra e do
    diaulo num único sol,[15] e no mesmo
mês na rochosa Atenas
    três prêmios o velocípede
dia pôs belíssimos em torno aos seus cabelos,

e as Helotias[16] sete vezes. Nos
    entremarinhos de Posídon rituais[17]
com o pai Pteodoro mais longos
com Terpsias e com Eritimo seguirão os cantos.[18]
E quantas vezes em Delfos vencestes,
e nos prados do leão,[19] rivalizo com muitos
sobre a multidão de belos feitos. Assim com clareza
não saberia dizer dos marinhos seixos o número.

---

12   Ou seja, "Em Nemeia não foi diferente".
13   Rio que banha a região de Olímpia.
14   Em Delfos, nos Jogos Píticos.
15   Num único dia.
16   Festivais realizados em Corinto em honra a Atena Helotis, onde jovens corriam segurando tochas. Não sabemos porque Atena era chamada dessa maneira em Corinto.
17   Ou seja, nos Jogos Ístmicos.
18   Pteodoro era avô de Xenofonte, Terpsias, irmão de Pteodoro e Eritimo, filho de Terpsias, segundo o escólio a estes versos.
19   Em Nemeia.

Mas existe em cada coisa
uma medida: observar o oportuno é melhor.
E eu, indivíduo no interesse comum enviado,
o engenho cantando dos antepassados   50
e a guerra nas heróicas façanhas
não mentirei sobre Corinto, Sísifo[20]
      sagazíssimo com as mãos como um deus
e ela, ao pai contrária, Medeia,
      que realizou suas próprias bodas,[21]
salvadora da nave Argo e dos marinheiros.

Assim também outrora com vigor   55
diante das muralhas de Dárdano[22] apareceram
de ambos os lados das batalhas para decidir o fim,
uns com a raça amiga de Atreu[23]
Helena recuperando, outros completamente
obstando. Da Lícia Glauco[24] veio   60
      e tremeram os Dânaos. A eles
alardeava na cidade de

---

20   Outrora rei de Efira, mais tarde chamada Corinto. Ele teria fundado os Jogos Ístmicos em honra a Melicertes, filho de Ino, que morreu afogado no mar perto do Ístmo. Cf. fr. 6, 5.
21   Seguindo aqui o texto de Gentili (2013: 324).
22   Em Troia. Glauco, descendente de Sísifo (cf. *Ilíada*, 6, 152 ss.), lutou do lado dos Troianos e Euquénor (cf. *Ilíada*, 13, 663), outro coríntio, lutou do lado dos Aqueus.
23   Junto com Agamêmnon e Menelau.
24   Glauco vinha da Lícia (região no sudoeste da Ásia Menor, na atual Turquia), mas era descendente de Coríntios. Na Ilíada (6, 145-211 ss.), ele é apresentado como filho de Hipóloco, filho, por sua vez, de Belerofonte, que foi exilado na Lícia e chegou a ser genro do rei de Corinto, onde estava a fonte Pirene, que surgiu com um coice de Pégaso. Mas, em Píndaro, o pai de Glauco é Belerofonte.

            Pirene de seu pai o reino,
a rica herdade, estar e o palácio.

    Ele[25] da ofídica Górgona
            outrora o filho, sim, muito em torno à fonte
Pégaso arrear desejando sofreu,
antes que a ele a auridecorada brida a jovem   65
Palas trouxesse, e do sonho logo
se fez realidade, e falou: "Dormes, Eólida rei?[26]
Vamos! Este filtro[27] hípico pega
e, ao Domador[28] sacrificando um touro branco, ao teu pai mostra-o".

A virgem da escura égide   70
no noturno sono a ele tais coisas pareceu
dizer e ele saltou com ereto pé.
Depois de pegar o adjacente portento,
alegre, o nativo adivinho encontrou
e revelou ao Ceranida[29] toda a completude   75
            da ação, como sobre o altar da deusa
deitou-se de noite segundo o oráculo
            dele, e como a ele a própria
filha de Zeus lançarraios deu

---

25   Belerofonte.
26   Belerofonte era descendente de Éolo. A genealogia completa seria:
Zeus-Heleno-Éolo-Sísifo-Glauco-Belerofonte-(Hipóloco)-Glauco.
27   No sentido de 'feitiço', 'encantamento', que é a brida, o arreio.
28   Posídon, deus associado à criação dos cavalos. Ele seria o pai verdadeiro
de Belerofonte e Glauco seria o pai presumido.
29   Poliído, filho de Cérano.

o domespírito ouro.
Ao sonho rápido obedecer
ordenou-lhe, e quando ao vastipotente 80
Terrirregente sacrificasse um fortípede,[30]
erguer um altar de imediato para Atena Hípia.
Fácil o poder dos deuses torna a tarefa
      mesmo contra juramento e contra esperança.
Assim também o forte
      Belerofonte com avidez prendeu,
o fármaco gentil estendendo em torno à mandíbula, 85

o cavalo alado. E montado
      logo com as armas em bronze brincava.
Com ele também outrora das Amazonas,
desde os gélidos abismos do éter deserto,
atirando contra o flecheiro femíneo exército,
a Quimera[31] exalafogo e os Sólimos[32] matou. 90
Silenciarei sobre a sua morte, eu.[33]
Mas o outro[34] no Olimpo os antigos estábulos de Zeus o acolhem.

Mas eu logo, de mal grado,
lançando longe do alvo circular não devo
as muitas flechas arremessar com as mãos. 95
Pois das Musas esplenditrôneas de bom grado

---

30   Um boi de pés fortes.
31   Monstro com cabeça de leão, corpo de cabra e cauda de serpente.
32   Povo guerreiro que vivia nas montanhas da Lícia.
33   Belerofonte teria tentado chegar ao Olimpo voando no dorso de Pégaso, mas foi derrubado por Zeus e morreu num lugar deserto. Essa história não seria agradável para o público de Corinto. Por isso Píndaro se recusa a contá-la.
34   Pégaso.

e dos Oligétidas[35] vim como servidor.
No Ístmo o que houve e em Nemeia em poucas palavras
    tornarei conspícuo em conjunto, veraz para mim
sob juramento sessenta vezes,[36] de certo, nos dois lugares
docilíngue grito de um arauto nobre.   100

As vitórias deles em Olímpia
parecem antes já ter sido mencionadas.
As futuras a seu tempo di-las-ei com clareza.
Agora tenho esperança: num deus, de certo,
está o fim. Mas se o destino[37] familiar persiste,   105
isso a Zeus e a Eniálio[38] entregaremos
    para que se cumpra. Aquelas sob o supercílio parnássio[39]
foram seis. E em Argos quantas e em
Tebas! E quantas entre os árcades vencendo
testemunhará de Liceu[40] o altar régio.

Pelene, Sícion,
    Mégara,[41] dos Eácidas o bem-cercado precinto,[42]

---

35   Família à qual pertencia Xenofonte, o vencedor cuja vitória é celebrada neste epinício.
36   Membros da família dos Oligétidas teriam obtido sessenta vitórias no Ístmo e em Nemeia.
37   *Dáimon.*
38   Epíteto de Ares, deus da guerra, talvez citado aqui para que favoreça a vitória na corrida com armas.
39   Sob os olhos do Parnasso, em Delfos, nos Jogos Píticos.
40   Montanha localizada na Arcádia, no centro-norte do Peloponeso, onde havia um templo dedicado a Zeus Liceu e aconteciam competições em honra a ele.
41   Três cidades próximas a Corinto, onde aconteciam jogos nos quais membros da família dos Oligétidas foram vencedores.
42   Egina, ilha onde Éaco nasceu e onde havia um culto especial dedicado aos descendentes dele: Peleu, Télamon, Aquiles e Ájax.

Elêusis, a radiante Maratona, 110
as sob o Etna de alta crista belirricas
cidades, a Eubeia e por toda a
Hélade encontrarás, procurando, mais do que é possível ver.
Vamos, nada com ligeiros pés.
Zeus perfectivo, dá estima e sorte de prazeres doce. 115

Comentário

Nesta ode, Píndaro faz um grandioso elogio à cidade de Corinto, onde teriam sido inventados o ditirambo, os arreios e as decorações dos templos. Além disso, ela seria a pátria de heróis engenhosos como Sísifo, Medeia e Belerofonte, cujo mito ocupa a parte central do poema. Por outro lado, heróis originários de Corinto também foram grandes guerreiros, como Glauco da Lícia, que lutou ao lado dos Troianos. E como bons cidadãos de Corinto os Oligátidas são famosos por ter obtido muitas vitórias em vários jogos da Grécia Antiga. Píndaro parece ter tido alguma intimidade com Xenofonte, pois entre seus fragmentos encontramos um escólio (fr. 122) em homenagem a esse homem.

Olímpica 14 (488?)
A Asópico de Orcômeno, vencedor no estádio para meninos

Das Cefísias águas[1]
detentoras, vós que habitais a sede de belos corcéis,
ó Cárites, decantadas rainhas
da radiante Orcômeno, guardiãs dos Mínios[2] há muito nascidos,
ouvi, porque faço uma prece, pois convosco todos   5
os prazeres e doçuras chegam aos mortais,
se sábio, se belo, se ilustre é um homem.
Pois nem os deuses sem as augustas Cárites
preparam coros
       nem banquetes: elas são as despenseiras de todas
as ações no céu, colocando seus tronos ao lado   10
de Apolo Pítio de áureo arco,
e veneram a sempiterna honra do pai olímpico.[3]

Ó senhora Aglaia
e Eufrósina amiga dos cantos, do mais poderoso dos deuses
filhas, escutai agora, e Talia   15
amante dos cantos, vendo este cortejo sobre benévolo sucesso
de leve palmilhando. Pois Asópico, no modo lídio[4]
e com desvelo cantando eu vim,

---

1   O rio Cefiso corta a Beócia e às suas margens estava a cidade de Orcômeno, a cerca de 40 quilômetros ao noroeste de Tebas. Lá havia uma templo onde as Cárites (as Graças: Aglaia, Eufrósina e Talia) recebiam um culto especial.
2   Descendentes de Mínias (filho de Posídon), que habitavam a região de Orcômeno e estavam ligados aos Argonautas.
3   Zeus.
4   Cf. *Ol.* 5, 19 e *Nem.* 4, 45.

já que é vencedora em Olímpia a Mínia[5]
por causa de ti. À negromurada casa agora 20
de Perséfone vai, Eco,[6]
ao pai levando ínclita mensagem,
para que, vendo Cleodamo,[7] digas que o seu filho
junto aos vales honrados de Pisa,[8]
coroou o jovem cabelo com asas de distintivos jogos.

Comentário

Se composta realmente em 488 a. C., esta seria a *Olímpica* mais antiga dentre as que chegaram até nós. É a única que não apresenta uma estrutura triádica, mas duas estrofes com organização métrica equivalente, de base eólica e usando uma melodia lídia (v. 17). Por sua curta extensão, ela não tem narrativa mítica nem gnome. Embora seja um epinício, a maior parte do poema é dedicado a celebrar, como num hino, as Cárites, ou Graças, deusas originalmente ligadas à fertilidade e ao mundo dos mortos. Aqui, porém, elas têm um papel importante por causa do culto especial dedicado a elas em Orcômeno, cidade do vencedor, e também por causa da

---

5   A região ou a cidade dos Mínios, ou seja, Orcômeno.
6   Perséfone é a filha de Zeus e Deméter e esposa de Hades e rainha do mundo subterrâneo. Eco é a personificação da ressonância e deusa que levava mensagens.
7   Pai de Asópico, que já estava morto quando a ode foi cantada.
8   Localidade próxima a Olímpia. Aqui ela designa a região onde aconteciam os jogos e a própria Olímpia também.

juventude do rapaz, já que eram também deusas associadas à beleza e ao vigor juvenil. É possível que este poema tenha sido cantado numa procissão que seguia em direção ao templo das Cárites.

PÍTICAS

Pítica 1 (470)
Para Hierão de Siracusa, vencedor na corrida de carros

Áurea forminge,[1] de Apolo e das violitrâncias
Musas partilhado tesouro, a qual o passo
    escuta, da festa princípio,
e obedecem os cantores aos teus sinais
quando dos proêmios lideracoros
    os relances[2] compões vibrando.
Apagas até o lanceiro raio   5
de semprefluente fogo. E dorme sobre o
    cetro de Zeus a águia, sua ágil
    asa dos dois lados repousando,

chefe das aves, e uma escurolho nuvem sobre sua
curva cabeça, das pálpebras doce
    fecho, derramaste. E ela ressonando
seu dúctil dorso levanta, com teus
ataques submetendo-a. Pois até o   10
    violento Ares, de lado deixando a rude
ponta das lanças, acalenta seu coração
no coma e tuas flechas também das divindades

---

1   Instrumento de corda semelhante à lira, porém com caixa de ressonância feita de madeira, enquanto as liras eram feitas, tradicionalmente, com cascos de tartaruga.

2   Traduzo aqui 'anabolé' por 'relance' numa tentativa de transpor o significado original da palavra que deriva do verbo 'anaballo', 'lançar para cima', 'lançar para traz' ou 'lançar de novo' (daí 're-lançar'). Anabolé pode ser interpretada como a descrição do movimento que a mão do instrumentista fazia quando tocava a forminge com o plectro, lançando sua mão para traz quando golpeava uma das cordas.

encantam os espíritos graças à perícia
do filho de Leto e das fundidrapejantes Musas.

Mas todos os seres que Zeus não ama atemorizam-se a voz
das Piérides ouvindo, na terra e no
mar indômito,
também aquele que no horrível Tártaro jaz, dos deuses inimigo, 15
Tífon centicápite,[3] o qual outrora
o renomado Cilício[4] antro nutriu. Agora, porém,
as sob Cumas maricingidas falésias
e a Sicília dele oprimem
o peito hirsuto. O pilar celeste o contém,
nevoso Etna, todo o ano de gelo agudo nutriz. 20

São vomitadas de inabordável fogo sacríssimas nascentes
dos recessos dele e seus rios de dia
provertem de fumo um fluxo
ardente, mas de noite pedras
a púrpura chama rolando para a funda
planura do mar traz com estrondo.
Aquele monstro de Hefesto as torrentes 25
terribilíssimas para cima envia, prodígio
maravilhoso de se contemplar,
e maravilha é também ouvi-lo para quem está presente,

---

3   Monstro de cem cabeças que cospem fogo, que desafiou Zeus e foi vencido por ele. Cf. Hesíodo, *Teogonia,* 820-868.
4   A Cilícia era uma região da Ásia Menor, na costa sudeste, abaixo da Capadócia.

pois do Etna está preso entre os negrifolhes picos
e na planície e o leito dilacerante todo seu dorso
      contrinclinado aguilhoa.
Possa, Zeus, possa eu te agradar,
tu que dominas esta montanha, de frutífera terra   30
      fronte, com cujo nome
o glorioso fundador distinguiu a cidade
vizinha[5] e da festa Pítica na pista o
      arauto proclamou-o anunciando
      de Hierão a vitória

entre os carros. Para os marinheiros que estão partindo
a primeira graça é, para a viagem, chegar um favorável
      vento, pois é provável
que também no final um melhor retorno encontrem. O falar   35
sobre esses sucessos traz o pensamento
de que no futuro ela será com coroas e cavalos ínclita
e com belivóceas festas renomada.
Lício e Délio senhor
      Febo,[6] que do Parnasso a fonte Castália amas,[7]
queiras isso em tua mente colocar e tornar rica em varões esta terra.   40

Pois dos deuses vêm todos os recursos para mortais excelências
e os sábios, os fortes com as mãos e os eloquentes

---

5   Hierão, tirano de Siracusa, fundou uma cidade, perto do Etna, e deu a ela o nome do vulcão.
6   Apolo é chamado de Febo, talvez, porque ele é neto de Febe; Lício, porque ele era cultuado na Lícia, na costa sudoeste da Ásia Menor; e Délio, porque ele nasceu na ilha de Delos.
7   O monte Parnasso fica em Delfos.

   nascem. E eu, que aquele homem[8]
louvar almejo, espero
não o bronzeladeado dardo, como que para fora
   do campo, lançar com minha mão brandindo-o,
mas longe arremessando superar meus oponentes.   45
Pois que o tempo, por inteiro, ventura assim
   e das riquezas o dom lhe direcione
e das aflições o olvido lhe conceda.

De certo poderá lembrar em que batalhas em guerras
com paciente alma ficou firme, quando
   encontraram,[9] dos deuses pelas mãos, a honra
que nenhum dos helenos colhe,
de sua riqueza coroamento altivo. Agora, sim,   50
   de Filoctetes a conduta seguindo,
entrou em guerra e, por necessidade, a ele como amigo
até quem é megalômano abanou o rabo.
   Dizem que de Lemnos, pela ferida
   atormentado, para conduzir vieram

herois deissímiles de Peante o filho arqueiro.
Ele de Príamo a cidade devastou e deu fim
   às fadigas dos Dânaos,
com débil corpo caminhando, mas destinado estava.[10]   55

---

8 Hierão.
9 O verbo está na terceira pessoa do plural porque os sujeitos seriam Hierão e seu irmão Gélon. Cf. Gentili et alii, 1995: 344-345.
10 Hierão é comparado aqui a Filoctetes, porque, como o heroi que, mesmo ferido, ajudou os Aqueus a vencerem os troianos, o chefe siracusano teria participado de uma guerra contra os etruscos mesmo doente, sofrendo por causa de cálculos renais, segundo os escólios.

Assim para Hierão um deus protetor seja
no vindouro tempo, do que ele deseja o
      oportuno dando.
Musa, também junto a Dinômenes[11] para celebrar,
obedece-me, o prêmio da quadriga.
      Alegria não alheia é a vitória de seu pai.
Vamos, então, de Etna para o rei encontremos um caro hino.   60

Para ele aquela cidade com divina liberdade
nas tradições da regra de Hilo Hierão
      fundou. Querem de Pânfilo
e, de certo, dos Heraclidas os descendentes,
que sob os penhascos do Taigeto habitam,
      sempre permanecer nas ordens de Egímio,
como Dóricos. Tomaram Amiclas ditosos   65
desde o Pindo atacando, dos alvipôtrios
      Tindáridas os fundifamosos
vizinhos, de cuja lança a glória floresceu.[12]

Zeus perfectivo, sempre junto à água do Amenas[13] uma tal
sorte aos cidadãos e aos reis haja para julgar
      a veraz palavra dos humanos.
Que contigo este chefe,

---

11   Filho de Hierão e regente da cidade de Etna.
12   Hilo era um filho de Héracles, que foi adotado por Egímio, pai de Pânfilo e Dimas. Hilo foi o fundador da linhagem dos Heráclidas de Esparta. Hierão fundou Etna seguindo as leis e os costumes herdados desses personagens, porque Siracusa foi fundada por povos dóricos. O Taigeto e o Pindo são montanhas que ficam perto de Amiclas e de Esparta. Em Amiclas viviam os Dióscuros Cástor e Pólux, filhos de Tíndaro.
13   Rio da região da cidade de Etna.

ao filho dando conselhos, o povo honrando,　　　　　　　　　　70
    direcione-o para a consonante paz.
Suplico que assintas, Crônida, que
    em sua calma casa o Fenício e dos Tirrenos[14]
o grito de guerra fique, naulamentosa
    arrogância tendo visto diante de Cumas,

o que dos siracúsios pelo chefe dominados padeceram,
desde as velocimoventes naves ele lançou
    no mar deles a juventude,
a Hélade afastando da pesada servidão. Ganharei　　　　　　75
desde Salamina dos Atenienses a graça
como pagamento e em Esparta direi[15] sobre a batalha
    diante do Citéron,[16]
nas quais os Medos de curvos arcos sofreram,
e junto à benirrigada margem
    do Hímera[17] aos filhos de Dinômenes[18] meu hino terminando,
o qual receberam por sua excelência, enquanto os inimigos sofrem.　80

Se o oportuno proclamares, de muitas palavras os limites cotensionando
com brevidade, menor será a censura das pessoas,
    pois a saciedade irritante
embota as rápidas esperanças

---

14   Referência aos Cartagineses e Etruscos, derrotados pelos Siracusanos em batalhas anteriores e que em 470 a. C. talvez estivessem se preparando para atacar a Sicília.
15   Seguindo o texto proposto por Gentili et alii (1995: 36 e 356).
16   Montanha na Beócia, perto de Plateia, onde os persas foram derrotados pelos gregos.
17   Rio que corre perto da cidade que tinha o mesmo nome. Nesse lugar os Siracusanos derrotaram os Cartagineses, em 480 a. C.
18   Hierão e Gélon.

e dos concidadãos o secreto coração o ouvir agrava
    sobretudo sobre as nobres ações alheias.
Mas, entretanto, pois melhor do que a compaixão é a inveja, 85
não desprezes os belos feitos. Dirige com justo
    timão o teu povo e com indolosa
    bigorna forja tua língua.

Se algo mesmo trivial escapa sobre ti, grande, de certo,
se torna. De muitos guardião és: muitas são
    as testemunhas fieis das duas coisas.
Mas, com florescente têmpera permanecendo,
se amas uma notícia doce sempre 90
    escutar, não te canses demais nas despesas.
Solta, como o timoneiro,
a vela ao vento. Não sejas enganado,
    ó amigo, pelos ganhos mutáveis:
    o pós-morte alarde da fama

assim dos homens que partiram a conduta mostra
através de contadores e cantores. Não morre de
    Creso[19] a amável excelência.
Mas aquele que com um touro brôzeo queimava, mente impiedosa, 95
Fálaris,[20] odiosa reputação por toda parte o cerca
e as forminges sob os tetos em comunhão
suave com as vozes dos jovens não o acolhem.
Ser bem sucedido é o primeiro dos prêmios.

---

19   Rei da Lídia, que viveu no século VI a. C. e ficou famoso por sua grande riqueza.
20   Tirano de Agrigento entre 571 e 555 a. C., conhecido por sua crueldade.

Ouvir elogios é o segundo quinhão. A ambos o homem
que encontra e conquista isso e aquilo, a coroa suprema recebeu. 100

Comentário

Essa ode foi composta não só para comemorar a vitória de Hierão na corrida de carros em Delfos em 470 a. C., mas também para celebrar a fundação da cidade de Etna, que aconteceu em 476/5, junto ao monte de mesmo nome (Cf. Diodoro Sículo, 11, 49). Aqui Píndaro fala dos poderes da música, mas também dos castigos que recebem aqueles que Zeus não ama, como Tífon, o monstro de cem cabeças que desafiou o soberano do Olimpo. A menção a essa personagem permite ao poeta falar da cidade fundada por Hierão e governada pelo seu filho, Dinômenes. Píndaro elogia seu patrono, como esperado, dizendo que ele venceu seus inimigos, mesmo doente, como Filoctetes, e faz preces pedindo que os deuses abençoem a nova colônia de Siracusa. No fim, ele lembra que vencer batalhas e competições é importante. Porém, sem a celebração realizada com a música, as vitórias caem no esquecimento.

Pítica 2 (475?)
Para Hierão de Siracusa, vencedor na corrida de carros (?)

Megacidade ó Siracusa, do fundiguerreiro
Ares precinto, de homens e cavalos ferrexultantes
    divina nutriz,
para vós da radiante Tebas trazendo esta
canção venho, anúncio da quadriga abalaterra,
com a qual Hierão, o dos belos carros, vencendo   5
com longibrilhantes coroas cingiu Ortígia,[1]
sede da fluvial Ártemis, sem a qual
com suaves mãos potros
    de ornadas bridas não domou.

Pois a flechivertente donzela com as duas mãos
e Hermes presidejogos um reluzente adorno   10
    sobrepõem, quando a polida cabine
e o carro dúctil às rédeas ele[2] conjunge
a força equestre, o brandetridente vastipotente deus[3] chamando.
Para outros reis compôs um outro
homem um benecoante hino como paga da excelência.
Celebram Cíniras amiúde   15
as vozes dos Cíprios, o qual o auricomado Apolo
    de bom grado amou,

---

1   Pequena ilha, ligada ao resto da cidade de Siracusa, onde estava a Acrópole e o templo de Ártemis, venerada pelos siracusanos junto com o rio-deus Alfeu. Por isso, ela é chamada 'fluvial'.
2   Hierão.
3   Posídon.

sacerdote dócil de Afrodite. Segue a gratidão
        reverente em troca, sim, das amáveis ações de alguém.
E, ó de Dinômenes filho, diante das casas a virgem
da Zefíria Lócris te canta,[4]
        de longe as bélicas aflições inelutáveis,
por causa de teu poder, tendo olhado com segurança.   20
Dos deuses pelas ordens, contam que Íxion isso aos mortais
diz em alada roda
por toda parte girando:
"O benfeitor com suaves
        recompensas honrando seja pago".

Aprendeu com clareza. Pois junto aos benévolos Crônidas   25
doce vida tendo ganho, não susteve longa
        ventura, quando com enlouquecido espírito
por Hera se apaixonou, a qual de Zeus o leito obteve
multiprazenteira. Mas a arrogância para a ilusão insolente o
incitou e logo, tendo sofrido adequadamente como um homem,
excepcional angústia ganhou. Dois são os   30
erros portafadigas: um porque foi o primeiro
herói que familar sangue, não sem
        artimanha, mesclou sobre os mortais,[5]

e porque nos megaespaçosos tálamos outrora
de Zeus a esposa tentou seduzir. Mas é preciso, de acordo consigo mesmo,
        sempre de tudo observar a medida.
Leitos ilícitos ao revés completo   35

---

4   Hierão impediu o tirano Anaxilas de Régio de invadir a cidade de Lócris Epizéfira, em 477 a.C.
5   Íxion, rei dos Lápitas, matou o seu sogro, Ioneu.

lançam. Também a ele chegaram, porque
    com uma nuvem deitou-se,
doce mentira perseguindo, ignaro homem,
pois na forma era semelhante à eminente entre os Urânidas,
à filha de Crono.[6] E fizeram-na um dolo para ele
as mãos de Zeus, bela pena. O vínculo 40
    de quatro raios fabricou

ele próprio, sua ruína. E em inescapáveis grilhões
    tendo caído o multiconhecido anúncio recebeu.
Sem as Cárites[7] para ele gerou sozinha um filho
insolente e solitário, entre os homens não
    honrado, nem nos costumes dos deuses.
Tendo-o criado, ela[8] o nomeou Centauro, o qual
com as éguas Magnésias mesclava-se do Pélion[9] 45
aos pés e daí nasceu um povo
espantoso, a ambos
genitores símiles, à mãe
    embaixo e em cima ao pai.

O deus, segundo seus desígnios, toda meta atinge,
deus, o qual alcança mesmo a alada águia, 50
    ultrapassa o marinho
delfim e qualquer um dos altivos mortais dobra,

---

6   Hera.
7   Sem as Graças, sem beleza, sem graciosidade.
8   A nuvem, cópia da deusa Hera.
9   A Magnésia é uma região da costa leste da Tessália, onde está localizado o monte Pélion.

mas a outros distinção aveterável[10] concede. Mas devo
fugir à dentada violenta das maledicências.
Pois vi, longe estando, amiúde em desespero
o injuriante Arquíloco com amargos[11] ódios   55
engordando. Mas ser rico com a sorte
     do destino da sabedoria é excelente.

E tu claramente isso tens com livre espírito para mostrar,
príncipe soberano de muitas belicoroadas
     ruas e do seu povo.[12] E se alguém
já em riquezas e quanto à honra diz
outro homem na Hélade entre os anteriores ter sido superior,   60
com vazia mente combate em vão.
Numa florida navegação embarcarei, tua excelência
celebrando. À juventude assiste a audácia
das terríveis guerras, donde afirmo também que tu tua
     infinita fama encontraste,

ora entre homens impelecavalos lutando,   65
     ora entre guerreiros a pé. Teus desígnios prístinos
desarriscosa palavra me oferecem para louvar-te
com todo elogio. Salve!
     Esta canção como fenícia
mercancia sobre o gris mar é enviada.

---

10   Ou seja, que não envelhece: 'a' privativo + veterável (de *ueterabilis*). Comparar com a palavra 'inveterável'.
11   Não encontrei uma tradução melhor para *barylogos*, 'de pesadas palavras'. Arquíloco de Paros viveu na primeira metade do século VII a. C. e se notabilizou como autor de poesia jâmbica, poesia maledicente, na qual encontramos ataques a certas personagens.
12   Referência a Hierão.

Ao Castório em eólicas cordas de bom grado
presta atenção, a graça da heptatônica   70
forminge recebendo.[13]
Sejas tal qual és, tu que aprendeste.[14]
    Belo, sim, o símio para as crianças, sempre

belo. Mas Radamanto é feliz, pois do juízo
obteve o fruto impecável e com enganos seu
    coração não deleita em seu peito,
como pelas mãos dos sussurrantes sucede sempre ao mortal.[15]   75
Imbatível mal para ambos[16] os murmurantes de calúnias,
em tudo símiles às têmperas das raposas.
Mas, para a matreira,[17] por que isso é muito vantajoso?
Pois enquanto sua marinha profunda fadiga realiza
a outra parte da rede, inimerso vou como   80
    a cortiça sobre a cerca do mar.[18]

---

13   O Castório era uma melodia tradicional da região de Esparta, associada ao culto de Cástor. Ela era composta a partir de uma harmonia eólica de sete notas (talvez levada a Esparta por Terpandro de Lesbos) e tocada na forminge de sete cordas. Píndaro pode ter usado essa melodia para compor a *Pít. 2* ou ele pode estar fazendo referência a uma outra canção que teria sido executada logo depois deste epinício. Cf. escólio a este verso e fr. 191.
14   "Sejas quem aprendeste que és"?
15   Por causa de sua imaturidade, as crianças sempre acham belo o macaco e se deixam enganar por suas brincadeiras. Elas não sabem distinguir o belo do feio, o bem do mal. Mas Radamanto, um dos juízes do Hades, assim como Hierão, não é enganado pelos bajuladores e pelos caluniadores. Esta seria uma interpretação possível dessa passagem.
16   O mal recai sobre o caluniador e o caluniado. Por isso, ambos sofrem.
17   Ou seja, a raposa, aceitando a proposta de Huschke (1809: 34-39), citada por Carey (1981: 56), e aceita por Gentili (1995: 70 e 397).
18   Enquanto a rede faz seu trabalho dentro da água do mar, eu não afundo, como a cortiça que fica por cima da água e assim não mergulho nas calúnias dos outros. Cf. Gentili et alii (1995: 397-399).

Mas é impossível o doloso concidadão lançar palavra
poderosa entre os nobres. Entretanto abanando o rabo[19] para todos
    ruína por completo entretece.
Com ele não partilho a audácia. Que eu possa o amigo amar
e o inimigo como inimigo, do lobo
    à maneira, atacarei,
aqui e ali caminhando por vias sinuosas.   85
Em todo regime o retilíngue homem comanda,
na tirania, quando vigia a impetuosa chusma
e quando a cidade os sábios vigiam. Cabe
    contra o deus não lutar,

que ora sustenta alguns, ora a outros
    dá grande distinção. Mas nem isso acalenta
a mente dos invejosos. Atraindo para si o dano[20] da
medida   90
excessiva plantaram uma
    ferida dolorosa diante do seu coração,
antes de conseguir o que no seu pensamento planejam.
Levar facilmente o jugo depois de tomá-lo sobre o pescoço
convém. E, de certo, contra a espora
escoicear é   95
escorregadia vereda. Agradando
    aos nobres, que eu possa acompanhá-los.

---

19   'Abanar o rabo' é uma expressão que significa 'bajular' alguém.
20   Adotando o texto de Gentili (1995: 70 e 404), antes sugerido por Grimm (1986) e Headlam (1902).

Comentário

Não sabemos onde exatamente aconteceu a vitória celebrada nessa ode, apesar dela ter sido colocada entre as Píticas. O fato é que Píndaro não faz menção aqui ao local da competição, como ele costuma fazer em outras odes. Por isso, esse poema é considerado um dos mais difíceis de interpretar. Chama nossa atenção também o fato de Píndaro mais reprovar os enganadores e bajuladores do que elogiar o seu patrono. Parece que ele está querendo mostrar que é mais confiável do que outras pessoas. De qualquer modo, o poeta faz questão de lembrar que é preciso buscar a justa medida e é preciso ser nobre.

Pítica 3 (474?)
Para Hierão de Siracusa

Queria que Quíron, de Fílira[1] filho,
se cabe desde nossa língua esta
      súplica partilhada lançar,
estivesse vivo, ele que já partiu,
do Urânida Crono prole vastirregente,
      e que nos vales reinasse do Pélion[2] a fera selvagem
que tinha uma mente dos homens amiga. Tal sendo nutriu outrora   5
o artífice afável
      da anodinia membrifortificante, Asclépio,[3]
herói protetor contra todos os tipos de doenças.

Antes de a ele de Flégias de belos cavalos
a filha dar à luz com a matriadjutória
      Ilítia,[4] domada pelas áureas
flechas de Ártemis   10
para de Hades a morada, no seu tálamo, desceu,
      pelas artes de Apolo. A cólera dos filhos
de Zeus não é descabida. Mas ela desprezando-a
por erros do seu espírito,
      outra união aceitou, ocultando de seu pai,
antes tendo se mesclado a Apolo de intonsa coma

                                                                       15

---

1   Uma das filhas do Oceano.
2   Cadeia de montanhas localizada na Tessália, no centro-leste da Grécia.
3   Filho de Apolo e Corônide, filha, por sua vez, de Flégias, rei dos Lápitas.
4   Deusa que ajudava as mães no momento do parto.

e levando a semente pura do deus
não esperou chegar a mesa nupcial
nem o brado dos panfônicos himeneus, que as
coetâneas virgens companheiras amam
à tarde divertindo-se com canções. Mas, de certo,
desejou coisas ausentes, como também muitos experimentam.   20
Há uma raça entre os humanos estultíssima,
que desprezando sua pátria admira o remoto,
inanidades caçando com irrealizáveis esperanças.

Teve, sim, essa grande ilusão
a obstinação de Corônide de belo peplo, pois   25
deitou-se no leito de um estrangeiro
que veio da Arcádia.[5]
Não evitou o vigia: então na ovinorreceptora
      Pito[6] encontrando-se, percebeu do templo o rei
Lóxias,[7] junto a seu confidente mais correto seu juízo tendo persuadido,
sua mente que tudo sabe:
      mentiras não toca e não a engana
nem deus nem mortal com ações nem com desígnios.   30

E então tendo sabido de Ísquis, filho de Élato,
sobre o estrangeiro coito e o ilícito dolo,
      enviou a irmã, enraivecida
com força indômita,

---

5   Corônide entregou-se a Ísquis, o estrangeiro que veio da Arcádia, região no centro-norte do Peloponeso.
6   Delfos.
7   Um dos nomes de Apolo, que significa 'oblíquo' ou 'ambíguo', por causa da obscuridade de seus oráculos.

para Laceria,[8] porque junto às margens
      do Bébias morava a virgem. Um deus adverso,
para o mal tendo-a levado, dominou-a e dos vizinhos   35
muitos tomaram parte e junto
      foram destruídos. Muita madeira o fogo, que sobre
a montanha saltou, a partir de uma única semente, devasta.

Mas quando colocaram no muro de madeira
os parentes a moça e circuncorria o clarão
voraz de Hefesto, então disse Apolo: "Não mais   40
suportarei na alma minha raça matar
com deplorabilíssima morte da mãe com o grave sofrimento".
Assim falou e, no primeiro passo tendo chegado, a criança do cadáver
tirou e queimando para ele se entreabria a pira.
E então levando-o ao Magnésio[9] Centauro deu-o para que lhe ensinasse   45
a curar as doenças multipenosas para os humanos.

Aqueles dentre os quais, quantos vieram de autoproduzidas
chagas companheiros ou por cinzento bronze nos membros feridos
ou por pedra longilançada
ou por veranil fogo assolados no corpo ou   50
      pelo inverno, tendo-os libertado de umas e outras aflições
os afastava, uns com suaves encantamentos atendendo,
outros tranquilizantes
      bebendo ou em torno aos membros amarrando por todo lado
remédios e outros com cirurgias os colocava de pé.

---

8   Cidade que ficava às margens do lago Bébias, na Tessália.
9   A Magnésia é a região costeira no leste da Tessália, onde Quíron vivia.

Mas pelo ganho até a sabedoria é agrilhoada.
Levou também a ele por magnífica paga 55
    o ouro que nas mãos apareceu
a um homem da morte trazer de volta
já capturado. Mas com suas mãos o Crônida[10]
    tendo atirado através de ambos a respiração de seus peitos abateu
rápido e o ardente raio lançou sobre eles a morte.
Cabe o apropriado junto aos
    deuses buscar aos espíritos mortais
conhecendo o que está junto ao pé,[11] de que tipo de destino
somos. 60

Por uma vida imortal, minh'alma, não
anseies e esgota o praticável recurso.
Mas se o sagaz Quíron seu antro habitasse ainda e um
filtro em seu coração os melivóceos hinos
nossos colocassem, uma cura, de certo, persuadi-lo-ia 65
também agora a conceder a nobres homens contra febris doenças
ou alguém, filho do filho de Leto ou do seu pai.[12]
E em naves eu iria singrando o Jônico mar
até a fonte Aretusa[13] junto ao etneu hóspede,[14]

---

10   Zeus.
11   O que está próximo, ao alcance da mão, ou seja, o que é possível aos humanos.
12   Filho do filho de Leto seria Asclépio, filho de Apolo; e o filho de seu pai, ou seja, filho do pai de Apolo, seria Zeus. Píndaro gostaria de poder contar com a ajuda de Asclépio ou de Apolo, dois personagens aos quais se atribuía o poder da cura, para tratar da doença de Hierão.
13   Fonte de água de Siracusa.
14   Hierão fundou a cidade de Etna (Cf. *Pit.* 1). Por isso ele é chamado 'etneu'.

que Siracusa governa como rei,   70
gentil com os cidadãos, não invejando os nobres, e
      para os estrangeiros admirável pai.
A ele dúplices graças
se eu desembarcasse levando, saúde áurea
      e um cortejo, dos jogos Píticos fulgor para as coroas,
que excelendo Ferênico conquistou em Cirra outrora,[15]
do que um astro celeste,   75
      afirmo, mais longibrilhante para ele como luz
surgindo depois de cruzar o profundo mar.

Mas fazer uma prece eu quero
à Mãe,[16] que as moças junto ao meu pórtico com
      Pã cantam amiúde,
a augusta deusa, à noite.
E se das minhas palavras, Hierão, podes compreender   80
      o ápice correto, aprendendo dos antepassados, sabes que
junto a um bem duplas penas repartem aos mortais
os imortais. Isso, de certo,
      não podem os néscios com dignidade suportar,
mas os nobres que o belo direcionam para fora.

Mas o quinhão da felicidade te acompanha.
Pois um líder, de certo, um tirano ele vê,   85
se algum dos humanos, o grande destino. Vida segura

---

15   Ferênico, era o cavalo 'portador de vitórias', como seu nome diz, de Hierão, que venceu corridas nos Jogos Píticos, em 482 e 478 a. C. Cirra era a cidade portuária localizada perto de Delfos.
16   Possível referência à deusa Cibele, a Grande Mãe, muitas vezes associada à deusa Reia, mãe de Zeus. Aparentemente, Píndaro tinha uma devoção especial por essa deusa e por Pã.

não houve nem para o Eácida Peleu
nem para o deissímile Cadmo. Dizem que entre os mortais
ventura suprema eles tiveram e eles também as auricoroadas
Musas cantando na montanha e na septipórtia   90
Tebas ouviram, quando um Harmonia desposou bovinolhos,
e o outro, de Nereu bem-atinado, Tétis, a filha ínclita,[17]

e os deuses banquetearam-se com eles
e viram de Crono os filhos reis nas
    áureas sedes e dotes
receberam: pelo favor de Zeus   95
tendo trocado as anteriores aflições,
    colocaram de pé o coração. Com o tempo, por sua vez,
as três filhas com agudos sofrimentos
privaram-no de sua parte da
    alegria.[18] Mas, pelo menos, Zeus pai veio
ao amável leito da alvibrácia Tione.[19]

O filho do outro,[20] o qual, único, a imortal   100
Tétis gerou na Ftia, na guerra com
    flechas tendo a vida abandonado
despertou, pelo fogo sendo queimado,
dos Dânaos o gemido. Mas se na mente algum dos
    mortais tem da verdade a via, cabe pelos venturosos[21]

---

17   As Musas cantaram no casamento de Cadmo e Harmonia e no de Peleu 105 e Tétis.
18   Cadmo teve três filhas que lhe causaram grandes sofrimentos: Autônoe, Ino e Agave.
19   Outro nome de Sêmele, que significa algo como 'aquela que foi queimada', com a qual Zeus gerou Dioniso.
20   O filho de Peleu: Aquiles.
21   Pelos deuses.

o que é enviado desfrutar. Ora para aqui ora para lá vão os sopros dos altivoláteis ventos.

    A ventura dos homens por muito tempo não permanece estável, quando caindo muito pesada vem.

Pequeno nas pequenezas e grande nas grandezas
serei e a protetora divindade sempre
no espírito honrarei devotando-me conforme meus recursos.
E se a mim riqueza um deus egrégia oferecer,   110
esperança tenho de glória encontrar altaneira adiante.
Nestor e o lício Sarpédon,[22] famosos entre os humanos,
por versos sonoros, que artífices sábios
harmonizaram, conhecemos. A excelência com gloriosas canções
duradoura é, mas para poucos alcançá-la é fácil.   115

Comentário

Esse poema não é um epinício, já que não comemora nenhuma vitória num dos jogos da Grécia Antiga. O objetivo do poema é consolar Hierão, que estaria sofrendo por causa de cálculos renais, de acordo com os escólios. Ele deve ter sido incluído entre as Píticas por causa da menção a uma vitória conseguida com o cavalo Ferênico, mencionado também na Olímpica 1. Mesmo os heróis

---

22   Assim como Homero imortalizou os nomes de Nestor, rei de Pilos, e de Sarpédon, filho de Zeus e rei dos Lícios, os quais lutaram em Troia, Píndaro imortaliza, com sua canção, o nome de Hierão.

mais venerados do passado também sofreram por causa de más ações ou por causa de suas escolhas. Além disso, o poeta lembra que não é possível enganar os deuses. Assim, é preciso conformar-se e aceitar o desígnio das divindades.

Pítica 4 (462)
Para Arcesilau de Cirene, vencedor na corrida de carros

Hoje é preciso que tu junto a um homem querido
estejas, rei da belequestre Cirene,
      para que, com o festejante Arcesilau,
Musa, devido aos filhos de Leto e a Pito
      acresças o vento dos hinos,
onde outrora sentada ao lado das águias douradas de Zeus,[1]
quando Apolo não estava longe de sua terra, a sacerdotisa   5
profetizou Bato[2] fundador
      da frutífera Líbia, a sacra
ilha quando já tendo deixado construiria de belos carros
uma cidade num alvo seio,

e de Medeia o dito em Tera
resgataria na décima sétima geração,   10
      que de Eetes outrora a inspirada
filha exalou da imortal boca,
      senhora dos Cólquios. Disse assim
aos semideuses de Jasão lanceiro nautas:
"Escutai, filhos de magnânimos mortais e deuses.
Pois afirmo que desta maribatida
      terra um dia de Épafo a filha[3]

---

1   Havia em Delfos duas estátuas de ouro de águias, aves associadas a Zeus, perto das quais a pitonisa profetizava.
2   Fundador e primeiro rei de Cirene, que seguiu o oráculo proferido pela sacerdotisa de Apolo, em Delfos, e deixou a ilha de Tera (hoje Santorini), para fundar a nova cidade no norte da África, na região da atual Líbia.
3   A ninfa Líbia, filha de Épafo, que, por sua vez, era rei do Egito e filho

de cidades a raiz plantará caras aos mortais 15
de Zeus Amon[4] entre as fundações.

E depois de trocar delfins brevialados
    por éguas ágeis
e remos por rédeas, carros
    tempestapedes guiarão.
Aquele pássaro[5] fará com que de grandes cidades
metrópole Tera se torne, o qual outrora, 20
    na foz do lago
Tritônis,[6] de um deus a um homem semelhante que terra dava
como hospitalidade, da proa Eufemo tendo descido,
recebeu[7] — e auspicioso a ele o Crônida
    Zeus pai ribombou um trovão —,

quando a âncora brozidentada contra
a nau pendurávamos ele surpreendeu-nos, da ágil Argo 25
    brida. Por doze dias
antes desde o Oceano carregávamos sobre
    os dorsos desolados da terra
o marinho lenho, arrastando-o por conselhos nossos.[8]
Então uma solitária divindade aproximou-se, o brilhante

---

de Zeus com Io.
4   Perto de Cirene, havia um templo dedicado a Amon, o principal deus do Egito na época de Píndaro. Os gregos faziam uma analogia entre essa divindade e o Zeus do panteão helênico e o cultuavam no norte da África sob o nome de Zeus Amon.
5   Ou seja, aquele presságio, já que uma das maneiras de fazer uma previsão era observar o voo das aves.
6   Lago do norte da Líbia. Nesse lugar, Épafo teria recebido um punhado de terra de um deus que assumiu a forma humana.
7   A ideia aqui é que Eufemo recebeu o presságio de um deus.
8   Pelos conselhos de Medeia.

aspecto de um homem venerável
    tendo assumido. E com amáveis palavras
começou, como aos estrangeiros que chegam os benfeitores   30
    banquetes anunciam primeiro.

Mas o propósito do doce retorno
impedia-nos de ficar. Disse Eurípilo do
    Terrirregente imortal Tremechão filho
ser. Compreendeu que tínhamos pressa e,
    logo pegando um pouco do chão
com a mão direita, procurou dá-lo como primeiro dom de hospitalidade, 35
e não falhou em convencê-lo, pois o herói depois de saltar sobre a praia,
com a mão apertando a mão dele
    recebeu o torrão divino.
Mas sei que ele caiu do lenho
no mar e vagou com a salmoura

ao entardecer no úmido mar seguindo. De fato
    eu instava com frequência   40
aos servos que nos livram dos trabalhos
    a vigiá-lo. Mas os espíritos deles esqueceram
e agora nesta ilha[9] dispersou-se da Líbia
espaçosa a imortal semente antes da hora. Pois se em casa
    a lançara junto à ctônia
boca de Hades, à sacra Tênaro[10] Eufemo tendo chegado,

---

9   Em Tera. A ideia é que o punhado de terra da Líbia dado a Épafo foi parar em Tera. Por isso, Bato deveria voltar à Líbia a partir dessa ilha. Isso dava legitimidade a ele, que partiu de Tera para fundar Cirene.

10   Cidade que ficava no promontório de mesmo nome no sul da Lacônia,

filho senhor do regecavalos Posídon, 45
o qual outrora Europa, filha de Tício,
    gerou às margens do Cefiso,[11]
a quarta geração nascendo depois dele,
o seu sangue tomaria com os Dânaos aquela
    vastidão ilimitada.[12] Pois então da grande
Lacedemônia emigram, do golfo de
    Argos e de Micenas.
Agora, de certo, nos leitos de estrangeiras mulheres[13] encontrará 50
sua distinta descendência, os quais com o favor dos deuses a esta ilha[14]
tendo chegado gerarão
    o homem[15] das escurinubladas planícies
senhor. Na multiáurea morada um dia
Febo aconselha-lo-á com oráculos,

quando ao Pítico templo descer no tempo 55
futuro, em naves muitos conduzir para
    o rico precinto do Crônida do Nilo."
Foram assim as fileiras das palavras de Medeia e alarmaram-se
    imóveis em silêncio
os herois deissímiles o sagaz conselho ouvindo.

---

no Peloponeso. Há ali uma caverna que aparentemente era considerada uma entrada para o Hades.
11   Rio da Beócia.
12   Ou seja, se o torrão de terra não tivesse ido parar em Tera e se Eufemo o tivesse lançado em Tênaro, um dos seus descendestes de quarto grau teria tomado posse da Líbia, junto com os Dânaos. Isso não aconteceu, mas, de qualquer maneira, dóricos, descendentes dos Heráclidas que ocuparam o Peloponeso e que colonizaram Tera, depois, iriam fundar Cirene sob o comando de Bato.
13   As mulheres de Lemnos, com as quais os Argonautas terão filhos, cuja descendência, com o tempo, chegará a Esparta e depois a Tera. Cf. versos 252-257.
14   Tera.
15   Bato.

Ó feliz filho de Polimnesto,[16] nesse discurso
exaltou-te a profecia da abelha[17]   60
    de Delfos com espontânea sonância.
Ela, três vezes dizendo 'salve', o predestinado
rei de Cirene revelou que tu eras,

quando para sua malsoante voz perguntaste qual
    remédio viria da parte dos deuses.[18]
De certo muito tempo depois e agora,
    como da purpuriflorida primavera no auge,
entre esses filhos o oitavo membro floresce, Arcesilau:[19]   65
a ele Apolo e Pito a distinção, através
    dos Anfictiões,[20] concederam
da equestre corrida. E eu oferecê-lo-ei às Musas
e o todoáureo velo do carneiro, pois em busca
dele tendo navegado os Mínias,[21] deoenviadas
    honras para eles foram engendradas.

Qual, então, princípio da navegação acolheu-se   70
e que perigo com poderosos pregos
    de aço os prendeu? Determinado estava que Pélias[22]

---

16   Pai de Bato.
17   A sacerdotisa pítica é chamada de 'abelha de Delfos', porque era associada às ninfas-abelhas, que, inebriadas de mel, profetizavam aos pés do monte Parnasso. Ela falou espontaneamente, antes que Bato lhe fizesse qualquer pergunta.
18   Bato teria ido a Delfos para saber qual seria o remédio para sua gagueira.
19   Arcesilau seria descendente de Bato em oitavo grau.
20   Homens vindos de doze cidades próximas a Delfos que organizavam e eram juízes nos Jogos Píticos.
21   Povo que habitava a Beócia e a Tessália, regiões de onde vinha a maior parte dos Argonautas.
22   Irmão de Éson, rei de Iolco, o qual ele destronou.

dos ilustres Eólidas[23] morreria pelas
    mãos ou pelos desígnios inflexíveis.
E veio um gélido oráculo ao seu sagaz coração
junto ao centro, o umbigo da benarbórea mãe, falado:[24]
o homem de uma sandália,[25] a todo custo,   75
    em grande vigilância deveria manter,
quando das elevadas moradas para a ensolarada
terra viesse da gloriosa Iolco,[26]

fosse estrangeiro ou cidadão. Então, com o tempo,
chegou com duas lanças o homem
    terrível, vestimenta dupla o envolvia,
a típica dos Magnésios[27] adaptando-se   80
    aos seus admiráveis membros
e em torno com uma pele de leopardo protegia-se das friorentas chuvas.
E das comas os cachos cortados ainda não tinham partido esplêndidos,
mas por todo seu dorso ondulavam.
    E logo, direto indo, estacou,
seu desígnio intrépido testando
na praça da numerosa multidão.   85

Não o conheciam. Contudo admirando-o
    alguém disse também isto:
"De modo algum este é Apolo,

---

23   Descendentes de Éolo, entre os quais estava Jasão, filho de Éson, que vingará o pai e retomará o trono de Iolco, usurpado por Pélias, primo de Éson.
24   O oráculo foi proferido em Delfos, o 'centro' onde estava a pedra que representava o umbigo da terra.
25   Ou seja, Jasão.
26   Cidade localizada no litoral da Tessália.
27   Povo do norte da Tessália.

>   nem o de brônzeo carro marido[28]
> de Afrodite. Na radiante Naxos dizem ter morrido
> de Ifimedeia os filhos, Oto e tu,
>   audaz senhor Efialtes.
> E, de certo, a Tício[29] a célere flecha de Ártemis caçou, 90
> da invencível aljava lançando-se,
> para que uma pessoa no possível os amores
>   alcançar deseje."

Eles uns aos outros respondendo
diziam tais palavras. Sobre suas mulas e
   seu polido carro abruptamente Pélias
chegou com pressa. Surpreendeu-se súbito quando viu 95
   a conhecida sandália
única em torno ao pé direito. E ocultando em seu coração
o medo disse a ele: "Que terra, ó estrangeiro, alardeias
ser tua pátria? E qual das humanas
   terrigeradas de seu branco
ventre para fora te pôs? Não com odiosas mentiras
contaminando-te, dize tua linhagem". 100

A ele, confiante, com gentis palavras
assim respondeu: "Digo que o ensinamento de
   Quíron portarei. Pois de seu antro venho
de Cáriclo e Fílira,[30] onde do Centauro
   as filhas me criaram santas.
Tendo completado vinte anos e nem ação tendo praticado

---

28   Ares.
29   Gigante morto por Ártemis porque tentou violentar Leto, a mãe dela.
30   Cáriclo era a mulher de Quíron e Fílira, sua mãe.

nem palavra vergonhosa a eles tendo dito cheguei 105
à minha casa, para recuperar a antiga
      honra de meu pai, regida
não de acordo com o destino, que outrora Zeus concedeu
ao chefe Éolo e aos seus filhos.

Pois sei que Pélias, contra a lei, ao seu
      branco[31] espírito obedecendo
usurpou-a com violência dos meus genitores, príncipes legítimos. 110
Eles, depois que tão logo vi a luz, do arrogante
soberano temendo a insolência, luto sombrio,
      como se eu tivesse morrido,
em casa colocando, mesclado ao gemido das mulheres,
em segredo me enviaram em cueiros purpúreos,
com a noite compartilhando o caminho, e ao Crônida 115
      Quíron me deram para que me criasse.

Mas destas histórias o principal
sabeis. A casa dos meus alviequestres pais,
      caros concidadãos, indicai com clareza,
pois, de Éson filho, nativo, não a estrangeira
      terra de outros chego.
A fera divina[32] Jasão chamando dirigia-se a mim".
Assim falou. Quando ele entrou, reconheceram-no os olhos do pai 120
e então jorraram lágrimas
      de suas vetustas pálpebras,

---

[31]   Aqui *leukos* parece significar 'pálido' e daí 'doentio'. Cf. Gentili, 1995: 460.
[32]   Ou seja, o centauro Quíron.

porque em sua alma alegrou-se, o seleto
filho tendo visto, o mais belo dos homens.

Também seus dois irmãos
vieram ao saber dele: de perto 125
    Feres, a fonte Hipereida tendo deixado,
e de Messene Amitáon. E depressa
    Admeto e Melampo chegaram
sendo gentis com seu primo.[33] Na partilha do banquete
com melifluentes palavras Jasão tendo-os acolhido,
os dons de hospitalidade adequados provendo,
    toda alegria estendia
em cinco dias colhendo e noites inteiros 130
o sacro primor da boa vida.

Mas no sexto, toda sua séria história
    contando desde o princípio o homem
com os parentes compartilhou
    e eles o apoiaram. Presto de seus assentos
alçou-se com eles e então foram ao palácio de Pélias.
Apressando-se para dentro, posicionaram-se. Tendo-os 135
    ouvido, foi ao encontro deles,
de Tiro de amáveis cachos o filho.[34] Jasão com suave
voz destilando gentil discurso
lançou a base de sábias palavras:
"Filho de Posídon Pétreo,

---

33   Feres e Amitáon eram irmãos de Éson e, portanto, tios de Jasão. Admeto era filho de Feres e Melampo, filho de Amitáon.
34   Pélias, filho de Posídon e Tiro, filha de Salmoneu, um dos filhos de Éolo.

são dos mortais os espíritos mais ágeis
para o ganho doloso elogiar ao invés da justiça,   140
      indo rumo a um amargo amanhã entretanto.
Mas cabe a mim e a ti, controlando nossos
      impulsos, tecer nossa futura ventura.
A quem sabe, de certo, falarei: uma única vaca foi mãe de Creteu
e do audacioso Salmoneu[35] e na terceira geração
nós, por outro lado, deles gerados,
      a áurea força do sol
contemplamos. Que as Moiras se afastem, se algum ódio há   145
entre parentes que o pudor oculte.

Não é adequado a nós com bronzilavradas espadas
nem com dardos a grande honra dos nossos
      antepassados dividir. As ovelhas, pois, de certo, eu
e dos bois os fulvos rebanhos entrego-te
e os campos todos que, tirados
dos meus pais, cultivas tua riqueza engordando.   150
E não me aborrece que tua casa esses bens abasteçam em excesso,
mas tanto o cetro monárquico
      quanto o trono, no qual outrora o filho de Creteu[36]
sentando-se ao seu povo equestre dispensava justiça,
isso sem recíproco incômodo

---

35   Creteu e Salmoneu eram filhos de Éolo com Enáreia, aqui chamada de 'vaca', mas sem nenhum sentido ofensivo ou pejorativo. Em Ésquilo, *Agamêmnon*, 1125-1126, a palavra bous também é usada para designar uma jovem, sem sentido negativo. Cf. Braswell, 1988: 227.
36   Éson, pai de Jasão.

entrega-me, para que para nós um novo
    mal disso não surja."
Assim então disse e com calma
    respondeu também Pélias: "Serei
assim. Mas já me vigia a vetusta parte
da idade e tua flor da juventude agora mesmo
    ondula e podes afastar
a ira dos ctônicos. Pois Frixo[37] nos ordena recuperar
sua alma indo até de Eetes os tálamos
e a pele do carneiro fundivilosa trazer,
com a qual outrora do mar foi salvo

e dos ateus dardos da madrasta.
Isso um admirável sonho vindo a mim
    fala. Perguntei ao oráculo de Castália[38]
se algo deveria ser procurado. E o mais rápido possível
    incita-me a preparar com uma nave seu retorno.
Essa prova de bom grado completa e, de certo, que sejas o monarca
e que reines, juro, permitirei. Poderosa é
nossa jura, testemunha seja
    Zeus, ancestral de nós dois."
Esse acordo tendo aprovado, eles se separaram.
Logo em seguida o próprio Jasão

---

37   Frixo era um parente de Jasão, porque o avô deste, Creteu, era irmão do avô daquele, Atamas. Frixo fugiu da perseguição de sua madrasta, Ino (Apolodoro, 1, 9, 1ss.) ou Demódice (Píndaro, fr. 49 *apud* escólio), voando sobre um carneiro de velo de Ouro. Ele chegou à Cólquida, onde Eetes era rei. Píndaro teria introduzido aqui uma inovação, ao dizer que Jasão precisava trazer de volta à Tessália não só o velo de ouro, mas também os restos mortais de Frixo, para apaziguar os deuses ctônicos.
38   Fonte de água que existia em Delfos. Ou seja, para verificar se o sonho era veraz, Pélias teria consultado o oráculo de Apolo.

começou a incitar os arautos a divulgar por toda parte 170
que haveria uma navegação. Logo do Crônida
    Zeus três filhos[39] infatigáveis na guerra
chegaram, de Alcmena escuripálpebras e de
    Leda, e os dois alticomados
homens,[40] do Tremechão prole, reverenciando o valor,
de Pilo e desde a altura do Tênaro. Deles a glória
nobre realizou-se, de Eufemo 175
    e a tua, Periclímeno vastiforte.
E de Apolo o formingista[41] das canções pai
veio, o bem-louvado Orfeu.

Enviou Hermes de áurea varinha seus gêmeos
    filhos à inabatível fadiga,
Équion, exultantes
    na juventude, e Érito. E rápidos
os que em torno aos pés do Pangeu[42] habitavam vieram, 180
pois também, de bom grado, com coração risonho rápido
    aviava o rei dos ventos
a Zetes e Cálais, o pai Bóreas, homens que com asas
purpúreas suas costas eriçam ambos.
O todopersuasivo doce desejo
    nos semideuses acendia Hera

---

39   Héracles, filho de Alcmena, e Cástor e Pólux, filhos de Leda.
40   Eufemo, do Tênaro, no Peloponeso; e Periclímeno, de Pilo.
41   Aquele que toca a fórminge, instrumento de corda similar à lira, porém feito a partir de um único bloco de madeira e com três ou quatro cordas.
42   Montanha da Trácia.

pela nau Argos, para que ninguém deixado para trás 185
junto à mãe ficasse, desarriscosa
    vida nutrindo, mas, mesmo na morte,
o fármaco belíssimo da sua excelência
    com os outros coetâneos encontrasse.
E quando a Iolco desceu dos nautas o primor,
inspecionou todos elogiando-os Jasão. E então para ele
o adivinho, com aves e com sortes 190
    sacras profetizando,
Mopso embarcou a tropa, propício. E depois que sobre
o esporão suspenderam as âncoras,

áurea taça com as mãos tendo pego
o chefe na popa dos Urânidas o pai
    lanciradiante Zeus e os velociviajantes
golpes das ondas e dos ventos invocava, as
    noites e do mar os caminhos, 195
os dias favoráveis e o caro destino do retorno.
E das nuvens a ele respondeu do trovão a auspiciosa
voz e lampejantes chegaram os raios
    do relâmpago irrompendo.
Fôlego os herois tomaram, do deus nos sinais
confiantes. E ordenou-lhes 200

lançar os remos o profeta doces
    esperanças anunciando
e um remar sucedia
    de suas rápidas palmas incansável.

Com os sopros de Noto à boca do Inóspito[43] enviados
chegaram. Lá um sacro precinto
    ergueram a Posídon marinho:
um púrpura rebanho de trácios touros havia   205
e recém-construída a cavidade de um altar de pedras.
E a um perigo profundo lançando-se
ao senhor das naus suplicaram

das colidentes pedras ao movimento
indômito escapar. Pois as duas eram vivas
    e rolavam mais rápidas
do que dos gravitroantes ventos as fileiras. Mas já   210
    aquela navegação dos semideuses
a elas o fim levou.[44] Ao Fasis[45] depois
chegaram, onde contra os colcos de negra face sua força
mesclaram diante do próprio Eetes.
    Mas a senhora dos agudíssimos dardos
um variegado torcicolo quatrirraiado, desde o Olimpo,
em indissolúvel roda tendo jungido,   215

enlouquecedora ave, a Ciprogênia trouxe
pela primeira vez aos humanos e os suplicatórios encantos
    ensinou ao sábio filho de Éson,
para que de Medeia arrancasse pelos pais o
    respeito e desejável a Hélade a ela,

---

43   Eles chegaram ao Mar Negro passando através do Bósforo, empurrados pelo vento Noto, que sopra desde o sul.
44   Ou seja, a viagem dos Argonautas causou o fim do movimento das Simplégades. Cf. Apolodoro, 1, 9, 22.
45   Rio da Cólquida, hoje chamado Rioni, na atual Geórgia.

no seu espírito ardendo, perturbasse com o chicote de Peitó.⁴⁶
E logo indicou as soluções das provas paternas:
com azeite preparando fármacos,
  antídotos contra ásperas dores
deu-lhe para ungir-se. E concordaram em partilhada boda
doce um ao outro unir-se.

Quando Eetes de aço no
  meio o arado fixou
e os bois, que uma chama de suas
  fulvas mandíbulas exalavam de ardente fogo
e com brônzeos cascos golpeavam o chão alternadamente,
tangendo-os ao laço aproximou-os sozinho. E
  retos sulcos traçando,
dirigia-os e fendia em uma braça o dorso da relvada
terra. E disse assim: "Esse trabalho o rei,
que rege a nau, para mim depois de terminar,
que a imortal manta leve,

o velo reluzente com áurea fímbria."
Assim então tendo falado, depois de lançar
  longe sua túnica açafrão Jasão, confiante no deus,
ateve-se ao trabalho. E o fogo não o inquietou, por causa
  das ordens da estrangeira experta em todos os fármacos.
Tendo agarrado o arado, depois de amarrar os bovinos pescoços

---

46 Para que Jasão, o filho de Éson, fosse bem sucedido, Afrodite, a Ciprogênia (ou seja, a deusa nascida em Chipre), envia a ele um torcicolo multicor. Esse pássaro era usado para fazer encantos de amor: suas asas e suas patas eram amarradas, cada uma, a um dos quatro raios de uma roda e depois esta era arremessada em direção à pessoa amada, enquanto eram recitados encantamentos. Cf. Giannini *apud* Gentili, 1995: 485-486.

à força com os arreios, lançando em seu corpo de fortes costelas 235
a espora irritante, o forte
> homem alcançou a prescrita
medida. E urrou, embora em afônica dor,
Eetes com a força dele espantado.

E os camaradas em direção ao poderoso homem suas
mãos extendiam, com coroas de erva 240
> cobriam-no e com melífluas palavras
congratulavam-no. E súbito de Hélio o
> admirável filho[47] da pele lampejante
falou, onde a esticaram de Frixo as adagas
e esperava que jamais para ele completasse aquela fadiga.
Pois jazia num bosque e era guardado
> pelas avidíssimas mandíbulas de um dragão,
que em largura e lonjura superava uma nau de cinquenta remos 245
a qual fizeram os golpes do ferro.

Longo para mim percorrer a estrada, pois
> a hora preme e uma
via breve conheço: para
> muitos outros sou guia na arte.
Matou a cerulólhos serpente de variegado dorso com artimanhas,
ó Arcesilau, e raptou Medeia com a ajuda 250
> dela, a Peliacida.[48]
E aos pélagos do Oceano foram mesclados, ao Mar Vermelho[49]

---

47   Eetes era filho do deus Hélio, ou seja, o Sol.
48   Depois de chegar à Tessália, Medeia levou as filhas de Pélias a matar o pai.
49   Esse mar seria o Oceano Índico. Giannini *apud* Gentili, 1995: 497.

e ao povo das Lêmnias mulheres homicidas.
Lá também os seus membros nos jogos exibiram
      por causa de um prêmio, um vestido,
e deitaram-se com elas. E em estrangeiros
campos a semente então de vosso   255
      raio de ventura recebeu o destinado
dia ou as noites, pois lá a raça de Eufemo
      plantada no futuro sempre
cresce. E mesclados aos costumes dos homens
lacedemônios outrora colonizaram a ilha
Calista,[50] de onde a vós o filho
      de Leto concedeu da Líbia a planície
com o favor dos deuses fortalecer, a cidade divina   260
da auritrônea Cirene governar,

vós que encontrastes a reticonselheira sensatez.
Conheça agora a sabedoria de Édipo,[51] pois
      se alguém os ramos de um grande carvalho
cortasse com afiado machado e enfeiasse
      sua admirável forma,
mesmo destruídos seus frutos, daria um testemunho sobre si,   265
se um dia a um invernal fogo[52] chegar por fim,
ou com retas colunas
      senhoris fixada
labuta miserável suportar entre alheios muros,
seu país tendo abandonado.

---

50   Antigo nome da ilha de Tera.
51   Nos versos finais, Píndaro pede que Arcesilau perdoe Damófilo. Édipo é lembrado porque venceu a esfinge e curou a peste de Tebas. E, como Damófilo, ele foi exilado.
52   Fogo que é acendido no inverno para aquecer a casa.

És o médico mais oportuno e 270
    Peã[53] honra a tua luz.
Cabe tua suave mão aplicando
    da ferida da lesão cuidar.
Pois é fácil uma cidade perturbar mesmo para os mais débeis,
mas no lugar de volta colocá-la difícil
    de fato é, se súbito
um deus dos governantes o comandante não for.
Para ti dessas coisas são tecidas as graças. 275
Ouse a favor da bem-aventurada Cirene
    colocar todo teu zelo.

Dentre os de Homero também a este dito
tendo prestado atenção honra-o: o núncio nobre, ele disse,
    honra máxima a toda ação traz.[54]
Cresce também a Musa através do anúncio
    correto. Conheceu Cirene
e o gloriosíssimo palácio de Bato o justo 280
espírito de Damófilo. Pois ele, entre os rapazes um jovem,
mas nos conselhos um ancião com
    cem anos de vida,
orfaniza a má língua de sua brilhante voz
e aprendeu a odiar o arrogante,

não querelando contra os nobres, 285
nem procrastinando nenhum resultado. Pois o
    oportuno para os humanos breve medida tem.
Ele o soube bem: como servo, não como escravo,

---

53   Um outro nome de Apolo, visto aqui como deus da medicina.
54   Cf. *Ilíada*, 15, 207.

    o segue. Dizem que
isso é penosíssimo: o belo conhecendo por necessidade
fora manter o pé. E, de certo, como aquele Atlas contra o céu,
ele luta agora, sim, longe da   290
    terra pátria e dos seus bens.
Mas Zeus imperecível libertou os Titãs. Com o tempo
há mudanças, quando cessa o vento,

das velas. Porém ele roga, sua nociva
    doença até o fim tendo suportado, um dia
sua casa ver, junto à fonte
    de Apolo,[55] aos banquetes devotando-se,
seu coração entregar à sua juventude amiúde e, entre os sábios 295
cidadãos a dedálica forminge empunhando,
    na paz tocar,
nenhuma dor provocando e sem nada sofrer ele próprio dos concidadãos.
E ele contaria, Arcesilau, que tipo de
fonte encontrou de ambrosíacos versos,
    quando há pouco em Tebas hospedado.[56]

---

55 A fonte Cira, em Cirene.
56 Damófilo teria se hospedado na casa de Píndaro, em Tebas. É possível que ele tenha pedido ao poeta que compusesse este epinício para comemorar a vitória de Arcesilau, mas também para desfazer o ressentimento que havia entre ele e o rei de Cirene. Cf. Gentili, 1995: 109.

Comentário

Essa é a ode mais longa dentre as que chegaram até nós. Ela tem um caráter épico bastante pronunciado, por causa da extensa narrativa das aventuras dos Argonautas. De modo oblíquo, Píndaro narra como Jasão, depois de reivindicar seu trono, usurpado por seu tio, Pélias, viaja até a Cólquida para recuperar o velo de ouro e os restos mortais de Frixo. Depois de vencer os desafios apresentados por Eetes, rei dos cólquios e pai de Medeia, Jasão retorna para Iolco. Mas, no caminho, os Argonautas ficam algum tempo na ilha de Lemnos, onde terão relações com mulheres do local. Entre eles, estava Eufemo, ancestral de Arcesilau, rei de Cirene e vitorioso celebrado na ode. Os Argonautas teriam chegado ao lago Tritonis, no norte da África, perto da cidade de Cirene, e ali Eufemo teria recebido do deus Tritão, protetor do lago, um torrão de terra, que simbolizava a poderia sobre aquele lugar outorgado a Eufemo e seus descendentes. Desse modo, a *Pítica* IV é um poema que tem como um dos seus objetivos justificar e reforçar o poder de Arcesilau e sua família em Cirene. Por outro lado, é interessante destacar que Píndaro parece fazer uma súplica, nos últimos versos do poema, para que Arcesilau perdoe Damófilo e permita que ele volte para Cirene. No relato mítico, o poeta também fala de retornos: o retorno metafórico do torrão de terra dado a Eufemo através da fundação realizada por Bato e o retorno de Jasão a Iolco para reivindicar seu trono. Além disso, acho interessante ressaltar a importância dos oráculos nessa ode e também a questão da descendência trazida à luz em vários momentos.

Pítica 5 (462)
Para Arcesilau de Cirene, vencedor na corrida de carros

A riqueza é vastipotente,
quando à excelência pura mesclada
um morredouro homem, pelo destino concedida, a eleva
como multiamical confrade.
Ó deovalido Arcesilau,   5
tu de certo da tua ínclita
vida desde os primos passos
com glória a buscas
por vontade de Cástor de áureo carro,
que bonança depois de procelosa borrasca verte   10
sobre teu venturoso lar.[1]

Mas os sábios, de certo, melhor
suportam também o deodato poder.
E a ti, que caminhas na justiça, muita ventura circunda.
Por um lado, porque rei   15
és de grandes cidades.[2]
Tem teu congênito
olho essa venerandíssima
honra mesclando-se ao teu espírito.

---

[1] Cástor, um dos Dióscuros, junto com seu irmão Pólux, foi divinizado e era cultuado em Esparta. Tradicionalmente tratado como grande auriga, ele era também considerado protetor dos navegantes. Mas aqui Píndaro parece estar fazendo uma alusão a um período de agitação política pelo qual Cirene passou. O Damófilo, citado na *Pit.* 4, 281, talvez estivesse envolvido em alguma sedição.

[2] Essas cidades seriam Evespérides, Barce e Tauquira, colônias de Cirene ao longo do Golfo Sírtico, no norte da Líbia.

E venturoso também és agora, porque da gloriosa 20
festa Pítica o triunfo com os cavalos tendo conquistado
recebes este cortejo de homens,

Apolônio gáudio. Por isso, não te esqueças,
em Cirene em torno ao doce
    jardim de Afrodite[3] sendo cantado,
de sobrepor o deus como causa de tudo 25
e de amar Carroto[4] acima dos outros camaradas,
o qual não conduzindo de Epimeteu
tardosagaz a filha Escusa à morada
dos Batíadas[5] divirregentes chegou,[6]
mas do melhor carro 30
junto à água de Castália[7] hospedado
    o prêmio lançou em torno às tuas comas,[8]

com intactas rédeas
das velocípedes doze voltas no precinto.
Pois não quebrou da carruagem força nenhuma, mas estão pensos
quantos de hábeis 35
artífices artefatos conduzindo

---

3   Referência ao templo de Afrodite, deusa que recebia um culto especial em Cirene. É importante lembrar que ela tem um papel importante na união entre Apolo e a ninfa Cirene. Cf. *Pít.* 9, 9-13.
4   Auriga que conduziu o carro de Arcesilau à vitória.
5   Descendentes de Bato, fundador de Cirene.
6   Carroto não precisou se desculpar por haver perdido a corrida. Aqui Escusa é tratada como filha de Epimeteu, porque este só percebia algo depois do acontecimento, diferente de seu irmão Prometeu, que sabia de antemão.
7   Fonte de água em Delfos.
8   Nos cabelos, na cabeça de Arcesilau.

de Crisa⁹ pela colina
passou no côncavo vale
do deus. Tem-nos¹⁰ a ciprestal
câmara em torno à estátua, perto,   40
que os cretenses arqueiros sob o teto parnássio
assentaram, unitalhado tronco.

Com mente favorável, portanto,
convém o benfeitor acolher.
Filho de Alexíbias,¹¹ flamejam-te as belicomadas Cárites.   45
Venturoso tu que tens
também, depois de grande labuta¹²
de palavras excelsas
os memoriais, pois entre quarenta
caídos aurigas inteiro   50
o carro tendo preservado com destemido espírito,
chegaste já da Líbia à planície desde os esplêndidos
jogos e à pátria cidade.

De fadigas ninguém desprovido está nem estará.
De Bato subsiste a antiga   55
          ventura, embora bens e males partilhando,
torre da cidade e olho brilhantíssimo

---

9   Cidade que ficava aos pés do Parnasso, perto de Delfos.
10   Os artefatos, ou seja, os equipamentos da carruagem. Um grande acidente, envolvendo os competidores, teria ocorrido no momento da corrida Cf. vv. 49-51. Mas o carro de Arcesilau foi bem construído e venceu a corrida. Por isso, ele foi dedicado a Apolo e ficou pendurado perto da estátua do deus, em Delfos.
11   Carroto.
12   Referência ao esforço dedicado aos treinamentos e à fadiga da viagem até Delfos.

para os estrangeiros. Dele, sim, até os gravirrugentes
leões com medo fugiram,
quando sua língua d'além-mar ele proferiu:
o fundador Apolo deu-lhe 60
as feras com terrível medo,
para que ao guardião de Cirene
    ineficaz ele não se tornasse com os oráculos.
Ele também das penosas doenças
os remédios para homens e mulheres distribui,
concedeu a cítara, dá a Musa a quem ele queira, 65
a antiguerra boa ordem
levando aos espíritos,
e guarda o vale
oracular. Ali, na Lacedemônia,
em Argos e na sacra Pilos 70
instalou os valentes descendentes
de Héracles e de Egímio. A minha deleitável
glória é cantada desde Esparta,

de onde nascidos
chegaram a Tera os homens Egeidas, 75
meus ancestrais, não sem os deuses, mas uma Moira os guiava.[13]
O multissacrifical festim
de lá tendo recebido,
Apolo Carneu,

---

13   O coro parece estar falando aqui e lembrando de sua ascendência dórica. Os descendentes de Héracles conquistaram uma parte do Peloponeso (Argos, Pilos e Esparta). Egímio foi um rei mítico de Esparta e os Egeidas eram uma importante família daquela cidade que ajudaram a colonizar a ilha de Tera, de onde partiu Bato para fundar Cirene. Tudo isso aconteceu porque os fundadores seguiram os oráculos de Apolo.

na tua festa veneramos 80
de Cirene a bem construída cidade.
Têm-na os bronziálacres estrangeiros
troianos Antenôridas, pois com Helena vieram,
depois que reduzida a fumaça sua pátria viram

em Ares.[14] Esse povo guiacavalos fielmente 85
acolhem com sacrifícios dele aproximando-se portando dons os homens,
     os quais Aristóteles[15] guiou em naves velozes
do mar o profundo caminho abrindo.
Construiu santuários maiores dos deuses
e uma reticortada estrada para Apolônias 90
protejemortais procissões subpôs
para ser equinorressoante
pavimentada via, onde na extremidade
     da praça, à parte, jaz depois de morto.[16]

Feliz entre os homens
habitava e como herói, depois, foi venerado pelo povo. 95
Em separado, diante das casas, os outros que foram para dentro
do Hades, reis
sacros, e a grande excelência
com orvalho suave

---

14   Antenor foi o único troiano que demonstrou alguma simpatia em relação aos aqueus: antes da guerra, ele hospedou Odisseu e Menelau em sua casa. Por isso, depois da destruição de Troia (daí a expressão 'em Ares', ou seja 'na guerra'), ele acompanhou Helena e Menelau na viagem de retorno. Ele e seus filhos se fixaram na Líbia, perto de Cirene.
15   Nome verdadeiro de Bato, que na verdade era um apelido que significa 'gago'.
16   O túmulo de Bato estava localizado num canto da ágora da Cirene.

regada pelas torrentes dos cortejos,
ouvem, de algum modo, com ctônico espírito,[17]
sua ventura e a justa graça partilhada
com seu filho Arcesilau. Na canção dos jovens
convém o aurilírico[18] Febo invocar,

que tem desde Pito
a triunfante recompensa das despesas,[19]
canto gracioso. Esse homem elogiam os sagazes.
O que é dito direi:
maior do que sua idade
uma mente ele nutre
e uma língua. Em audácia como longialada
águia entre aves ele era;
no combate, como um baluarte, era sua força;
nas Musas é alado, desde o seio materno,
e acaba de mostrar-se carricondutor hábil.

Quantos acessos há de nativos belos feitos,
neles ele se arriscou. E um deus a ele
    agora também propício perfaz o seu poder
e no futuro igualmente, Crônidas felizes,
concedei nas ações e nos desígnios
que tenha, para que um arruinafrutos proceloso

---

17   Além do túmulo de Bato, havia também os dos seus descendentes que ficavam fora da ágora. Píndaro que eles ouvem os cânticos das procissões com 'espírito ctônico', porque estão mortos e agora vivem dentro da terra (*khton*, em grego).
18   Ou seja, cuja lira é de ouro.
19   Ou seja, os gastos, que não eram pequenos, realizados para que o carro de Arcesilau pudesse competir nos Jogos Píticos.

sopro de ventos não devaste o seu tempo.
De Zeus, por certo, a mente grande governa
o destino dos homens caros a ele.
Rogo-lhe que em Olímpia
      conceda essa honra à raça de Bato.

Comentário

Esse poema celebra a mesma vitória cantada na *Pítica* 4, mas sua interpretação é bem mais fácil, talvez porque não traz nenhuma grande narração mítica. Chama a atenção o louvor a Carroto, o condutor do carro vencedor: é o mais longo encontrado nas odes. Outra coisa interessante é a possibilidade de que um coro tenha cantado esse epinício no festival da Carneias, dedicado a Apolo. Essa festa é uma herança dórica que sobreviveu em Cirene. Sobre esta ode, ver Currie, 2005: 226ss.

Pítica 6 (490)
A Xenócrates de Agrigento, vencedor na corrida de carros

Escutai, pois, de fato, da escurolhos[1] Afrodite
    o campo ou das Cárites
rearamos, ao umbigo[2] da vastibramante
terra, ao templo, dirigindo-nos.
Pitiônico ali para os venturosos Emênidas[3]   5
e para a fluvial Agrigento e, de certo, para Xenócrates
pronto de hinos um tesouro no multiáureo
Apolônio vale[4] está construído.

A ele[5] nem procelosa borrasca, estrangeiro que vem   10
    da vastibramante nuvem
exército implacável, nem o vento para os recessos
do mar levariam-no com o detrito todoportante
golpeado. Mas em pura luz a fachada dele[6]
a teu pai, Trasibulo, e à tua geração uma nova   15
vitória bem afamada com o carro nos vales de Crisa[7]
com as palavras dos mortais anunciará.

---

1   Seguindo a interpretação de Giannini, em Gentili, 1995: 541-542.
2   Delfos.
3   Descendentes de Emênides, avô de Xenócrates e de Téron, que se tornaria tirano de Agrigento.
4   Referência ao local onde estava localizada Delfos, cidade onde Apolo era cultuado de modo especial.
5   Ou seja, nenhuma intempérie pode destruir os hinos, diferentemente do que acontece com os edifícios. Píndaro afirma, aqui, pela primeira vez, a superioridade do canto em relação às outras artes.
6   Píndaro compara o epinício com um edifício, um templo, por exemplo.
7   Cidade localizada aos pés do monte Parnasso, onde aconteciam as corridas de carros puxados por cavalos.

Tu, de certo, tendo-o à direita de tua mão, o correto
    comando segues,   20
o que outrora, nos montes, eles dizem, o filho
de Fílira recomendou ao megapotente
Pelida, orfanizado.[8] "Sobretudo o Crônida,
gravivóceo regente dos raios e dos trovões,
entre os deuses venera e essas honras jamais   25
retira de teus pais, ao longo da vida destinada a eles."

Houve também antes o forte Antíloco
    que tinha essa mesma ideia,
o qual morreu por seu pai, enfrentando   30
o matahomens comandante dos Etíopes,
Mémnon. Pois um cavalo prendia o carro de Nestor
fendido pelas flechas de Páris e aquele brandia
sua poderosa lança. Mas do velho Messênio[9]   35
a trêmula alma gritou pelo seu filho

e ao chão seu apelo não lançou. Ali
    ficando o divino homem
comprou com sua morte a salvação de seu pai
e pareceu na geração dos de antigamente   40
entre os mais jovens, tendo realizado um feito prodigioso,
ser o mais elevado quanto aos genitores pela excelência.

---

8   Quíron, filho de Fílira, foi o centauro que educou, entre outros herois, Aquiles (filho de Peleu) que estava órfão, porque estava longe de seu pai. Quíron lhe diz que é preciso respeitar Zeus, filho de Crono, e os pais.
9   Nestor, segundo os mitos, era rei da Messênia, região no oeste do Peloponeso.

Isso é passado. Mas entre os de agora também Trasibulo
caminha sobretudo segundo o estatuto paterno, 45

com o tio[10] rivalizando em todo triunfo.
    Com senso sua riqueza gere,
injusta nem insolentemente a juventude colhendo,
mas a sabedoria nos recessos das Piérides.[11]
E a ti, Tremechão, que reges hípicas disputas, 50
muito com espírito grato, Posídon, ele se devota.
E sua doce alma também ao acompanhar simposiastas
das abelhas supera o perfurado trabalho.

Comentário

Neste poema é notável o fato de o poeta dedicar mais espaço, inclusive com os paradigmas míticos de Aquiles e Antíloco, para louvar o filho, Trasibulo, do que o pai, Xenócrates, que foi o vencedor em Delfos. É possível que Trasibulo tenha sido o auriga do carro vitorioso, mas não podemos confirmar isso. É possível também que Píndaro tivesse uma relação de amizade íntima com o filho do homenageado. Porém, isso também é apenas uma hipótese. A Ístmica 2 também celebra uma vitória de Xenócrates, embora ele já estivesse morto no momento da composição. Nesse poema também encontramos muitos elogios a Trasibulo.

---

10   O tio de Trasibulo era Téron, também homenageado na *Ol.* 3.
11   Ou seja, Trasibulo cultua as Musas apreciando o canto e a dança e, por isso, é sábio.

Pítica 7 (486)
Para Mégacles de Atenas, vencedor na quadriga

Belíssimo proêmio é a megacidade,
Atenas, para a vastipotente raça
dos Alcmeônidas[1] quando lançamos os fundamentos dos cantos por causa dos cavalos.
Pois que pátria, que casa habitando nomearias   5
mais ilustre
na Hélade ser conhecida?

Pois a todas as cidades o valor dos cidadãos
de Erecteu[2] frequenta, Apolo, os que a tua   10
mirífica morada na diva Pito[3] construíram.
Guiam-me cinco vitórias no Ístmo, uma proeminente
Olímpica de Zeus   15
e duas de Cirra,[4]

ó Mégacles,
vossas e também de teus ancestrais.
Com o novo sucesso rejubilo. Mas algo me aflige:
que a inveja seja a paga pelos belos feitos.[5] Dizem, de certo,

---

1   Poderosa família ateniense, à qual pertenciam o vencedor celebrado, mas também o legislador Clístenes, o general Péricles, sobrinho do vencedor, e Alcibíades, bisneto de Mégacles.
2   Rei mítico de Atenas.
3   Delfos. Lá, os Alcmeônidas promoveram a reconstrução do templo de Apolo depois que ele foi destruído em 548 a.C. Cf. Heródoto, 5.62.
4   Cidade portuária, próxima de Delfos. Seu nome aqui serve para designar o local onde os Jogos Píticos aconteciam. Alcmeon, bisavô de Mégacles, venceu a corrida de carros em Olímpia, em 592 a. C.
5   É possível que haja aqui uma alusão ao ostracismo sofrido por Mégacles, na primavera de 486 a. C. Cf. Aristóteles, *Constituição dos Atenienses*, 22.5.

que assim também ao homem a duradoura 20
florescente bênção traz ora bens ora males.

Comentário

Essa é a menor ode píndarica que conhecemos. Porém ela celebra uma personagem importantíssima em Atenas: filho de Hipócrates, sobrinho e filho adotivo de Clístenes e tio de Péricles. Importante aqui a comparação do poema com um tesouro, ou seja, o edifício onde ficavam guardados os objetos preciosos ofertados ao deus Apolo, em Delfos.

Pítica 8 (446)
Para Aristômenes de Egina, vencedor na luta

Amável Paz,¹ da Justiça
ó engrandecida filha,
que dos conselhos e das guerras
possuis as chaves supremas,
a Pítica vitoriosa honra de Aristômenes acolhe.   5
Pois tu a mansidão fazer e experimentar igualmente
sabes na ocasião exata.

Mas tu, quando alguém implacável
raiva no coração implantou,
áspera dos inimigos   10
confrontando o poder colocas
sua arrogância no porão.² Sobre ti Porfírio³ não aprendeu,
além do justo enraivecendo-te. Mas o ganho é amabilíssimo,
se alguém da casa de outro de bom grado o traz.

Mas a força também derrubou o prepotente com o tempo.   15
Tífon, o Cilício centicápite,⁴ não escapou dela,

---

1   Personificação divinizada do conceito abstrato de 'tranquilidade e concórdia', não uma deusa com um verdadeiro culto.
2   Metáfora náutica: a Paz coloca o poder dos seus inimigos no porão do barco, ou seja, no fundo, na parte mais baixa.
3   Porfírio era o rei dos Gigantes, seres que nasceram do sangue de Urano que caiu sobre a Terra quando Crono o emasculou. Os Gigantes eram uma das personificações da arrogância, porque desafiaram os deuses Olímpicos. Ver Hesíodo, *Teogonia*, 183ss. e Grimal, s. v.
4   Monstro de cem cabeças que desafiou Zeus e foi derrotado. Cf. *Pit.* 1, 15-28.

nem, de certo, o rei dos Gigantes. Foram domados pelo raio
e pelas flechas de Apolo, que com mente benévola
acolheu de Xenarco o filho que vem de Cirra[5]
coroado com folha parnássia e dórico cortejo.[6]   20

E caiu não longe das Cárites
a ilha da justa cidade
que toca as excelências
gloriosas dos Eácidas e perfeita tem
sua fama desde o princípio. Pois por muitos é cantada   25
tendo nutrido supremos herois em vitoriosos
jogos e em ágeis batalhas

e também por seus homens é notável.
Mas não tenho tempo para recontar
toda a longa história   30
com a lira e a voz suave
para que a saciedade, chegando, não incomode. Mas que o que aos
meus pés[7] está transcorrendo
vá, a dívida a ti, ó jovem, o mais recente dos teus feitos,
alado por causa do meu engenho.

Pois nas lutas seguindo as pegadas dos tios maternos,   35
em Olímpia Teogneto não desonras,
nem de Clitômaco a vitória audacimembre no Ístmo.

---

5   Cidade portuária próxima a Delfos. Ver P. 3, 74.
6   O prêmio para os vencedores nos Jogos Píticos era uma coroa feita com ramos e folhas de louro que crescia no Parnasso. O cortejo que comemorou a vitória era composto por jovens de Egina, ilha colonizada por dóricos. É possível que também haja aqui uma referência ao tipo de melodia empregado pelos celebrantes.
7   Aquilo que está mais próximo, ou seja, a vitória celebrada com o canto.

E acrescendo a família dos Midílidas uma palavra trazes,
aquela que outrora de Ecleu o filho[8] na septipórtia Tebas
enigmatizou,[9] vendo os filhos resistindo com a lança, 40

quando de Argos foram
numa segunda jornada os Epígonos.
Assim disse enquanto lutavam:
"Por natureza a genuína coragem
dos pais nos filhos é visível. Vejo claramente 45
Alcmeon[10] um dragão variopinto sobre o rútilo escudo
empunhando, o primeiro nas portas de Cadmo.

Fatigado com o primeiro infortúnio
agora é tomado pelo anúncio
de uma ave[11] melhor 50
o herói Adrasto, mas em casa
o oposto experimentará. Pois é o único no exército dos Dânaos,
que, depois de recolher os ossos do filho morto, com o favor dos deuses
chegará com suas hostes incólumes

de Abante[12] às espaçosas ruas." Tais palavras 55
pronunciou Anfiarau. Regozijando-me também eu
Alcmeon com coroas atinjo e rego com um hino,

---

8   Anfiarau, guerreiro e adivinho que participou da primeira expedição dos Sete contra Tebas, da qual o único sobrevivente foi Adrasto, rei de Argos. Ele voltaria na segunda expedição, a dos filhos dos heróis mortos na primeira, os Epígonos, e veria seu filho, Egialeu, morrer em batalha.
9   Ou seja, dizer algo enigmático.
10   Filho de Anfiarau.
11   Ou seja, o auspício trazido pelo voo da ave.
12   Avô de Adrasto, que também foi rei de Argos.

porque, meu vizinho e guardião dos meus tesouros,
encontrou-me quando eu ia para o umbigo decantado da terra[13]
e dos oráculos empregou suas congênitas artes.[14]   60

E tu, Longisseteante,[15] que o todacolhedor
glorioso templo governas
nos vales de Pito,
o maior dos deleites lá
concedeste e em casa, antes, o cobiçado dom   65
do pentátlo em vossos festivais trouxeste.[16]
Ó senhor, rogo que, com mente favorável,

de acordo com alguma harmonia olhes
por cada caminho por onde eu vá.[17]
Junto ao cortejo dulcimélico   70
a Justiça está de pé. Dos deuses um olhar
desinvejoso peço, Xenarces, para vossos destinos.[18]
Pois se alguém nobres feitos conseguiu não com grande fadiga,
a muitos sábio parece entre insensatos

---

13   Delfos, o umbigo, ou seja, o centro da terra.
14   Difícil saber quem está falando aqui, o coro ou a mesma voz poética que aparece no verso 29, se é que as duas são diferentes. Eu penso que o poeta está se colocando na mesma posição que Anfiarau, como um adivinho que previu a vitória de um jovem. Alcmeon seria vizinho de Píndaro, porque Anfiarau, seu pai, talvez fosse cultuado como herói em Tebas, como sugere Currie (2005: 211-216), e é possível que Alcmeon fosse venerado junto com seu pai. Apenas uma interpretação.
15   Apolo era arqueiro e acertava os alvos de longe.
16   Aristômenes foi vitorioso em Delfos, mas também nas chamadas Delfínias, festival em honra a Apolo e Ártemis celebrado em Egina, a casa do vencedor.
17   Píndaro parece estar pedindo a Apolo que ele o assista e o proteja com benevolência para que ele possa realizar a contento a tarefa de compor um belo epinício.
18   Prece em favor não somente de Xenarces, pai de Aristômenes, mas visando a felicidade de todos os Midílidas, família do vencedor.

que sua vida ordena com reticonselheiros recursos. 75
Isso não pelos homens é decidido, mas um deus concede,
ora um ao alto lançando, ora outro sob a medida
de suas mãos rebaixa. Em Mégara tens o prêmio e
no vale de Maratona e de Hera o torneio regional
com vitórias triplas, ó Aristômenes, dominaste com teu esforço.[19] 80

Sobre quatro corpos caíste
do alto em males pensando,
aos quais retorno feliz como o teu
na festa Pítica não foi atribuído,
nem, quando chegaram junto à mãe, em volta um sorriso doce 85
a gratidão despertou, mas, pelas vielas, distantes dos inimigos
encolhem-se, pela desgraça mordidos.

Mas quem um novo belo feito obteve
sobre esplendor grandioso
desde a esperança voa 90
com aladas proezas, tendo
ambição superior à riqueza. Em pouco tempo dos mortais
o deleite cresce e assim também cai por terra,
por adverso juízo abalado.

Efêmeros: o que é alguém? O que não é alguém? Sonho de uma sombra 95
é o ser humano. Mas quando um fulgor por Zeus enviado vem,
brilhante luz está sobre os homens e maviosa vida.
Egina, cara mãe, em teu livre percurso

---

19   Aristômenes venceu em Mégara, em jogos não identificados; em Maratona, em jogos em honra a Héracles; e em Egina, no festival em homenagem a Hera.

esta cidade preserva com Zeus e com o rei Éaco,
Peleu, o nobre Télamon e com Aquiles.[20]   100

Comentário

Essa é a ode píndarica mais recente que conhecemos. Píndaro a teria composto quando tinha por volta de 72 anos. É possível que haja nela alguma menção cifrada a conflitos entre Egina e Atenas que estavam acontecendo em meados do século v, mas é difícil provar isso, porque não há aqui nenhuma referência explícita à capital da Ática. Outras questões importantes são a da profecia e a da voz poética. A que profecia o poeta faz referência? Ela está relacionada à vitória de Aristômenes? E quem é que está falando entre os versos 56-58? O poeta ou o coro? Hoje em dia parece ter mais força a hipótese de que é o poeta que está falando de algo particular a ele. Mas isso é questionável, de qualquer maneira. Foi sobre essa questão que se desenvolveu o debate entre monodistas e coralistas. Sobre isso, ver, por último, Calame, 2011: 115-138.

---

20   Agora o coro de eginetas pede à ninfa Egina que cuide da sua ilha, como uma mãe cuida de seus filhos. O fato de o percurso da ninfa, como que comparando-a a um marinheiro que guia sua nave, ser 'livre' parece sugerir que a liberdade da ilha estava sob ameaça. De fato, na época em que esse epinício foi composto, Egina almejava reconquistar sua autonomia em relação a Atenas, que tinha ocupado a ilha em 457 a. C. Cf. Tucídides, 1, 113-115.

Pítica 9 (474)
Para Telesícrates de Cirene, vencedor na corrida com armas

Quero o bronzescudado em Pito[1] vencedor
Telesícrates proclamando
com as Cárites[2] de finas cinturas celebrar,
o ditoso homem, coroa de Cirene[3] dirigecavalos,
a qual o viloso filho de Leto[4]   5
      dos ventecoantes vales do Pélion[5] outrora
raptou e levou a donzela caçadora em seu áureo
carro ao lugar onde a tornou
senhora de uma rica em rebanhos e frutuosíssima terra
para que do continente a raiz terceira[6]
      bem-amada, florescente, habitasse.

E acolheu a argentípede Afrodite
o Délio[7] hóspede a deifabricada   10
carruagem segurando com mão leve
e sobre os doces leitos deles lançou amável pudor,

---

1   Em Delfos, nos Jogos Píticos, havia uma prova em que os competidores corriam armados. Por isso, Píndaro diz que Telesícrates tinha um 'escudo de bronze'.
2   As Graças eram deusas que, como as Musas, favoreciam a composição da poesia coral, tornando as melodias agradáveis aos ouvidos e fazendo com que o canto tivesse alguma sabedoria.
3   Cidade fundada por gregos no norte da África, na atual Líbia. Cirene também era o nome da ninfa raptada por Apolo. Cf. tb. *Pít.* 4 e *Pít.* 5.
4   Apolo.
5   Cadeia de montanhas localizada na Tessália, no centro-leste da Grécia.
6   A primeira raiz seria a Europa, a segunda, a Ásia, e a terceira, a África, ou, mais especificamente, a Líbia.
7   Apolo nasceu na ilha de Delos.

ordenando a partilhada boda consumada
    entre o deus e a filha de Hípseu vastipotente,
que dos Lápitas[8] insolentes então era rei,
de Oceano heroi segundo
descendente. A ele outrora do Pindo[9] nos célebres vales   15
a Náiade Creúsa,[10] deleitada
    no leito de Peneu, gerou,

de Gaia filha. Ele criou
sua belibrácia filha Cirene, que dos teares
    as retroavançantes rotas não amava
nem dos banquetes com domésticas amigas os deleites,
mas com dardos brônzeos   20
e com espada lutando dizimava selvagens
feras, de certo muita e tranquila
paz proporcionando aos bois paternos,
mas pouco tempo ao codormente
    doce sono dedicando
que sobre as suas pálpebras descia ao amanhecer.   25

Encontrou-a certa vez com um leão terrível
sozinha lutando sem armas
o de vasta aljava longiactante Apolo.[11]

---

8   Povo da Tessália.
9   Cadeia de montanhas entre a Tessália e o Epiro, no centro-norte da Grécia.
10   Hípseu era filho de Creúsa com o deus-rio Peneu, que atravessava a Tessália.
11   Apolo 'age ou atua de longe' porque ele atinge seus alvos de longe com suas flechas.

E súbito de sua morada Quíron[12] convocou com sua voz:
"O augusto antro, filho de Fílira, tendo deixado   30
      o ânimo da mulher e a grande força
admira, que contenda conduz com destemido talante,
a jovem que superior à fadiga
o coração tem. Pelo medo não são conturbados seus sentidos.
Qual dos humanos a gerou? De que
      cepo arrancada

de montanhas umbrosas em que cavidades mora?
Ela saboreia força ilimitada.   35
É lícito minha ínclita mão em direção a ela levar
acaso e dos leitos cortar a melidoce erva?"
E a ele o Centauro inspirado, com suave
      cenho alegremente sorrindo, seu conselho
logo deu em resposta: "As secretas chaves dos sacros amores
são da sábia Persuasão,
Febo, e entre deuses e humanos disso igualmente   40
eles têm pudor: abertamente o prazenteiro
      leito obter pela primeira vez.

E justo a ti, a quem não é lícito na mentira tocar,
incitou um melífluo impulso pronunciar essa dolosa
      palavra.[13] Da moça de onde é a família
perguntas, ó senhor? Tu que sabes o determinado

---

12   Centauro filho de Crono e Fílira, amigo dos homens e educador de vários heróis: Aquiles e Jasão, por exemplo.
13   Apolo disse algo 'doloso' porque ele é o deus dos oráculos que sabe de tudo e que não conhece a mentira. Ou seja, a pergunta de Apolo foi 'retórica': ele já sabia qual a era a resposta.

fim e todos os caminhos, 45
quantas primaveris folhas a terra sobrenvia, quantos
no mar e nos rios grãos de areia
pelas ondas e pelos golpes dos ventos são agitados,
    o que está por vir e de onde
será bem percebes.
Mas se cabe também com um sábio medir-me, 50

direi: para ela como marido vieste a este
vale e estás prestes a sobre o mar
de Zeus ao eminente jardim[14] levá-la.
Lá rainha de uma cidade torna-la-ás, depois de um povo reunir
insular[15] sobre uma colina cercada por uma planície. 55
    Mas agora de vastos prados a senhora Líbia, propícia,
acolherá a tua gloriosa noiva na morada
áurea, onde a ela da terra uma parte
súbito para pertencer legítima presenteará,
nem de todofrúcteas árvores
    desprovida nem ignara de feras.

Ali um filho dará à luz, o qual o ínclito Hermes
às belitrôneas Horas e a Gaia,[16] 60

---

14   À Líbia, onde havia um templo dedicado a Zeus-Amon.
15   Cirene foi fundada por pessoas vindas da ilha de Tera, atual Santorini. Cf. *Píticas* 4 e 5.
16   As Horas e Gaia eram divindades ligadas à terra e à fertilidade. Desse modo, eram as deusas indicadas para cuidar de um deus-pastor como Aristeu. Além disso, Gaia era sua Trisavó. As Horas (às vezes identificadas com as 'Estações' do ano) eram filhas de Zeus e Têmis e se chamavam *Eunomia* (Boa ordem), *Dike* (Justiça) e *Eirene* (Paz), segundo Hesíodo, *Teogonia*, 901ss. Mas em Atenas elas eram chamadas *Thallo* (Florescimento), *Auxo* (Crescimento) e *Carpo* (Colheita), nomes que remetem à agricultura.

depois de tomá-lo de sua cara mãe, levará.
E elas, sobre seus joelhos depois de admirar o bebê,
néctar em seus lábios e ambrosia
      gotejarão e torna-lo-ão imortal,
como Zeus e o sacro Apolo, alegria para os homens amigos,
propínquo pastor de rebanhos,
Agreu e Nômio, mas para outros Aristeu se chamará."   65
Assim então tendo dito instava-o a consumar
      o deleitoso fim da boda.

Veloz, quando já se apressam os deuses,
é a ação e as rotas são curtas. Isso aquele dia
      decidiu: no tálamo multiáureo
mesclaram-se de Líbia, onde belíssima cidade
ela guarda e gloriosa nos jogos.   70
E agora em Pito sacríssima de Carnéades
o filho[17] com benflorida fortuna comesclou-a.[18]
Lá, tendo vencido, proclamou Cirene,
      que, benévola, acolhe-lo-á
na pátria de belas mulheres,
a ele que leva o renome desejado desde Delfos.   75

As grandes excelências são sempre multimíticas,[19]
mas pequenas notícias entre grandes
ornamentar é para os sábios.[20] O oportuno igualmente

---

17   Telesícrates.
18   Ou seja, Telesícrates mesclou Cirene a um florido destino e trouxe felicidade para ela ao vencer nos Jogos Píticos.
19   Que faz falar muito, prolixo.
20   As grandes façanhas são muito faladas, muito contadas, mas saber como embelezar pequenas narrativas, escolhidas dentre grandes mitos, é coisa de homens

de tudo tem o ápice. Soube outrora também que Iolau
não desonrou a septipórtia   80
      Tebas: a ele, depois que de Euristeu a cabeça
cortou da espada com o gume, ocultaram embaixo, sob a terra,
do auriga Anfitrião
na tumba, onde seu avô, dos Espartos[21] hóspede,
jazia, depois de emigrar para as alviequinas ruas dos cadmeus.

Gerou a ele[22] também a Zeus mesclada a sábia
num único parto Alcmena   85
dos gêmeos filhos a força vencebatalha.
Mudo é um homem que a Héracles sua boca não devota
e das Dirceias águas sempre não se
      lembra, que a ele nutriram e a Íficles.
A eles festejarei, tendo experimentado algo nobre realizado
com minha prece. Que das Cárites melodiosas
não me abandone a pura luz. Pois em Egina,   90
afirmo, e de Niso na colina três vezes
      de certo esta cidade ele glorificou,[23]

do silente desamparo com a ação fugindo.
Por isso, se é amigo dos concidadãos, se é um
      opositor, que o que para o bem comum foi feito

---

sábios, ou seja, de grandes poetas.
21   Homens 'semeados', que nasceram dos dentes do dragão morto por Cadmo. Deles descenderia a nobreza de Tebas.
22   Héracles.
23   Adotando a emenda proposta por Pauw e acolhida por Instone (1996: 62 e 137). Telesícrates teria sido vencedor três vezes em jogos que aconteciam em Egina e em Mégara, onde, segundo os mitos, Niso foi rei.

violando o dito do velho do mar,[24] não seja ocultado.
Ele disse: "louvar também o inimigo
com todo coração e com justiça que pratica belas ações".
Muitas vezes vencedor te viram também
nos festivais sasonais de Palas e assim
        afônicas[25] cada uma das donzelas
rogava que seu caríssimo
marido ou filho, ó Telesícrates, tu fosses,

e nos Jogos Olímpicos e nos de Gaia
de profundo seio e em todos
os de tua região.[26] Mas a mim, de certo, enquanto de canções
a sede curo, alguém exige o débito, de novo despertar
também o antigo renome dos seus antepassados,
        que por causa da líbia mulher foram
à cidade de Írasa,[27] como pretendentes da belicomada
de Anteu longifamosa filha[28]
a qual muitíssimos excelentes dentre os homens pediam
parentes e muitos também entre os
        estrangeiros, porque admirável sua forma

era e da auricoroada Hebe seu
fruto florescente colher

---

24   Talvez Nereu.
25   As moças ficam 'sem voz' por pudor, apesar de admirarem a beleza de Telesícrates e de desejarem o vencedor.
26   Telesícrates teria vencido em jogos locais da região de Cirene em honra a Palas Atena, a Zeus Olímpico e a Gaia, não nas Panateneias, de Atenas, nem nos Jogos Olímpicos, em Olímpia.
27   Antiga cidade da Líbia, onde reinava Anteu.
28   Não sabemos o nome dessa mulher.

queriam. Mas o pai para a filha plantando
uma boda mais gloriosa, ouviu como Dânao outrora
em Argos conseguiu para suas quarenta e oito[29]
      donzelas antes do meio dia arranjar
velocíssima boda. Pois colocou todo o coro
súbito no fim da pista
e com a disputa dos pés ordenou que fosse decidido   115
qual delas teria qual dos
      heróis, que como noivos delas chegaram.

Assim o Líbio deu, unindo-os, à sua filha
um marido: na linha colocou-a
      depois de adorná-la, para ser o prêmio mais alto,
e disse no meio deles que a receberia quem primeiro tendo saltado
tocasse no peplo dela.   120
Então Alexidamo,[30] depois que fugiu da rápida corrida,[31]
      a donzela cara pela mão com sua mão tendo tomado
levou através da tropa dos cavaleiros Nômades.
Muitas folhas sobre eles
lançaram e coroas,
mas antes muitas asas de vitórias recebeu.   125

---

29   Das cinquenta filhas de Dânao, somente Hipermestra e Amímona não mataram seus maridos. A primeira casou-se com Linceu e Posídon apaixonou-se pela outra.
30   Antepassado de Telesícrates.
31   Ou seja, depois que superou os outros competidores.

Comentário

Nessa ode chama nossa atenção a composição em anel na primeira narrativa mítica. Depois, na segunda história, também estão presentes os temas da competição atlética e do casamento. Notável também é o tom bem-humorado do diálogo entre Apolo e Quíron. Interessante também o excurso mítico que o poeta faz para elogiar personagens de Tebas, sua cidade, entre os versos 79 e 88, e que, a princípio, parece não ter nenhuma relação com o poema, mas sua aparição aqui talvez possa ser explicada como uma menção a uma vitória de Telesícrates nos Iolaia, jogos em homenagem a Iolau, sobrinho de Héracles, que aconteciam em Tebas.

Pítica 10 (498)
Para Hipoclés da Tessália, vencedor na corrida dupla

Ditosa Lacedemônia,
abençoada Tessália. De um único pai em ambas
reina a raça, de Héracles, excelso na guerra.
Será que alardeio além do oportuno? Mas Pito e
     Pelineu[1] me chamam
e os filhos de Alevas,[2] desejando a Hipoclés 5
levar a ínclita voz vitoricelebrante dos homens.

Pois ele saboreia as disputas,
e à multidão dos vizinhos o vale Parnássio o
proclamou supremo dentre os rapazes da corrida dupla.
Apolo, doce dos homens o fim e o princípio 10
     crescem quando um deus os impele.
Ele, de algum modo, com teus conselhos, isso realizou
e o congênere[3] seguiu pelas pegadas do pai,

duas vezes vencedor olímpico com as belicosas
armas de Ares.
O embate nos fundos prados tornou também, 15
sob as pedras de Cirra, Frícias[4] fortípede.

---

1   Pito é Delfos, onde aconteceu a vitória, e Pelineu é a cidade de Hipoclés.
2   Alevas foi um soberano da Tessália, que viveu na segunda metade do século VI a. C. Tórax (citado no verso 63), que encomendou o epinício, era um dos filhos dele.
3   Isto é, sua herança natural.
4   Pai de Hipoclés, duas vezes vencedor em Olímpia na corrida com armas.

Que lhes siga o destino e nos vindouros
dias magnificente riqueza floresça para eles.

Dos prazeres na Hélade
tendo recebido, por sorte, não pequeno dom, que não encontrem ²⁰
invejosos reveses vindos dos deuses. Que o deus tenha
um propício coração. Venturoso e hineável
      pelos sábios⁵ é aquele homem
que pelas mãos ou pela excelência dos pés vencendo
os maiores prêmios conquiste com audácia e força,

e vivo ainda veja, ²⁵
por vontade divina, seu jovem filho receber coroas píticas.
O brônzeo céu jamais será escalado por ele,
mas de quantos esplendores nós, raça mortal,
      tocamos, ele atinge a extrema
navegação. Mas nem em naves nem a pé indo encontrarias
a maravilhosa rota para a tertúlia dos Hiperbóreos. ³⁰

Com eles outrora o líder Perseu banqueteou-se,
depois de entrar em suas moradas
e tê-los encontrado sacrificando ínclitas hecatombes
de asnos ao deus. Nas festas deles constantemente
e com os louvores sobretudo Apolo ³⁵
se deleita e ri vendo a hostilidade altiva das bestas.

E a Musa não fica longe
dos hábitos deles. Por toda parte coros de virgens,

---

5   A palavra aqui é *sophois*, que também pode ser traduzida como 'pelos poetas'.

sons de liras e estrídulos de aulos se agitam
e com áureo louro suas comas tendo 40
    atado festejam alegremente.
Nem doenças nem a velhice nociva se mesclam
com sua sacra raça. Sem fadigas e guerras

moram escapando
da superjusta Nêmesis.[6] Com audaz coração respirando
veio outrora o filho de Dânae,[7] Atena o guiava, 45
para uma reunião de homens venturosos. Matou
    a Górgona e a variopinta cabeça
com cachos de serpentes veio trazendo,
pétrea morte, para os ilheus.[8] A ponto de me maravilhar,

quando os deuses perfazem algo, nada jamais parece
ser incrível. 50
O remo segura e logo a âncora prende ao chão
desde a proa, defesa contra as pedras do recife.
Pois o primor dos hinos encomiásticos
ora para uma, ora para outra palavra como abelha voa.

Espero, quando os Efireus[9] 55
derramarem adiante minha doce voz em torno ao Peneu,[10]
Hipoclés ainda mais, com minhas canções
por causa das coroas, mirífico entre seus

---

6   Deusa que distribuia boa e má sorte e punia os criminosos.
7   Perseu, filho de Dânae e Zeus.
8   Os habitantes da ilha de Sérifo. Cf. *Pít.* 12.
9   Membros do coro, originários de Éfira, antigo nome da cidade de Cranon, na Tessália.
10   Rio que corria na região de Pelineu, cidade de Hipoclés.

coetâneos tornar e entre os mais velhos,
das jovens virgens o dileto. E, de certo,
os desejos por outros afligem os espíritos de alguns.   60

Mas as coisas pelas quais cada um se esforça,
se as conseguir, que mantenha o cobiçado objeto junto ao pé.[11]
O que acontecerá para o ano é algo obscuro para se prever.
Confio na hospitalidade afável de Tórax,
     o qual, ansioso por meus favores,
jungiu este carro, quadriga das Piérides,   65
amando os amigos, de bom grado guiando o guia.

Para quem experimenta tanto o ouro sob a pedra de toque é visível
quanto a mente reta.
Louvaremos também seus nobres irmãos, porque
levam para o alto a lei dos tessálios   70
fazendo-a crescer. Com nobres estão
os pátrios estimados governos das cidades.

Comentários

De acordo com os escólios, essa é a ode mais antiga de Píndaro. Ele teria cerca de vinte anos quando a compôs. Nela já vemos todos os elementos do epinício pindárico: o uso da narrativa mítica

---

11   Ou seja, perto de si.

em composição em anel; a ideia de que o atleta precisa da ajuda dos deuses para vencer, mas a herança 'genética' e o esforço também são necessários; as metáforas metapoéticas (a ode como 'carro das Musas') e a menção ao oportuno (*kairos*) e à necessidade de as rédeas do poema para não exagerar e causar inveja ao invés de admiração; e a ideia de que a felicidade do ser humano tem limites e não pode se igualar à ventura dos deuses ou dos Hiperbóreos. Essa ode teria sido encomendada por Tórax, filho de Alevas e chefe da família que governava a Tessália naquela época. Ele era o protetor de Hipoclés e, por isso, a glória da vitória cabia, em parte, a ele também.

Pítica 11 (474)
Para Trasideu de Tebas, vencedor no estádio para meninos

Filhas de Cadmo, Sêmele, vizinha das Olímpicas,
e Ino Leucoteia
    que coabitas com as marinhas Nereidas,
vinde com de Héracles a mãe,
    a de melhor filho, para junto de Mélia, ao das douradas trípodes inacessível 5
tesouro, que acima de tudo Lóxias honrou,

e chamou Ismênio,[1] genuíno assento de adivinhos,
ó filhas de Harmonia,[2]
    aqui e agora convoca a reunir-se
a multidão visitante das heroínas em assembleia,
    para que celebreis a sacra Têmis,[3] Pito e
o umbigo[4] de reta justiça da terra ao cair da tarde,   10

em honra a Tebas septipórtia
e aos jogos de Cirra,[5]
no qual Trasideu tornou célebre o lar
paterno sobre ele terceira coroa lançando,

---

1   De acordo com Pausânias (9.10.5), Mélia era uma filha do Oceano, que foi raptada por Apolo (Lóxias) e levada por ele para o local que depois seria chamado Ismênio. Com ela, o deus teve dois filhos: Tênero, que se tornou adivinho, e Ismeno, de cujo nome deriva o nome do rio que atravessava a Beócia e o nome do templo citado no epinício.
2   Deusa, esposa de Cadmo e mãe de Sêmele, Ino e Agave. O chamamento, entretanto, parece ser dirigido à mulheres tebanas que estariam participando da celebração.
3   Deusa ligada à esfera da justiça divina.
4   Delfos.
5   Cidade portuária que fica perto de Delfos e cujo nome indica a região onde aconteciam os Jogos Píticos.

nos ricos campos de Pílades[6]   15
vencendo, hóspede do lacônio Orestes.

Arsínoe, de certo, a nutriz, o salvou do dolo lutuoso
quando seu pai foi assassinado
      pelas mãos poderosas de Clitemnestra,
quando a filha do Dardânida Príamo,
      Cassandra, com cinzento bronze, com a alma   20
de Agamêmnon enviou para a margem sombria do Aqueronte

a cruel mulher. Acaso, então, Ifigênia, em Eripo
degolada longe da pátria
      a inflamou a erguer a cólera de pesada mão?
Ou, dominada no leito de outro,
      noturnos coitos a desviavam? Este, para jovens esposas,   25
é o mais odioso crime e impossível de esconder

de línguas alheias:
maledicentes são os concidadãos.
Pois felicidade traz em si não inferior inveja
e aquele que respira junto ao chão invisível brame.[7]   30
O próprio heroi Atrida[8] morreu
chegando depois de muito tempo à ínclita Amiclas

---

6   Companheiro de Orestes e filho do rei Estrófio, da Fócida, região onde está localizada Delfos. Orestes é chamado lacônio por Píndaro, porque, na sua versão ele viria de Amiclas, antiga cidade da Lacônia, próxima a Esparta.
7   "Aquele que respira junto ao chão" seria o homem que não é feliz, sente inveja de quem tem a felicidade e fala mal dos agraciados sem revelar sua identidade.
8   Agamêmnon.

e matou a moça adivinha,[9] depois que, por Helena, as casas
incendiadas dos troianos privou
     da sua opulência. Mas ele então, jovem pessoa,
veio ao velho amigo Estrófio   35
     que morava aos pés do Parnasso. E com um Ares tardio[10]
matou a mãe e submeteu Egisto na matança.

Acaso, ó amigos, confundi-me na encruzilhada das três vias,
o correto caminho tendo percorrido
     antes, ou um vento me lançou para fora
da navegação, como quando um barco está no mar?   40
     Musa, isto é teu, se por uma paga concordaste em oferecer
tua voz argêntea, e para cá e para lá é preciso incitá-la,

seja para o pai Pitônico
agora de certo, seja para Trasideu,
dos quais a alegria e a glória resplandecem.   45
Tais coisas em carros, eles vencedores, no passado
em Olímpia dos jogos multifamosos
tiveram o rápido raio com cavalos,

e em Pito, descendo ao nú estádio, envergonharam
a multidão helênica   50
     com sua velocidade. Que eu ame as coisas belas que vêm do deus,
buscando o que é possível na minha idade.
     Pois na cidade deles encontrando a moderação que com mais longa

---

9   Agamêmnon, mesmo involuntariamente, teria causado a morte de Cassandra.
10   Com uma batalha tardia, com uma vingança que demorou, mas aconteceu.

felicidade floresce, deploro o destino das tiranias.
Eu me esforço pelas excelências de todos. Os invejosos as afastam.
Mas se alguém tendo alcançado a altura
    e em paz habitando-a à horrível insolência   55
escapou, acima da bela fronteira
    da negra morte caminha, para sua dulcíssima raça
obtendo renome depois de oferecer a mais poderosa graça.

E ela o filho de Íficles,
Iolau, distingue,   60
que é hineado, e a força de Cástor,
e tu, senhor Pólux, filhos de deuses,
que ora, dia após dia, habitam Terapne,
ora moram dentro do Olimpo.

Comentário

Nesta ode Píndaro celebra um jovem vencedor tebano. Por isso a menção às heroinas da cidade e ao provável local de apresentação do poema, o templo Ismênio, local de culto do Deus Apolo. Essa divindade era cultuada também e especialmente em Delfos, onde aconteceu a vitória de Trasideu. Como os jogos aconteciam na Fócida e essa era a região onde teria vivido Pílades, isso serve como motivo para o poeta contar, em composição em anel, a história de Orestes, paradigma mítico para o vencedor, porque o herói filho de Agamêmnon, mesmo sendo jovem, realizou um grande feito ao vingar o assassinato do pai. Como Orestes, Trasideu realizou um grande feito ao vencer nos Jogos Píticos. Interessante a aparente crítica à tirania, que parece ser mais uma reprovação ao crime de Clitemnestra do que uma condenação de algum regime político existente em alguma cidade grega da época.

Pítica 12 (490)
Para Midas de Agrigento, vencedor na competição aulética

Peço-te, amante do esplendor, mais bela das cidades mortais,
sede de Perséfone, que sobre as margens habitas
de Ácragas[1] criarrebanhos a colina bem construída, ó senhora,
propícia, com a benevolência de imortais e de homens,
recebe esta coroa desde Pito para o bem afamado Midas, 5
e a ele próprio que venceu a Hélade com a arte que, outrora,
Palas Atena inventou, das temerárias
Górgonas o mortífero treno[2] depois de tecer.

A este sob as virginais cabeças inabordáveis das serpentes
ouviu derramando-se com dolorosa aflição, 10
quando Perseu gritou, a terça parte das irmãs[3]
e o destino para a marinha Sérifo e para seu povo levando.
De fato, destruiu a raça divina de Forco[4]
e lúgubre tornou o banquete de Polidectes[5] e da mãe a constante
escravidão e o forçado leito, 15
depois de cortar a cabeça de Medusa belas-faces

---

1   Nome do rio que banhava a cidade que tinha o mesmo nome, hoje chamada Agrigento. No poema a cidade é tratada como uma divindade à qual o poeta pede que receba a coroa conquistada por Midas nos Jogos Píticos, em Delfos.
2   Um tipo de canto lamentoso executado no funeral de alguém.
3   Perseu cortou a cabeça de Medusa, uma das três Górgonas. Por isso, ele levou a terça parte para Sérifo.
4   Pai de Medusa.
5   Rei de Sérifo que queria forçar Dânae a se casar com ele. Perseu petrificou-o com a cabeça da Medusa.

o filho de Dânae, o qual, dizemos, ser do ouro
autofluente.[6] Mas depois que destes trabalhos o caro homem
salvou, a virgem[7] construiu a melodia panfônica[8] dos aulos,
para imitar com instrumentos o fortessonante gemido 20
que brotou das rápidas mandíbulas de Euríale.[9]
Inventou-o a deusa. Mas quando o inventou para que os homens mortais o tivessem,
nomeou-o nomo de muitas cabeças,[10]
glorioso convocador dos concursos que reúnem povos,

que passa através do fino bronze e das canas, 25
que, de certo, habitam junto à cidade de belos coros das Cárites
no vale do Céfiso,[11] fiéis testemunhas dos coreutas.
Mas se há alguma felicidade entre os humanos, sem aflição
não se mostra. Um deus a realizaria de certo
hoje — o que está destinado é inevitável —, mas chegará 30
esse tempo, o qual lançando alguém ao desespero
contra as expectativas a um dará, mas a outro jamais.

---

6 Perseu é filho do ouro que flui por vontade própria porque Zeus assumiu a forma de uma chuva de ouro para fecundar Dânae.
7 A deusa Atena.
8 Panfônica porque o aulo produzia muitas notas. Mais do que os instrumentos de corda, como a lira. Por isso, para os gregos antigos, o aulo parecia produzir 'todas as vozes', 'todos os sons'.
9 Outra Górgona, irmã de Medusa. A outra se chamava Esteno.
10 Um nomo era um tipo de composição musical específica, composto de várias partes. O nomo inventado por Atena é chamado policéfalo, 'de muitas cabeças', porque a deusa teria imitado os lamentos das duas irmãs e das serpentes que cobriam suas cabeças ao compor a melodia. Sobre isso, cf. Rocha, 2006: 112-130, especialmente pp. 123-124.
11 Referência à cidade de Orcômeno, que era banhada pelo Rio Céfiso, na Beócia. Às margens desse rio, eram encontradas canas com as quais se faziam aulos.

Comentário

Esta é a única ode que Píndaro compôs para celebrar uma vitória num concurso musical. Por isso ele fala da invenção do nomo policéfalo, ou seja, de muitas cabeças, em referência ao lamento das irmãs de Medusa pela sua morte. Este poema também é de 490, como a *Pítica* 6, e também celebra um cidadão de Agrigento. Não sabemos nada sobre o auleta Midas, mas é possível que ele tenha ido a Delfos na comitiva de Trasibulo, filho de Xenócrates, soberano da cidade siciliana.

NEMEIAS

Nemeia 1 (469?)
Para Crômio de Etna,[1] vencedor na corrida de carros

Fôlego augusto do Alfeu,[2]
da famosa Siracusa rebento, Ortígia,
leito de Ártemis,
de Delos irmã,[3] de ti um dulcivóceo
hino começa para apresentar   5
o grande louvor
        dos tempestapedes cavalos para graça de Zeus Etneu.
O carro de Crômio e Nemeia me impelem
        a jungir para feitos vitoriosos uma encomiástica canção.

As fundações foram lançadas pelos deuses
com as divinas façanhas daquele homem.
Está no sucesso   10
o cume da glória total e os grandes torneios
a Musa ama rememorar.
Semeia agora algum
        esplendor na ilha, a qual do Olimpo o senhor

---

1   Crômio foi um importante general que serviu a Gélon e a Hierão, primeiro em Siracusa e depois na recém-fundada Etna. A ele é dedicada também a *Nemeia 9*.
2   Alfeu é o rio que banha Olímpia. Ele teria se apaixonado pela ninfa Aretusa e, por isso, a teria perseguido, sob o mar, até a ilha Ortígia (ligada a Siracusa por um dique). Ali ele teria descansado e tomado *fôlego*.
3   Em Ortígia, Ártemis era cultuada de modo especial. Por isso ela é chamada 'irmã' de Delos, ilha onde a deusa caçadora nasceu e que também era chamada Ortígia.

Zeus deu para Perséfone e assentiu
    a ela com seus cabelos[4] que a excelente de frutífero solo

Sicília, a rica, alçaria   15
    com píncaros opulentos de cidades.
E concedeu a ela o Crônida um povo
    equestrelanceiro que da guerra
bronziarmada se lembra, amiúde, sim, com as folhas
    douradas das Olímpicas oliveiras
coroado.[5] Muitos temas palmilhei
    a ocasião não com mentira tendo atingido.

Postei-me diante das portas do palácio
de um homem hospitaleiro belos feitos cantando,   20
onde para mim um agradável
banquete está preparado, e amiúde de estrangeiros
não inexperiente a sua casa
fica. Obteve por lote [seus belos feitos][6] contra os que
    censuram os nobres, como água contra fumo,
levar. As artes de diferentes homens são diferentes,   25
    mas é preciso em retas vias marchando lutar segundo sua natureza.

Pois opera com a ação a força,
mas o espírito com os conselhos daqueles a quem

---

4   'Cabelos' aqui funciona como uma metonímia para 'cabeça': Zeus inclinou sua cabeça para dizer sim a Perséfone.
5   Como Crômio não obteve nenhuma vitória nos Jogos Olímpicos, esses versos podem estar fazendo referência a vitórias, militares e esportivas, obtidas por Hierão ou por outros sicilianos.
6   Seguindo a interpretação de Braswell (1992: 49).

prever o futuro é inato. De Hagesidamo[7] filho, por causa de teu caráter,
ora esses ora aquela são úteis. 30
Não desejo grande
    riqueza no palácio escondida manter,
mas dos bens presentes aproveitar e ter boa
    reputação com os amigos sendo generoso. Pois símiles caminham as expectativas

dos multissofredores homens. E eu a
    Héracles agarro-me de bom grado
nos píncaros grandiosos das suas façanhas,
    despertando a antiga história,
como, logo que do ventre de sua mãe
    rápido à mirífica luz, o filho de Zeus, 35
fugindo das dores do parto, com seu irmão
    gêmeo, veio,

quando, sem escapar à percepção da auritrônea
Hera, no açafrão pano deitou-se.
Mas dos deuses a rainha,
irritada no coração, enviou serpentes logo. 40
Então, abertas as portas,
do tálamo para o vasto
    recesso foram, os bebês com suas ágeis mandíbulas
para envolver ansiosas. Mas ele
    ergueu sua cabeça e aventurou-se por primeiro na batalha,

depois de agarrar pelos pescoços as duas
cobras com ambas suas inescapáveis mãos. 45

---

7   Pai de Crômio.

Às estranguladas o tempo
soprou para fora as vidas dos seus membros monstruosos.
Insuportável medo então
atingiu as mulheres que
      encontravam-se ali ajudando junto ao leito de Alcmena.
Pois também ela mesma com os pés, sem manto, depois de
      levantar-se da cama, contudo, afastou a violência das bestas. 50

Logo dos Cadmeios[8] os chefes com
      brônzeas armas correram todos juntos
e na mão Anfitrião, da bainha
      despida, brandindo uma espada,
chegou, por agudas angústias ferido.
      Pois o privado[9] oprime a todos igualmente,
mas logo sem dor o coração fica
      diante da aflição alheia.

Estacou por espanto doloroso   55
e agradável afetado. Pois viu a extraordinária
coragem e o poder
de seu filho. Contraditório os imortais
tornaram dos núncios o relato.[10]
O vizinho chamou,   60
      de Zeus Altíssimo o profeta eminente,
o veradivinho Tirésias. E ele lhe
      indicou, e a todo o povo, que sinas terá como companhia,

---

8   Ou seja, os líderes dos tebanos, descendentes de Cadmo.
9   Ou seja, a dor de cada um, a desgraça particular.
10   Ou seja, os deuses mostraram que a notícia de que Héracles estava morto era falsa.

quantas em terra matará,
quantas no mar feras néscias de justiça.
E contra qualquer um[11] com torta
insolência marchando, ele disse, 65
dar-lhe-ia o mais odioso fado.
Pois também quando os deuses
      na planície de Flegra[12] contra os Gigantes em guerra
entrarem, pelos ataques das
      suas setas a radiante coma deles à terra mesclar-se-á,

contou. Ele próprio, de certo, em paz
      contínua todo o tempo
o descanso pelas aflições grandiosas 70
      como prêmio tendo obtido excepcional
em venturosas moradas e tendo recebido
      a florescente Hebe por esposa e o nupcial
banquete junto a Zeus Crônida,
      louvará sua augusta ordem.[13]

---

11   Ou contra 'um homem'. Um escólio sugere que se trataria de Anteu, rei gigante da Líbia, que teria esganado.
12   Antigo nome de Palene, na Trácia, onde teria acontecido a batalha entre os deuses e os gigantes.
13   Ou seja, depois de ser divinizado e de ter se casado com Hebe, deusa da juventude e filha de Zeus e de Hera, Héracles elogiará a ordem, o governo estabelecido pelo chefe do Olimpo.

Comentário

Nesta ode, o mito parece indicar que, como Héracles, Crômio foi bem sucedido desde muito jovem e que seu nome seria louvado depois de sua morte, como aconteceu com o heroi. Além disso, é interessante notar que este poema termina com a narrativa mítica, como a *Nemeia* 10, onde também não há uma retomada da celebração da vitória e do vitorioso no final do epinício.

Nemeia 2 (485?)
Para Timodemo de Acarnas, vencedor no pancrácio

Donde também os aedos
Homéridas[1] seus versos tecidos na maioria das vezes
começam, a partir de um prôemio a Zeus, também este homem
o princípio de uma vitória nos sacros
     jogos recebeu primeiro, no multineado
bosque de Zeus Nemeu.   5

Mas ainda é preciso, se é vero que pela rota
paterna o tempo retocondutor
deu-o como ornamento à grande Atenas,
que com frequência colha o mais
     belo prêmio das vitórias Ístmicas
e nas Pítias, o filho de Timonoo. É provável   10

que ao menos das Plêiades montesas
não longe Órion volte.[2]
E de fato Salamina é capaz de nutrir um homem
aguerrido. Em Troia Heitor
     ouviu falar de Ájax. Ó Timodemo, a força
perseverante do pancrácio[3] te engrandece.   15

---

1   Recitadores de versos homéricos, também conhecidos como rapsodos, que no começo de suas apresentações entoavam um hino a Zeus.
2   Órion aqui parece designar a constelação que costuma aparecer no começo do verão alguns dias depois das Plêiades. A ideia seria que, depois de um brilho de menor importância (a vitória nos jogos de Nemeia) viria um resplendor maior ainda, com uma vitória nos Jogos Olímpicos.
3   Pancrácio ('poder total') era uma combinação de pugilato e luta livre.

Acarnas há muito tempo
é célebre pelos seus nobres homens e quanto aos jogos
os Timodemidas como os mais eminentes são escolhidos.
Junto ao Parnaso altidominante
     quatro vitórias levaram dos jogos.
E pelos homens de Corinto,   20

nos vales do nobre Pélops
com oito coroas já foram cingidos
e com sete em Nemeia, mas as de casa são maiores em número,
no combate de Zeus.[4] A ele, ó cidadãos,
     celebrai com o retorno glorioso de Timodemo.
Começai a cantar com dulcimélica voz.   25

Comentário

No que diz respeito à datação, esta ode deve ser anterior à batalha de Salamina. Caso contrário, Píndaro a teria mencionado. Este é um de seus dois poemas em homenagem a um atleta da Ática, junto com a *Pítica* 7. Os dois são poemas curtos e sem narrativa mítica, apesar de haver aqui a menção a Ájax (originário de Sala-

---

[4] Os Timodemidas, ou 'descendentes de Timodemo', venceram quatro vezes nos Jogos Píticos (junto ao monte Parnaso, em Delfos), oito vezes nos Jogos Ístmicos (perto de Corinto, no Peloponeso, 'ilha de Pélops') e muitas vezes em jogos locais na região da Ática. Eles certamente esperam vitórias nos Olímpicos também.

mina, onde Timodemo foi criado), a Heitor e à guerra de Troia. E esses dois poemas foram compostos na juventude do poeta, quando ele provavelmente ainda mantinha relações de amizade com atenienses, o que parece ter diminuído com o tempo, por causa do alinhamento tebano a favor dos persas e por causa da dominação ateniense em Egina. Mas isso é apenas uma hipótese.

Nemeia 3 (475?)
Para Aristoclides de Egina, vencedor no pancrácio

Ó senhora Musa, mãe nossa, suplico,
no sacro mês Nemeico[1] vem
à hospitaleira dórica ilha de Egina, pois junto à água
Asópica[2] esperam de melivóceas celebrações
os jovens artífices, de tua voz sequiosos.　　　　　　　　　　5
Tem sede cada ação de algo diverso,
mas a vitória nos jogos sobretudo ama a canção,
de coroas e façanhas corretíssima companheira.

Dela[3] abundância concede que venha de nosso engenho.
Começa pelo rei do céu multinuvoso,
filha,[4]　　　　　　　　　　　　　　　　　　　　　　　10
um aceitável hino e eu com as vozes deles e com
a lira compartilha-lo-ei. Agradável labor terá
o deleite desta terra[5], onde os Mirmidões,[6] os primeiros,
habitaram, cuja antigafamada praça

1　　Os jogos de Nemeia eram realizados em julho, ano sim, ano não, quando não havia nem Jogos Olímpicos nem Jogos Píticos (em Delfos).
2　　Asopo era, provavelmente, o nome de uma fonte em Egina. Ver Privitera, QUCC, 29 (1988: 63-70).
3　　O poeta pede que lhe venha a canção em abundância.
4　　As Musas eram filhas de Zeus e Mnemósine.
5　　Ou seja, o coro ('deleite de Egina') terá um trabalho agradável.
6　　Um escólio a este verso cita um fragmento do *Catálogo das Mulheres* (fr. 205), de Hesíodo, onde se conta como Zeus, depois que uma peste matou toda a população de Egina, repovoou a ilha transformando formigas (*myrmekes*) em seres humanos. Mirmidões eram também o povo da Ftia (Tessália) que acompanhou Aquiles na guerra contra Troia.

não com desonras Aristoclides miasmou 15
por tua vontade derrotado no ultraforte

percurso do pancrácio. Dos fatigantes golpes
a cura salutar na fundiplana Nemeia
    o triunfante canto traz.
Se, sendo belo e fazendo o adequado à sua forma,
em virilidades proeminentes embarcou 20
o filho de Aristófanes,[7] para lá
do inatingível mar depois dos pilares de Héracles mais além não é fácil,

os quais o herói deus fixou da navegação como extremos
testemunhos ínclitos. Dominou feras no pélago
monstruosas e, por si próprio, explorou dos tremedais
as correntes, onde arribou ao limite que o enviou ao retorno 25
e a terra tornou conhecida. Coração, para que estrangeiro
cabo minha viagem desencaminhas?
Para Éaco[8] e sua raça a Musa ordeno que tragas.
O primor da justiça segue aquele dito, "louva o nobre",

e desejos por temas estrangeiros não são melhores para um homem exibir. 30
Procura em casa. Adequado adorno recebeste
para cantar algo doce. Em antigas façanhas
deleitou-se Peleu, o senhor, depois de cortar sua lança ímpar.
Ele também Iolco tomou sozinho sem exército,
e a marinha Tétis capturou 35

---

7   Aristoclides, cuja vitória é celebrada neste epinício.
8   Píndaro está celebrando a vitória de um egineta. É mais adequado que ele mencione herois ligados à ilha, como é o caso de Éaco, filho de Zeus e da ninfa Egina, pai de Peleu e Télamon e avô de Aquiles e Ájax.

com vigor. E a Laomedonte o vastipotente
Télamon, de Iolau aliado sendo, destruiu

e outrora contra a bravura brônziarqueira das Amazonas
seguiu com ele[9] e jamais o medo domahomem
      deteve o gume do seu espírito.
Alguém com inata glória é muito pesado.[10]   40
Mas quem possui só o ensinado, obscuro homem,
ora isso ora aquilo aspirando, jamais com preciso
pé marchou e incontáveis façanhas experimenta com mente ineficaz.

O louro Aquiles, quando morava no lar de Fílira,[11]
ainda criança, brincando, realizava grandes feitos. Com as mãos amiúde
sua brevilaminada lança brandindo e igual aos ventos   45
em luta aos leões selvagens trazia a morte
e javalis matava. Os corpos para o Crônida
Centauro ofegantes levava,
com seis anos primeiro e depois todo o tempo.
Com ele espantavam-se Ártemis e a audaz Atena,   50

quando matava corças sem cães nem dolosas redes,
pois com os pés prevalecia. Contado pelos antigos este
relato retomo: o profundissábio Quíron criou Jasão
dentro do pétreo teto e depois Asclépio,
a quem dos fármacos ensinou o delicado manuseio.[12]   55

---

9   Com Héracles.
10   Prevalece, é poderoso: é difícil derrotar alguém, como Aquiles, que tem glória inata.
11   Mãe do centauro Quíron.
12   Aqui deixei o 'delicado' (*malakos*) sozinho e juntei 'mão' (*kheir*, de *malakokheir*) com 'uso' (*nomos*).

Casou, além disso, a de esplêndidos seios
de Nereu filha[13] e do filho dela bravíssimo
cuidou, nas conveniências todas sua alma fortalecendo,

para que, pelas marinhas dos ventos rajadas enviado
para Troia, à lanciruidosa gritaria dos lícios, 60
    frígios e dárdanos
resistisse e, contra os lanciportantes etíopes
tendo mesclado suas mãos, em seu espírito
    fixou que o rei deles depois
de novo para casa, o primo feroz de Heleno, Mémnon, não iria.

Longibrilhante está fixo o fulgor dos Eácidas desde aqui.
Zeus, porque teu o sangue[14] e teus os jogos, o qual o hino atingiu 65
com a voz dos jovens o pátrio sucesso celebrando.
A aclamação ao vitorioso Aristoclides convém,
o qual esta ilha vinculou ao glorioso elogio
e o augusto Teário do Pítio[15]
a esplêndidas ambições. Na prova é iluminado 70
o resultado daquilo em que alguém superior se tornou,

entre crianças pequenas como criança, entre homens homem, em terceiro lugar
entre mais velhos, assim é a parte que cada um de nós tem,
perecível raça. E leva também a quatro virtudes[16]

---

13   Tétis, mãe de Aquiles.
14   Ver nota 25 da Introdução.
15   O Teário era o local em Delfos onde se reuniam delegados enviados de várias cidades ao templo de Apolo (o Pítio). Aparentemente, Píndaro está alimentando as esperanças da delegação eginéta de que Aristoclides vencerá nos Jogos Píticos também.
16   Difícil saber exatamente quais são essas quatro virtudes. Sobre elas, Píndaro parece falar também na P. 6, 47-51 e na I. 8, 24-26: sabedoria, autocontrole, coragem e justiça.

a mortal vida e ordena pensar sobre o que está ao alcance. 75
Delas não estás longe. Salve, amigo! Eu este mel
envio a ti mesclado com alvo
leite e misturada espuma o coroa,
gole de canções nos sopros eólicos dos aulos,

embora tarde. Mas é a águia veloz entre os pássaros, 80
a qual captura presto, de longe perseguindo,
    a cruenta presa com suas garras.
Grasnantes gralhas, porém, lá em baixo habitam.
Para ti, de certo, já que a benitrônea Clio deseja,
    por causa de tua vencedora coragem
desde Nemeia, Epidauro e Mégara refulgiu tua luz.

Comentário

Interessante aqui é a oposição entre excelência inata, como aquela que os Eácidas Peleu, Télamon e Aquiles têm, e o aprendizado, que é inútil para quem não tem valor congênito e herdado dos deuses. Na ocasião da execução deste poema, o homenageado já teria uma certa idade. Mas Píndaro mostra que ele foi vitorioso e demonstrou ser virtuoso em todas as fases de sua vida.

Nemeia 4 (473?)
Para Timasarco de Egina, vencedor na luta para meninos

O melhor médico para as fadigas julgadas
é a alegria e as sábias
filhas das Musas, as canções, acalmam-nas tocando-as.
Nem cálida água, de certo, tão relaxados torna
os membros quanto o elogio da forminge companheiro.   5
A palavra do que os feitos mais duradoura vive,
a que, com a mercê das Cárites,[1]
a língua retira do espírito profundo.

Que eu possa compô-la para o Crônida Zeus, para Nemeia
e para a luta de Timasarco   10
como prelúdio do hino. Acolha-o dos Eácidas[2]
a bem-torreada sede, da justiça hospitaleira comum
fulgor. Se ainda pelo poderoso sol Timócrito,
teu pai, fosse aquecido, com engenho tocando a cítara
amiúde, para esta canção inclinado,   15
o filho[3] celebraria vitorioso

que desde os jogos de Cleonas[4] uma grinalda de coroas
enviou e da radiante

---

1   As Cárites ou Graças eram três deusas, Aglae, Talia e Eufrósina, associadas, em Píndaro, ao encanto e à beleza da canção. Cf. *Ol.* 14.
2   Os Eácidas eram os descendentes de Éaco. Por isso esse termo designa também a ilha de Egina, onde ele reinou, de acordo com as narrativas míticas.
3   Aceitando a correção proposta por Bergk e adotada por Race em sua edição da Loeb.
4   Cidade próxima do local onde aconteciam os Jogos de Nemeia. Seus cidadãos organizavam esses jogos.

famosa Atenas e em Tebas septipórtia,
porque de Anfitrão junto à esplêndida tumba   20
os Cadmeios[5] não de mal grado com flores o coroaram,
por causa de Egina.[6] Pois para amigos como amigo tendo vindo
a hospitaleira cidade ele viu
de Héracles rumo ao ditoso paço.[7]

Com ele outrora Troia o potente Télamon   25
destruiu e os Méropes
e o grande guerreiro terrível Alcioneu,[8]
não antes que, de certo, doze quadrigas com uma pedra
e os herois equodomadores nelas montados vencesse
duas vezes tantos.[9] Inexperiente na batalha pareceria ser   30
quem esta história não entende, pois
convém que quem realiza algo também sofra.

Mas de longamente narrar me impedem a regra
e as horas prementes.
Por um encanto é arrastado meu coração a tocar na festa da lua nova.[10] 35

---

5   Os descendentes de Cadmo, ou seja, os cidadãos de Tebas.
6   Por causa da relação de amizade que havia entre Tebas e Egina.
7   Possível referência ao Heracleion, templo dedicado a Héracles perto dos portões Eléctrios, em Tebas. Cf. *I*. 4, 61-62 e Pausânias, 9.11.4, 7.
8   Os Méropes eram o povo que habitava a ilha de Cós, a qual Héracles conquistou quando estava voltando de Troia. Alcioneu era um pastor gigante, filho de Urano e Gaia. Ele matou 24 companheiros do herói com uma pedra, antes de ser morto por ele. Sobre essas façanhas de Héracles e Télamon, ver também *I*. 6, 31-35.
9   Havia dois aurigas em cada quadriga.
10   Nos dias de lua nova aconteciam festivais em Egina. Píndaro diz que um 'encanto', um 'feitiço'o leva a cantar nesse festival. Esse 'encanto' era representado, em rituais de mágica de amor, por um objeto na forma de um pássaro, o 'torcicolo'. Cf. Willcock, 1995: 100.

Porém, mesmo que te tenha a funda marinha água
no meio, luta contra sua traição. Muito superiores
a nossos inimigos pareceremos na luz chegar.
Com inveja o outro homem olhando
sua intenção vazia na escuridão revolve   40

no chão caída. Mas a mim qualquer tipo de talento
tenha dado o Destino rei,
bem sei que o tempo chegando o predeterminado cumprirá.
Tece, doce, também esta logo, forminge,
com a Lídia harmonia, canção amada   45
por Enona[11] e por Chipre, onde Teucro reina exilado,
o filho de Télamon, mas
Ájax Salamina tem, a paterna.

E no Euxino pélago a brilhante ilha[12]
Aquiles tem. Tétis rege   50
na Ftia e Neoptólemo no continente longextenso,
onde bovipastoreantes cabos elevados inclinam-se
em Dodona começando rumo ao Jônio estreito.[13]
Do Pélion junto ao pé à servidão Iolco
com guerreira mão depois de submeter   55
Peleu o entregou aos Hémones,[14]

---

11   Antigo nome de Egina.
12   Leuce, a 'resplandecente', (hoje chamada Fidonisi), no Mar Euxino (ou Hospitaleiro), atual Mar Negro. Acreditava-se que a sombra de Aquiles morava ali. Cf. Eurípides, *Andrômaca*, 1260-1262 e Pausânias, 3.19.11.
13   Ou seja, Neoptólemo governava o Epiro.
14   Povo da Tessália.

de Hipólita, esposa de Acasto, as dolosas
artimanhas tendo experimentado.
Com a adaga de Dédalo plantava para ele a morte
de emboscada de Pélias o filho.[15] Mas evitou isso Quíron 60
e o destino por Zeus determinado cumpriu.
O fogo todopoderoso, dos audacinventivos leões
as garras agudíssimas e a ponta
dos terribilíssimos dentes tendo contido,

desposou uma das altitrôneas Nereidas.[16] 65
E viu a benicircular sede,
na qual do céu os reis e do mar sentados
dons e poder revelaram inato a ele.
De Gadira[17] o que está além da escuridão não se pode ultrapassar. Vira
de volta para a terra Europa os apetrechos da nave, 70
pois me é impossível toda a história
dos filhos de Éaco percorrer.

Para os Teândridas[18] de fortificamembros combates
arauto zeloso vim
em Olímpia, no Istmo e em Nemeia comprometido, 75
onde, à prova sujeitando-se, para casa não voltaram
sem inclitofrutuosas coroas, onde ouvimos,

---

15   Ou seja, Acasto, que roubou a espada de Peleu, feita por Dédalo, e armou uma emboscada para matá-lo, depois que Peleu não se deixou seduzir por Hipólita (ver N. 5, 26-34). Quíron, porém, restituiu a espada a Peleu, o qual então conquistou Iolco. Cf. Hesíodo, *Catálogo*, fr. 209, citado pelo escólio a esse verso.
16   Para se casar com Tétis, Peleu teve que segurá-la e impedi-la de fugir enquanto ela assumia diferentes formas.
17   Gadira (Cádiz) seria a cidade que ficava nas Colunas de Héracles (Gibraltar), nos limites do mundo conhecido pelos gregos, de acordo com Píndaro.
18   Família de Timasarco.

Timasarco, que teu clã das epinícias canções
servo é. E se a teu
tio materno, Cálicles, ainda me ordenas 80

uma estela erguer do que o Pário mármore mais branca,
o ouro sendo refinado
seus raios todos mostra e um hino dos nobres
feitos igual aos reis em ventura torna
um homem, que ele,[19] que às margens do Aqueronte habita, minha 85
língua encontre altissonante, onde, nos jogos
do Brandetridente gravigolpeante,
floresceu com os coríntios aipos.[20]

A ele Eufanes,[21] teu velho antepassado, com prazer,
cantou outrora, rapaz. 90
Cada um tem coetâneos diferentes e, o que ele próprio encontrou,
espera cada um o mais eminente dizer.[22]
Assim louvando Melésias[23] a luta ele viraria,
palavras trançando, imbatível em atrair com a fala,
com amáveis pensamentos para os nobres, 95
mas duro contra rancorosos oponente.

---

19   Ou seja, Cálicles, o tio de Timasarco, que está no Hades.
20   O prêmio para os vencedores nos Jogos Ístmicos era uma coroa de um tipo de aipo selvagem.
21   Um membro da família de Timasarco, talvez seu avô, que teria celebrado as vitórias de Cálicles.
22   Cada um espera dizer que o que ele próprio encontrou é o que há de mais eminente.
23   Treinador de Timasarco.

Comentário

Esta ode tem um forte caráter metapoético. Píndaro fala dos poderes da canção e lembra que o pai do homenageado tocava cítara e cantava, assim como um outro antepassado do rapaz, mencionado no verso 89. E o próprio poeta faz comentários sobre a superioridade das suas composições em relação às de seus concorrentes, entre os versos 33 e 45. Por causa da juventude do celebrado, Píndaro menciona seus parentes (o tio dele também foi vitorioso em outros tempos) e louva também o treinador que o preparou para o triunfo. E, mais uma vez, como o homenageado é originário da ilha de Egina, o poeta menciona histórias dos Eáciadas, herois descendentes de Éaco, filho de Zeus, nascido naquele lugar.

Neméia 5 (483?)
Para Píteas de Egina, vencedor no pancrácio juvenil

Não sou escultor, para moldar imóveis
    estátuas sobre seu pedestal
estacionadas, mas sobre toda
    nave e num barco, doce canção,
parte de Egina proclamando que
de Lâmpon o filho, Píteas de vasta força,
conquistou em Neméia do pancrácio a coroa,   5
ainda não mostrando no queixo o verão,[1]
    mãe da tenra flor da vinha,

e de Crono e de Zeus herois lanceiros engendrados
    e de áureas Nereidas
os Eácidas ele honrou
    e sua metrópole,[2] caro solo para hóspedes,
que, para que ela fosse rica em varões e nauínclita, outrora,
suplicaram, junto ao altar do pai Helênio[3]   10
postados e estenderam ao éter as mãos juntos
de Endais os famosos filhos[4]
    e o vigor do rei Foco,

---

1   'Verão' aqui funciona como metáfora para a parte mais pujante da vida, quando a vinha está madura ou quando o homem alcançou a idade adulta.
2   Ou seja, sua 'cidade mãe', Egina.
3   Zeus Helênio era cultuado em Egina desde os tempos dos Mirmidões. Cf. *Peã*, 6, 125.
4   Ou seja, Peleu e Télamon, filhos de Endais, irmã de Quíron.

filho da deusa, o qual Psamateia deu à luz na margem do mar.
O pudor me impede de falar demais
      sem correr o risco de atentar contra a justiça,
como de fato deixaram a gloriosa ilha,   15
      e que deus os homens
valentes de Enona[5] expulsou.
      Estacarei: o mais profícuo não é que toda
verdade mostre sua face exata.
E silenciar muitas vezes é a decisão
      mais sábia para os humanos.[6]

Mas se ventura, vigor das mãos ou sidérea[7] batalha
      pretende-se elogiar, profundas fontes
a partir daqui qualquer um cavaria   20
      para mim: tenho um leve impulso para os joelhos
e além do mar se lançam as águias.
Benévolo também para eles canta no Pélion
o mais belo coro das Musas e no meio
Apolo a forminge septilíngue
      com áureo plectro percorrendo

conduzia todo tipo de nomo. Elas primeiro hinearam,   25
      começando por Zeus, a augusta Tétis
e Peleu e como a ele a graciosa
      filha de Creteu, Hipólita, com dolo prender

---

5   Antigo nome de Egina.
6   Píndaro decide não tratar aqui do assassinato de Foco cometido por Peleu e Télamon, seus irmãos paternos. Por causa disso, Peleu foi exilado em Iolco e Télamon, em Salamina.
7   *Siderites*, em grego. Ou seja, 'feita de ferro', 'férrea', porque esse metal era usado para fazer armas usadas nas batalhas.

quis, e seu companheiro, patrono dos Magnésios,
persuadindo, seu esposo, com intrincados planos,
mentirosa história fabricada construiu,
que então ele[8] tentou
        no leito de Acasto a união   30

nupcial. Mas foi o contrário, pois muitas vezes com todo seu coração a ele
sedutora ela suplicou.
        Suas palavras malévolas provocaram a têmpera dele.
Rápido rejeitou a moça,
        temendo a cólera do hospitaleiro
pai.[9] Ponderou bem e prometeu
        a ele o alçanuvens, desde o céu,
Zeus, rei dos imortais, de modo a logo   35
marinha uma das aurifúseas
        Nereidas tornar esposa,

depois de convencer Posídon, seu familiar, que de Egas[10] ao ínclito
        Istmo Dório amiúde vem.
Lá bandos alegres, a ele,
        com o grito do cálamo recebem o deus
e rivalizam com a força audaz dos membros.
A Fortuna congênita decide acerca de todos   40
os feitos. Tu em Egina duas vezes, Eutímenes,[11]
nos braços da Vitória caindo
        alcançaste hinos variegados.

---

8   Peleu.
9   Zeus, pai de Peleu, era o deus da Hospitalidade.
10   Cidade onde Posídon era cultuado, na Acaia, norte do Peloponeso.
11   Tio de Píteas.

De fato seguindo-te de perto também agora teu tio materno glorifica
    daquele[12] a raça de semente igual à tua, Píteas.
Nemeia lhe foi agradável
    e o mês regional, que Apolo amou:[13]
coetâneos que vieram em casa os dominou   45
e na colina de belos vales do Niso.[14] Alegro-me, pois
por nobres metas luta toda a cidade.
Sabe, sim, que, com a sorte de Menandro,[15]
    das tuas fadigas a doce recompensa

colheste. É preciso que de Atenas seja o artífice de atletas.
Mas se vens para cantar   50
    Temístio,[16] não mais estejas frio. Dá tua
voz e para o alto estende a vela
    até o jugo do mastro,
como púgil e do pancrácio
    proclama que ele conquistou, vencendo em Epidauro,
dupla excelência e aos pórticos de Éaco
verdejantes coroas de flores traze
    com as louras Cárites.[17]

---

12   De Peleu.
13   Referência ao mês Delfínio (Abril), quando aconteciam jogos em Egina em honra a Apolo, nos quais o tio de Píteas teria sido vencedor.
14   Em Mégara.
15   Treinador de Píteas.
16   Avô materno de Píteas.
17   Sobre as Cárites, ver nota ao verso 7, da *Nem*. 4.

Comentário

Esta é uma das três odes que Píndaro compôs para um dos filhos de Lâmpon, da família dos Psaliquíadas. As outras são a *Ístmica* 5 e a *Ístmica* 6, para Filácidas, irmão mais moço de Píteas. Para comemorar essa mesma vitória, Baquílides também compôs sua Ode 13. Isso nos permite comparar os métodos e idiossincrasias dos dois poetas. Aqui mais uma vez encontramos uma narrativa mítica contando feitos de Eácidas (Peleu, neste caso), herois ligados à ilha de Egina, e também o elogio do treinador que preparou o jovem competidor.

Nemeia 6 (465?)
Para Alcímidas de Egina, vencedor na luta de meninos

Uma só a raça dos homens, uma só a dos deuses. E a partir de uma só mãe[1]
respiramos todos. Mas nos separa todo um distinto
poder, pois uma é nada e o
      brônzeo céu segura sede
permanece sempre. Porém em algo nos assemelhamos, contudo, seja na grande
mente seja na natureza,[2] aos imortais,   5
embora de dia não saibamos nem de noite
até que meta
o destino nos prescreveu correr.

Testemunha ver também agora Alcímidas que o seu congênito[3]
é como os frutíferos campos que, alternando-se,
ora, de certo, sustento aos homens abundante   10
      das planícies dão,
ora, por outro lado, descansando sua força recuperam. Veio então
dos amáveis jogos de Nemeia
o menino competidor, que essa
      sorte vinda de Zeus aceitando
agora acaba de mostrar-se
um caçador não mal-sucedido na luta,

nas pegadas de Praxídamas seu pé colocando,   15
pai de seu pai, consanguíneas.

---

1   Gaia, ou seja, a Terra.
2   Seja no nosso espírito (inteligência), seja na nossa natureza corporal, física.
3   Sua herança natural familiar.

Pois ele, Olímpico vencedor sendo, aos Eácidas
grinaldas primeiro trouxe desde o Alfeu,[4]
cinco vezes no Istmo coroando-se
e em Nemeia três, pôs fim ao oblívio   20
de Soclides, que proeminente[5]
entre os filhos de Hagesímaco foi.

Pois dele três vencedores[6] ao cume da excelência
chegaram e eles das fadigas sentiram o gosto. Com o favor do deus
a nenhuma outra casa mostrou   25
      o pugilato guardiã
de mais coroas no interior da Hélade toda. Espero,
falando de modo grandioso, contra o alvo ter acertado
como de um arco atirando. Dirige
      a esta casa, vamos, Musa,
um glorioso vento
de versos, porque depois que os homens partiram,[7]

as canções e os louvores seus belos feitos preservam.   30
E aos Bássidas isso não falta: antigafamada família,
carregam navios com suas próprias
      celebrações, das Piérides aos aradores
são capazes de prover muitos hinos por causa de seus altivos

---

4   Rio que corre na região de Olímpia.
5   Ou o maior dos filhos, porque era o mais velho (ver escólio) ou porque teve três filhos vencedores: Praxídamas e seus dois irmãos, cujos nomes não conhecemos com segurança. O raciocínio seria que, nessa família, uma geração é vencedora (Praxídamas, avô de Alcímidas) e a outra não (Soclides, filho de Hagesímaco e pai de Praxídamas), como as árvores que produzem num ano e não produzem no outro, descansando e acumulando forças para a próxima frutificação.
6   Talvez os seus três filhos: Praxídamas, Cálias e Creôntidas (ver vv. 34-44).
7   Ou seja, morreram.

feitos. Pois também na sacra
Pito,[8] depois de suas mãos com correias atar, foi vitorioso o sangue 35
deste clã
outrora, Cálias, depois de agradar à prole[9]

de Leto aurifúsea e junto a Castália ao anoitecer
das Cárites em meio ao clamor refulgia.
E do mar infatigável a ponte no bienal
sacrifício de bois dos vizinhos[10] a Creônitdas 40
honrou no Posidônio precinto.
E a erva do leão[11] outrora o
coroou quando venceu de Fliunte
sob as umbrosas primevas montanhas.

Largas são as avenidas de toda parte para os louvadores 45
para esta ilha gloriosa honrar, pois a eles os Eácidas
deram uma eminente sorte apresentando
   façanhas grandiosas.
E voa sobre a terra e através do mar de longe
o nome deles. Mesmo até os Etíopes,
quando Mémnon não retornou, 50
   ele saltou. Pesada contenda,
sobre eles Aquiles
caiu, ao chão tendo descido do seu carro,

---

8 Nos Jogos Píticos, em Delfos.
9 Apolo e Ártemis.
10 Referência aos Jogos Ístmicos.
11 O leão de Neméia se alimentava com aipo, a erva mencionada. Depois que Héracles matou o leão e instituiu os jogos, as coroas que serviam como prêmio aos vitoriosos eram feitas com as folhas desse aipo que crescia num bosque na região de Fliunte.

quando o filho da brilhante Aurora matou com a ponta
da sua lança furiosa.[12] E quanto a isso os mais velhos
uma estrada de rodagem[13] encontraram. Sigo
  também eu próprio, mantendo o empenho.
Mas junto ao pé da nave o que rola sempre entre as ondas 55
diz-se que sobretudo perturba de todo homem
o coração. Eu, sobre minhas solícitas
  costas aceitando dupla carga,[14]
como núncio venho,
este quinto, depois de vinte, celebrando

triunfo dos jogos, que chamam sacros,
Alcímidas, que tu proveste 60
à tua ínclita família — duas vezes junto ao precinto de Crono,
rapaz, privou a ti e a Politímidas
uma sorte precipitada as flores da Olimpíada —,[15]
e a um delfim também rápido através do mar
igual eu diria Melésias[16] 65
nas mãos e na força auriga.

---

12 Mémnon, filho da deusa Aurora e rei dos Etíopes, foi morto por Aquiles. Sua história é mencionada também em *Nem.* 3, 61-63; *Ist.* 5, 40-41 e Ist. 8, 54.
13 *Hodos amaksitos*, ou estrada onde há grande circulação, é aqui uma metáfora para os caminhos da poesia.
14 O duplo encargo aqui é celebrar Alcímidas e sua família, que acumularam 25 vitórias em diversos jogos.
15 De acordo com um escólio, um sorteio ruim dos oponentes fez com que Alcímidas e Politímidas (um parente dele) não se saíssem bem nos jogos Olímpicos.
16 Treinador de Alcímidas, citado também em *Ol.* 8, 54 ss. e *Nem.* 4, 93. Encontramos também em Simônides (fr. 149PMG) a comparação entre treinador e auriga.

Comentário

Nesta ode, Píndaro dedicou pouco espaço à narrativa mítica, porque aparentemente precisava citar as muitas vitórias conquistadas por outros membros da família do vencedor. Mas nem todas as gerações foram vencedoras. Isso aconteceu de modo alternado, do mesmo modo como um campo não dá bons frutos todos os anos: ele precisa descansar por um tempo para voltar a produzir. Assim parece ter sido com a família de Alcímidas: seu trisavô foi vencedor, mas seu bisavô, não; seu avô, sim, mas seu pai, não. E então chegou vez dele vencer. Mas, como lembra o poeta no começo do poema, os humanos, mesmo compartilhando a origem e a forma com os deuses, não podem ser felizes para sempre. Mais uma vez encontramos também o elogio do treinador, como é costumeiro numa ode que celebra um competidor juvenil.

Nemeia 7 (485?)
Para Sógenes de Egina, vencedor no pentátlo para meninos

Ilítia,[1] parceira das Moiras fundipensantes,
filha da megapoderosa Hera,
      escuta, geratriz de crianças. Sem ti
nem luz, nem a negra amável[2] vendo
a tua irmã obteríamos, a membresplendente Hebe.[3]
Mas nem todos respiramos para as mesmas coisas: 5
jungido pelo destino, ora isso, ora aquilo nos cerceia. Mas contigo
também o filho de Teárion, pela virtude distinto,
glorioso é cantado, Sógenes, entre os vencedores do pentatlo.

Pois a cidade amacantos habita dos lancirruidosos
Eácidas.[4] E muito desejam   10
      o coração habituado à disputa acalentar.
Se alguém tem sucesso agindo, melíflua causa
para as torrentes das Musas lançou. Pois tais grandes proezas
muita obscuridade têm de hinos carentes.
Para belos feitos um espelho conhecemos de um único tipo:
se graças a Mnemósine brilhandiadema   15
alguém encontra um prêmio pelas fadigas nos ínclitos cantos das palavras.

---

1   Deusa que assistia as mulheres no momento do parto.
2   Eufemismo para a 'noite', o período agradável do dia.
3   Deusa da juventude.
4   Ou seja, ele mora em Egina.

Os sábios o vindouro vento do terceiro dia[5]
conhecem e não são feridos pela ganância.
Rico e pobre da morte rumo
aos confins caminham. Mas eu maior julgo   20
ter sido o louvor de Odisseu do que
   seu sofrimento por causa do dulcivóceo Homero.

Pois em suas mentiras com alada artimanha
algo venerável há. O saber
   engana seduzindo com mitos.[6] Cego tem
o coração a turbamulta dos homens. Pois se lhe fosse
dado a verdade conhecer, jamais, irritado pelas armas, 25
o poderoso Ájax conduziria através de suas entranhas
a polida espada. A ele, o mais potente, afora Aquiles, na luta,
para devolver ao louro Menelau a esposa em velozes
naves levaram de Zéfiro retossopro as escoltas

para de Ílo[7] a cidade. Mas para todos, então,
chega   30
a onda de Hades e cai sobre o ignoto
   e o notável.[8] A honra vem a ser

---

5 'Terceiro dia' aqui parece ser uma metáfora indicando o 'futuro'. Porém parece haver uma contradição aqui, porque Píndaro diz que os sábios conhecem o futuro, contudo o que os sábios sabem é que o futuro é imprevisível.

6 O saber, sophia, aqui refere-se à habilidade poética de Homero, que teria enganado os homens com seus mitos, ou seja, com suas narrativas fabulosas. Mantive aqui a palavra 'mito', porque essa é uma das primeiras ocorrências dessa palavra na qual ela está semanticamente próxima da ideia da 'mentira', da 'falsidade'.

7 Fundador mítico de Troia, que ficava na região de Ílion. Ele foi o pai de Laomedonte e avô de Príamo.

8 Ou "sobre o inexpectante e o expectante", "sobre quem não está esperando e quem está esperando".

daqueles aos quais um deus aumentará o egrégio elogio, depois de mortos.
Para ajudar, de certo, junto ao grande umbigo da terra[9]
de vasto seio vim. Em Píticos solos
jaz, depois de devastar de Príamo a cidade, Neoptólemo, 35
pela qual também os Dânaos labutaram. Ele navegando para longe
de Esciro perdeu-se e depois de vagar a Éfira chegaram.[10]

Na Molóssia[11] reinou por pouco
tempo. Mas sua linhagem sempre porta
esse seu privilégio. Foi até o deus,[12] 40
bens levando de Troia dentre os mais valiosos.
Ali pelas carnes a ele, que se envolveu
      em lutas, golpeou um homem com uma adaga.

Afligiram-se ao extremo os Délfios hospitaleiros.
Mas ele pagou o seu lote.[13]
      Era necessário que dentro do precinto vetusto um
dos reis Eácidas no futuro ficasse 45
do deus junto à bem murada morada e que, de heroicas procissões
multissacrificais sendo justo guardião, a habitasse.
Para a justiça bem-nomeada três palavras bastarão:
Não é falso o testemunho que preside as façanhas,
Egina, dos descendentes teus e de Zeus. Audaz é para mim dizer 50

---

9   Delfos.
10   Esciro é a ilha do Mar Egeu onde Neoptólemo nasceu, filho de Aquiles e Deidâmia. Éfira era a capital da Tesprótia, região do Epiro, no Noroeste da Grécia.
11   Região do Epiro, onde reinou Neoptólemo e, depois, o filho que teve com Andrômaca, Molosso, de cujo nome deriva a designação geográfica.
12   Apolo.
13   Ou seja, "ele cumpriu o seu destino".

que para brilhantes virtudes o caminho senhor das palavras
vem de casa. Mas então o repouso
      é doce em toda ação. À saciedade está sujeito
tanto o mel quanto as prazenteiras flores de Afrodite.
Por natureza todos diferimos, a vida tendo recebido:
um tem isso, outros aquilo. Impossível um homem ter sucesso   55
em conquistar felicidade completa. Não sou capaz de
dizer a quem a Moira esse alvo duradouro
concedeu. Mas, Teárion, a ti adequada medida de riqueza

ela dá e àquele que conquista a audácia das coisas belas
não causa dano a compreensão do teu espírito.   60
Sou teu hóspede. Sombria censura afastando,
como torrentes de água ao homem querido levando
sua glória genuína louvarei:
      essa é a adequada paga dos nobres.

Mas estando perto um aqueu, não censurar-me-á, um homem
do mar da Jônia habitante,
      e confio na amizade,[14] e entre concidadãos   65
com meus olhos vejo claramente, sem exceder-me,
toda violência do meu pé afastando. O tempo futuro
favorável venha. Quem sabe dirá
se desafinado vou, torta fala pronunciando.
Euxênida[15] de família, Sógenes — eu juro que   70
não ultrapassei os limites nem, como dardo bronziladeado,[16] incitei

---

14   Ou melhor, na *proxenia,* relação de amizade e intimidade com um estrangeiro.
15   Sógenes era descendente de um certo Êuxeno, nome adequado a alguém que 'trata bem seus hóspedes'.
16   A palavra *khalkoparaios* significa 'de bochechas de bronze'.

a veloz língua — o qual libertou das lutas
seu pescoço e sua força sem
      suor, antes que sob o ardente sol seu corpo caísse.
Se houve labor, prazer maior vem em seguida.
Permita-me. Ao menos a gratidão ao vencedor, se algo demais elevado   75
proclamei, não sou rude para não pagar.
Tecer coroas é fácil, toca! A Musa, de certo,
combina ouro, branco marfim
e lirial flor[17] que ela traz de sob a espuma do mar.

E de Zeus lembrando em honra a Nemeia   80
multifamoso troar de hinos agita
com calma. O rei dos deuses convém
neste precinto[18] cantar com amena
voz. Pois dizem que Éaco
      ele com matrirrecebidas sementes gerou,[19]
Urbimandante na minha bem-nomeada pátria,[20]   85
e que é para ti, Héracles, benevolente
      hóspede e irmão.[21] Se aprecia
um homem algo de outro homem, nós diríamos que um vizinho é,
com mente zelosa sendo amigo, para o vizinho, a alegria de todas
a mais valiosa. Mas se isso também um deus apoia,
contigo, que os Gigantes dominaste,[22] que com boa fortuna   90

---

17   Corais, possivelmente.
18   Em Egina.
19   Com as sementes recebidas da mãe, Egina, Zeus gerou Éaco.
20   Píndaro aqui parece estar se identificando ao coro de jovens ou ao vencedor ao dizer que Egina é sua pátria.
21   Héracles também era filho de Zeus, como Éaco.
22   Héracles venceu os Gigantes. Cf. *Nem.* 1, 67-69.

morar com o pai queira Sógenes, delicado acalentando
coração, dos antepassados na opulenta sacra morada.

Pois como com quadrípicos jugos de carros
nos teus templos sua casa
      tem, indo por ambos os lados.[23] Ó ditoso,
a ti é apropriado de Hera o marido persuadir   95
e a moça cerulolhos[24] e poder aos mortais coragem
contra os desesperos insuperáveis frequentemente dar.
Pois se tu a ele uma firmeforte vida ajustares
com juventude e com radiante velhice teceres,
venturosa sendo, os filhos dos filhos terão sempre   100

o privilégio agora e o melhor depois.
O meu coração jamais dirá que
com intratáveis palavras Neoptólemo
ofendeu. Isso três e quatro vezes revolver
inutilidade torna-se, como às crianças
      um vão falador diz: "De Zeus Corinto é filho!"[25]   105

---

23   Segundo um escólio, a casa de Sógenes ficava entre dois precintos dedicados a Héracles, como a barra de madeira que une os jugos dos cavalos numa quadriga.
24   A deusa Atena.
25   Provérbio usado para assustar as crianças, mas que, repetido muitas vezes, acabava perdendo sua força.

Comentário

Esta é uma das odes pindáricas mais difíceis de interpretar. O poeta muda de assunto muitas vezes e muito rapidamente. Ainda se debate qual a relação entre as diferentes partes deste poema. Em alguns momentos, Píndaro parece estar se desculpando por uma ofensa cometida no passado. Um escólio diz que ele teria ofendido os eginetas no *Peã* 6, ao falar mal de Neoptólemo, e aqui estaria se redimindo, dizendo que não ofendeu o filho de Aquiles. Difícil saber com certeza. De qualquer maneira, não temos segurança quanto à data de composição nem desta ode nem do *Peã* 6. Por isso, não podemos fazer afirmações sobre essa questão. Penso, porém, que podemos interpretar este epinício sem recorrer a dados externos, lendo-o como um canto coerente por si mesmo, mas também comparando-o com os outros epinícios. Vale a pena fazer esse exercício.

Nemeia 8 (459?)
Para Dínias de Egina, vencedor na corrida dupla

Hora[1] patrona, arauto dos ambrosíacos
      amores de Afrodite,
que te assentas dos jovens sobre as virginais pálpebras,
um com as afáveis mãos da necessidade exaltas,
      mas o outro com outras.[2]
Aprazível é, da medida não afastando-se, em cada ação
os melhores desejos poder dominar.   5

Como também os que de Zeus e de Egina o leito
      vigiam, pastores
dos dons da Cípria.[3] E brotou um filho de Enona[4] rei
na mão e nos desígnios ótimo. Muitas vezes muitos
      suplicavam vê-lo.
Pois, não convocado, dos heróis o escol vizinhabitantes
queria dele obedecer às ordens de bom grado,   10

os que na rochosa Atenas ordenam o povo
e em Esparta os Pelopíadas[5].
Abraçando de Éaco
      os sacros joelhos[6] por causa da cara cidade
e destes cidadãos eu seguro e trago

---

1   Deusa que representava a beleza juvenil.
2   Ou seja, com outras mãos, com mãos diferentes, rudes.
3   Ou seja, Afrodite.
4   Antigo nome de Egina. O rei é Éaco.
5   Os descendentes de Pélops.
6   Como faz um suplicante.

uma lídia mitra altivócea variegada,[7]   15
de Dínias dos duplos estádios
      e do pai Megas nemeico deleite.
Pois com deus, sim, plantada
      a ventura entre humanos é mais duradoura.

Como também Ciniras ela[8] cumulou com riqueza
      outrora na marinha Chipre.
Paro aqui com pés ligeiros, respirando antes de dizer algo.
Pois muito de muitas maneiras foi dito, mas novidades encontrar   20
      e pô-las à prova
com pedra de toque, eis todo o perigo. Repasto são as palavras para os invejosos
e a inveja aprisiona os melhores sempre e com os piores não querela.

Ela[9] também mordeu de Télamon o filho,[10]
      em torno à espada fazendo-o girar.
De certo um ineloquente, mesmo de coração valente, o olvido envolve
em mortal contenda, mas suprema honra à   25
      cambiante mentira é oferecida.
Pois com ocultos votos a Odisseu os Dânaos favoreceram
e, privado das áureas armas, Ájax com a morte lutou.

De certo dissímiles feridas dos inimigos na cálida
pele rasgaram fremindo

---

7   Mitra era uma espécie de fita, faixa ou tiara usada por mulheres e pelos vencedores nos jogos. Píndaro utiliza essa imagem para indicar que o epinício foi composto na harmonia lídia.
8   A ventura. Ciniras foi um rei mítico de Chipre, favorecido por Apolo e por Afrodite.
9   O repasto, a refeição dos invejosos, ou seja, a inveja.
10   Ájax.

sob sua[11] protejemortais
      lança, tanto em torno a Aquiles recém-morto
quanto das outras fadigas nos multiruinosos
dias. Odiosa deturpação então existiu também no passado,
de astutos mitos coviajante,
      dolurdidora, malfeitora vergonha.
Ela constrange o brilho
      e dos obscuros a glória mórbida sustenta.

Que eu jamais tenha um tal caráter,
      Zeus pai, mas que aos caminhos
simples da vida eu me prenda, para que, depois de morto, aos meus filhos renome
infame eu não transmita. Ouro pedem
      uns, outros campo
ilimitado, mas eu, tendo os cidadãos deleitado, também na terra os membros ocultar,
louvando o louvável e censura semeando para os perversos.

Excelência cresce como quando uma árvore
      com fresco orvalho surge,[12]
quando exaltada entre homens sábios e justos rumo ao úmido
éter. Há todo tipo de necessidade de
      amigos, em meio a penas
principalmente, mas também o prazer nos olhos procura por
confiança. Ó Megas, de volta tua alma trazer

não me é possível: de vãs esperanças vazio objetivo.
Mas para tua pátria e para os Caríadas[13] leve

---

11   De Ájax.
12   Seguindo aqui o texto de Puech (Belles Lettres) e de Race (Loeb).
13   Família à qual pertenciam Dínias e seu pai, Megas.

pedra das Musas posso
  erguer por causa dos pés de bom nome
duas vezes, sim, para os dois.[14] Alegro-me o adequado
louvor para o feito pronunciando e com encantamentos um homem
também anódina torna   50
  a aflição. Existia, sim, o hino celebratório
de certo no passado, mesmo antes de surgir
  a contenda entre Adrasto e os Cadmeios.[15]

Comentário

Nesta ode, como na *Nemeia 7*, é mencionado o poder enganador das palavras (relacionado a Odisseu). Como o poeta lembra em outros poemas, é preciso tomar cuidado com a inveja. Para isso, cabe buscar a justa medida do elogio, para não causar fastio na audiência. Mais uma vez também é lembrado o infortúnio de Ájax, cuja história aqui se adequa à discussão sobre a inveja.

---

14   Ou seja, "é fácil para mim erguer um monumento musical para celebrar as vitórias de Dínias e de Megas".
15   Ou seja, antes da expedição dos Sete contra Tebas.

Nemeia 9 (474?)
Para Crômio de Etna, vencedor na corrida de carros

Celebraremos desde o templo de Apolo, desde Sícion, Musas,
até a recém-fundada Etna, onde abertas
    aos hóspedes dão passo as portas,
até a venturosa casa
    de Crômio. Vamos, de versos um doce hino executai.
Pois ao vitorequino carro subindo
    à mãe e aos gêmeos filhos[1] o canto ele proclama
aos coherdeiros protetores da elevada Pito.   5

Há um provérbio entre os humanos: "um feito nobre
sob o solo em silêncio não ocultes". Uma divina canção
    de versos de louvor é apropriada.
Vamos, sus! A sonora
    forminge e o aulo despertaremos para esse
píncaro de equestres concursos, os quais para Febo
    criou Adrasto sobre as correntes do Asopo,[2] das quais eu
me lembrando exaltarei o heroi com renomadas honras,   10

o qual então regendo ali com novos festivais,
com combates da força dos homens e com carros ciselados
    distinguiu a cidade glorificando-a.
Pois fugiu de Anfiarau
    certa vez, o audacioso, e da terrível sedição

---

1   Leto e seus filhos, Apolo e Ártemis, que eram protetores de Pito, ou seja, Delfos. Ao subir ao carro de cavalos vitoriosos, Crômio proclama o canto.
2   Rio que corre perto de Sícion.

da paterna casa, para longe de Argos. Príncipes
      não mais eram de Talau os filhos,[3] constrangidos pela discórdia.
O homem mais forte põe fim à lei anterior.   15

A domahomem Erifile, como pacto fiável,
depois de dar ao Eclida[4] como esposa, entre os louros dânaos
      eles foram os maiores. E
assim um dia contra Tebas
      septipórtia conduziram um exército de homens não por um
caminho de auspiciosas aves. Nem o Crônida,
      seu raio brandindo, de casa os intemperantes
a marchar instigou, mas a retirar-se da estrada.   20

Mas então para evidente ruína apressou-se a multidão a chegar
com brônzeas armas e equinos arreios. Do
      Ismeno[5] às margens o doce
retorno tendo plantado
      com seus corpos engordaram o alviflóreo fumo.
Pois sete piras se banquetearam com novimembres
      homens, mas para Anfiarau cindiu com um raio onipotente
Zeus o fundipéctio[6] solo e ocultou-o junto com os cavalos,   25

antes que, pela lança de Periclímeno nas costas atingido, seu guerreiro
coração fosse desonrado. Pois em meio a divinos terrores
      fogem mesmo os filhos dos deuses.
Se possível, Crônida,

---

3   Adrasto era filho de Talau.
4   Anfiarau, filho de Oicles.
5   Rio que corria na região de Tebas.
6   De fundo peito.

   esta provação vigorosa das fenicienviadas[7]
lanças, de morte e de vida,
   protelo o máximo possível, e um destino benelégio[8]
peço que tu por muito tempo aos filhos dos Etneus concedas,   30

Zeus pai, e em celebrações públicas mescles
o povo. Há, sim, amantes de cavalos aqui e homens
   que têm almas superiores
às riquezas. Algo incrível disse,
   pois a vergonha[9] em segredo pela ganância é enganada,
ela que traz boa fama. A Crômio servindo
   junto com a infantaria e os cavalos e nas batalhas das naves
discernirias, sob o perigo daquela aguda batalha,   35

que na guerra aquela deusa[10] impeliu seu
coração guerreiro para repelir a fúria de Eniálio.
   Mas poucos há que decidem da matança
iminente a nuvem
   afastar diante das fileiras de homens hostis
com as mãos e com a alma capazes. Conta-se, de certo,
   que para Heitor glória floresceu perto das torrentes
do Escamandro, mas em torno às margens de fundos precipícios do Heloro,[11] 40

---

7 Ou 'purpuriarmadas'. Possível referência às armas dos Sete que atacaram Tebas, mas também pode ser uma alusão a uma invasão Fenícia à Sicília. Ver Bury, 1965: 177. Braswell (1998: 98-102) diz que aqui há uma referência clara à possível invasão fenícia.
8 Com boas leis, ordenado, tranquilo.
9 Sentido da vergonha, honorabilidade, respeitabilidade: *aidós*.
10 *Aidós*.
11 Rio do leste da Sicília onde às margens do qual aconteceu uma batalha em 492 a.C. na qual Crômio ajudou Hipócrates de Gela a vencer os siracusanos. Cf. Heródoto, 7, 154.

no lugar que os humanos chamam de Passo de Reia,[12] refulgiu
para o filho de Hagesidamo[13] essa luz na sua idade
      primeira. Muitos feitos
noutros dias em poeirento
      chão, outros no vizinho mar contarei.
Mas de fadigas, com a juventude sucedidas
      e com justiça, vem para a velhice uma vida tranquila.
Que ele saiba que obteve por lote das divindades admirável ventura.   45

Pois se junto com muitas riquezas gloriosa consegue
distinção, não é possível mais além um mortal outros
      picos alcançar com os dois pés.
Mas a paz ama
      o simpósio,[14] uma recém-germinada vitória
cresce com o suave canto
      e ousada junto à cratera[15] a voz torna-se.
Mescle-o alguém, o doce profeta da celebração,   50

e em argênteas taças distribua o potente
filho da videira, as quais um dia os cavalos conquistaram para Crômio
      e enviaram junto com as justitrançadas
coroas do filho de Leto
      da sacra Sícion. Zeus pai,
rezo para cantar esta proeza
      com as Cárites, e acima de muitos outros honrar com elogios
esta vitória, lançando minha flecha o mais perto possível do alvo das Musas.   55

---

12   Mar Jônico, sobre o qual Reia passou para dar a luz a Zeus.
13   Pai de Crômio.
14   Momento em que os homens bebiam depois do banquete.
15   Vaso usado nos banquetes para misturar vinho e água.

Comentário

Esta ode não comemora uma vitória nos jogos de Nemeia, mas nos jogos da cidade de Sícion em honra a Apolo Pítio. Essa cidade ficava a cerca de 20 quilômetros de Corinto e seus jogos teriam sido instituídos por Clístenes (Cf. Heródoto, 5, 67). Esse epinício foi colocado aqui, porque, nos manuscritos, ele vinha depois da última ode *Nemeia*, quando a ordem dos poemas era, de acordo com a ordem de importância dos jogos, *Olímpicas, Píticas, Ístmicas* e *Nemeias*. Por um erro de interpretação e como ela vinha depois da *Nemeia* 8, foi chamada *Nemeia* 9. Depois, aconteceu uma inversão na ordem dos manuscritos e as *Nemeias* passaram a vir antes das *Ístmicas*.

Nemeia 10 (444?)
Para Teeu de Argos vencedor na luta

De Dânao a cidade e das esplenditrôneas
    cinquenta filhas,[1] Cárites,
Argos, de Hera morada deodigna, hineai.
    Ela flameja com façanhas
incontáveis por causa de feitos intrépidos.
Longos os de Perseu quanto à Górgona Medusa
e muitas no Egito fundou cidades   5
    pelas mãos de Épafo.[2]
Nem Hipermestra extraviou-se, sua única
    divergente espada na bainha tendo mantido.[3]

Diomedes outrora a loura
    Cerulolhos tornou um deus imortal[4]
e a terra em Tebas recebeu coriscada
    pelos dardos de Zeus
o adivinho filho de Oicles,[5] nuvem de guerra.
Também por suas mulheres belicomadas distingue-se há tempos: 10

---

1   Dânao e suas cinquenta filhas fugiram do Egito, para que elas não fossem obrigadas a se casar com os cinquenta filhos do rei da região, também chamado Egito. Ele e suas filhas foram acolhidos em Argos.
2   Filho de Zeus e Io. Cf. Ésquilo, *Prometeu Acorrentado*, 846-852.
3   Hipermestra foi a única filha de Dânao que não matou seu marido, Linceu, que, depois, se tornou rei de Argos.
4   Ou seja, a deusa Atena tornou imortal o filho de Tideu, Diomedes, depois que ele lutou em Troia.
5   Anfiarau.

Zeus, que achegou-se a Alcmena e a Dânae,[6] esse
    dito evidenciou.
Do pai de Adrasto[7] e de Linceu dos espíritos
    o fruto combinou com reta justiça

e nutriu a lança de Anfitrião. Ele, em ventura supremo,
entrou para a família dele, depois que com brônzeas armas
os Teleboas destruiu. A ele no aspecto semelhante   15
dos imortais o rei no seu paço entrou,
a semente destemida trazendo de Héracles: dele no Olimpo
a esposa, que caminha junto à perfectiva mãe,[8]
    é Hebe, a mais bela das deusas.

Breve é minha boca para relatar
    todo o quinhão que o Argivo precinto tem
de feitos nobres. E é também a saciedade dos humanos   20
    penosa de encontrar.[9]
Mas contudo desperta a bem acordoada lira
e das lutas toma o pensamento. De certo, a disputa pelo bronze
incita o povo para o bovino sacrifício para
    Hera e para o julgamento dos jogos,
onde o filho de Úlias, depois de vencer duas vezes,
    obteve, Teeu, olvido de bem toleradas fadigas.

---

6   Alcmena foi a mãe de Héracles e Dânae a mãe de Perseu. Os dois foram gerados por Zeus.
7   Talau, que foi rei de Argos, como Linceu.
8   Referência a Hera, mãe de Hebe e deusa que garante a realização (daí o 'perfectiva') dos casamentos.
9   Ou seja, os humanos nunca estão satisfeitos.

Conquistou também outrora a helênica 25
    multidão em Pito,[10] com sorte tendo ido
e no Istmo e em Nemeia a coroa e às Musas
    deu campos para arar,
três vezes nas portas do mar ganhou,[11]
três vezes também nos augustos solos, no Adrasteu ritual.[12]
Zeus pai, o que de fato deseja em sua mente, silencia
    sua boca: todo resultado
em ti das ações está. E não a um indolente coração 30
acrescentando audácia implora por teu favor.

Canto algo conhecido pelo deus e também por quem compete pelos
píncaros dos supremos jogos. Pisa detém de Héracles
o altíssimo festival.[13] Doces, como um prelúdio,
nos rituais dos atenienses, duas vezes, vozes o
celebraram. E em terra cozida[14] pelo fogo o fruto da oliva 35
chegou ao de Hera nobre povo dos jarros nos
    invólucros todomatizados.

E palmilhou, Teeu, dos maternos
    ancestrais vossos a renomada raça
vitoriosa honra com a ajuda das Cárites e
    dos Tindáridas[15] amiúde.

---

10   Em Delfos.
11   Ele venceu no Istmo.
12   Nos jogos de Nemeia, reinstituídos por Adrasto, segundo uma lenda.
13   Local onde aconteciam os Jogos Olímpicos, fundados por Héracles.
14   Ou seja, em barro cozido, usado para fazer os vasos que continham azeite e eram o prêmio dado aos vencedores nas Panateneias.
15   Os Dióscuros, Cástor e Pólux (ou Polideuces), ambos filhos de Leda, o primeiro com Zeus e o segundo com Tíndaro.

Julgar-me-ia digno, se eu fosse de Trásicles
e de Ântias parente,[16] de em Argos não esconder a luz 40
dos meus olhos. Pois com vitórias quantas a
      equinonutriz cidade de Preto[17]
floresceu nos vales de Corinto!
Também diante dos homens cleoneus[18] quatro vezes.

De Sícion com argentadas
      vínicas taças partiram
e de Pelene vestidos nas costas
      com macias lãs.
Mas o bronze incontável não é possível 45
calcular — maior para enumerar deveria ser o tempo livre —
que Clítor e Tégeas[19] e dos Aqueus
      as elevadas cidades
e o Liceu[20] colocaram junto à pista de Zeus
      dos pés e das mãos para quem vencer com a força.

Como Cástor veio para a hospitalidade na casa de Panfaes[21]
junto com seu irmão Polideuces, não é um prodígio que neles 50
seja inato ser atletas valorosos, pois
como guardiões da espaçosa Esparta dos jogos
o quinhão, com Hermes e Héracles, conduzem florescente,

---

16   Trásicles e Ântias eram ancestrais de Teeu, que se notabilizaram nas corridas de cavalos.
17   Irmão gêmeo de Acrísio, com quem dividiu a soberania em Argos.
18   Ou seja, em Nemeia, porque os jogos aconteciam perto da cidade de Cleonas.
19   Cidades da Arcádia.
20   Montanha na Arcádia onde eram realizados jogos em honra a Zeus.
21   Um antepassado de Teeu.

muito zelosos com os homens justos. E
> de certo dos deuses fiel é a raça.

Trocando entre si alternadamente
> um dia junto ao pai querido 55

eles passam, no outro sob as profundezas da terra
> nas cavernas de Terapna,[22]

cumprindo símil destino, pois,
a por completo um deus ser e morar no céu, esta
vida preferiu Polideuces depois que pereceu
> Cástor na guerra.

Pois Idas, por causa dos bois de algum modo irado, 60
> feriu-o da brônzea lança com a ponta.

Desde o Taigeto[23] vigiando
> os viu Linceu no tronco de um carvalho

sentados, pois dele, dentre os terrícolas todos
> era o mais agudo

olho. Com rápidos pés depressa
chegaram e um grande feito planejaram logo
e sofreram terrivelmente os filhos de Afareu[24] pelas 65
> mãos de Zeus, pois de imediato

veio de Leda o filho[25] perseguindo-os. Mas contra
> postaram-se perto da tumba paterna.

---

22   Localidade ao sul de Esparta.
23   Montanha que fica no Peloponeso, perto de Esparta.
24   Idas e Linceu (diferente do Linceu citado no verso 12).
25   Polideuces.

Dali tendo agarrado a lápide de Hades, polida pedra,
lançaram-na contra o peito de Polideuces, mas não o esmagaram
nem repeliram. Depois de atacar então com seu dardo ágil,
mergulhou de Linceu nas costelas o bronze. 70
E Zeus contra Idas foguífero arrojou fumegante raio
e juntos queimaram sozinhos. Difícil luta para os humanos
    encarar os mais poderosos.

E rapidamente para a força do irmão
    de volta foi o filho de Tíndaro[26]
e não morto ainda, mas ofegante
    arfando por fôlego encontrou-o.
Então cálidas vertendo lágrimas com gemidos 75
alto falou: "Pai Crônida, qual então a libertação
será das dores? Também a mim a morte com
    este aqui decreta, senhor.
Desaparece a honra para o homem de amigos
    privado e poucos são na fadiga fieis entre os mortais

para da aflição compartilhar." Assim
    falou. E Zeus diante dele veio
e esta resposta proferiu: "És meu filho. 80
    Mas este depois o marido
uma semente mortal, à tua mãe tendo se achegado,
gotejou, o heroi. Mas vamos, dentre estas contudo uma escolha
ofereço-te: se à morte fugindo
    e à velhice odiosa
tu próprio o Olimpo queres habitar comigo
    e com Atena e o negralança Ares,

---

26   Polideuces.

é teu destas coisas o lote. Mas se por teu irmão 85
lutas e tudo pensas partilhar por igual,
metade do tempo poderias respirar debaixo da terra estando
e metade do céu nas áureas moradas."
Assim então tendo falado o pai, no seu julgamento dupla não pôs decisão,
mas libertou o olho e depois a voz 90
    de Cástor de brônzeo cinto.[27]

Comentário

Esta ode celebra não uma vitória nos jogos de Nemeia, mas nos jogos em honra a Hera, em Argos. Por isso e porque o homenageado era de lá o poeta cita tantos heróis e heroínas cujos nomes estão ligados a essa cidade. Como os Dióscuros, Cástor e Pólux, tinham visitado um antepassado remoto de Teeu, essas divindades são lembradas aqui por tê-lo auxiliado nessa e em outras ocasiões. Daí a presença da narrativa mítica referente a eles, que tem um caráter dramático e épico que salta aos olhos e garante um lugar de destaque a esse poema.

---

27   Ou seja, Pólux devolveu a vida a Cástor.

Nemeia 11 (446?)
Para Aristágoras de Tênedo, empossado como prítane

Filha de Reia, a quem o Pritaneu foi atribuído, Héstia,
de Zeus altíssimo irmã e da co-entronada Hera,
acolhe bem Aristágoras em teu santuário
e seus colegas perto do teu esplêndido cetro
os quais, honrando-te, de pé mantêm Tênedo,　　　　　　　　5

amiúde com libações cultuando-te, primeira dos deuses,
amiúde com sacrifícios. A lira e a canção para eles ressoam
e do Zeus Hospitaleiro é honrada a ordem em semprepostas
mesas. Que com glória seu ofício
duzimestral ele complete com incólume coração.　　　　　　10

Pelo homem eu felicito seu pai Arcésilas,[1]
por seu mirífico porte e seu destemor inato.
Mas se um homem, ventura tendo, em beleza supera outros
e nos jogos destacando-se mostrou sua força,
mortais lembre-se que veste membros[2]　　　　　　　　　　15
e no fim de tudo pela terra será coberto.

Mas nas honrosas palavras dos cidadãos ele ser louvado é necessário
e com melíssonas canções adornado celebrá-lo.

1　　Ou "O homem eu felicito por seu pai Arcésilas": tanto *andra* quanto *pater'Arkesilan* podem ser objetos diretos ou acusativo de relação.
2　　Aqui o quiasmo funciona muito bem por que reproduz na forma do verso o significado do verbo que, por sua vez, parece indicar a presença da crença de que o corpo é apenas um invólucro da alma.

Entre os vizinhos[3] dezesseis esplêndidas
vitórias Aristágoras e seu clã famoso   20
coroaram na luta e no altivo pancrácio.

Mas as expectativas acanhadas dos genitores do rapaz a força
impediram de em Pitô[4] aventurar-se e em Olímpia nos jogos.
Sim, pois, por jura, na minha opinião, junto à Castália[5]
e junto ao benarbóreo monte de Crono tendo chegado   25
mais belamente do que seus contendores antagonistas teria retornado,

a quadrienal festa por Héracles fixada[6]
celebrando e tendo coroado seu cabelo com purpúreas
grinaldas. Mas entre os mortais a um as vácuomentais vaidades
longe dos bens lançam e a outro, por sua vez, desconfiado muito 30
de sua força, priva-o dos belos feitos próprios a ele
pela mão puxando-o para trás o coração inaudaz.

Reconhecer fácil era o de Pisandro[7] antigo
sangue de Esparta — pois de Amiclas veio com Orestes
dos Eólios o exército bronziarmado para cá[8] conduzindo —   35
e das correntes do Ismeno[9] o sangue mesclado
com o de Melanipo,[10] materno ancestral. Atávicos talentos

---

3   Ou seja, em jogos locais, realizados perto da ilha de Tênedo.
4   Em Delfos.
5   Fonte que ficava junto ao recinto sagrado de Apolo, em Delfos.
6   Ou seja, os Jogos Olímpicos.
7   Companheiro de Odisseu. Aristágoras seria descendente dele.
8   Para Tênedo.
9   Rio que corre na região de Tebas.
10 Guerreiro tebano que lutou contra os Sete, ancestral de Aristágoras.

produzem alternando-se nas gerações dos homens a força
e em sequência nem delas os negros campos fruto dão,
nem as árvores querem em todos os períodos dos anos   40
a flor fragrante produzir em riqueza igualmente,
mas variam. Também assim à mortal raça conduz

o destino. O que vem de Zeus para os humanos não é claro
sinal. Mas, contudo, em megalomanias embarcamos,
façanhas muitas almejando, pois estão atados a uma cruel   45
esperança os membros e da previdência estão longe as torrentes.
Dos ganhos é preciso caçar a medida:
dos inatingíveis desejos mais agudas são as loucuras.

Comentário

Esta ode, além de não comemorar uma vitória em Nemeia, não festeja uma conquista atlética, mas celebra a posse do homenageado como prítane, ou seja, como chefe, por um ano, do conselho administrativo da ilha de Tênedo. Entretanto, os editores antigos talvez tenham classificado este poema como um epinício por causa das menções a vitórias conquistadas por Aristágoras no pancrácio em jogos na sua região de origem. Além de outros temas recorrentes nas odes pindáricas, como a efemeridade da condição humana e a limitação das nossas ambições, é interessante destacar o retorno do tema da alternância do surgimento do talento ora numa geração, ora não em outra, de uma mesma família, que já havia aparecido na *Nemeia 6*.

ÍSTMICAS

Ístmica 1 (458?)
Para Heródoto de Tebas, vencedor na corrida de carros

Minha Mãe, de áureo escudo Teba,[1] o teu
tema acima da falta de tempo livre
colocarei. Que não se ressinta comigo a rochosa
Delos,[2] à qual estou devotado.[3]
Para os bons o que é mais caro do que os amados genitores?   5
Cede, ó Apolônia,[4] pois das duas
    canções, com o favor dos deuses, garantirei a execução,

para Febo de intonsa coma dançando
em Ceos ambifluida com seus marinhos
homens e para do Istmo o maricingido
cume, pois seis   10
coroas dos jogos concedeu ao povo de Cadmo,[5]
vitoriosa distinção para a pátria. Nela
    também Alcmena gerou o destemido

---

1   Ninfa de cuja denominação deriva o nome da cidade de Tebas, onde Píndaro nasceu.
2   Ilha na qual Apolo e Ártemis nasceram e onde eles recebiam um culto especial.
3   Píndaro, aparentemente, estava compondo um peã (*Peã* 4, fr. 52b) para Apolo Délio, encomendado pelos habitantes da ilha de Ceos, quando recebeu a encomenda deste epinício.
4   Ou seja, de Apolo, consagrada a Apolo: referência à ilha de Delos.
5   Os tebanos.

filho, diante do qual outrora de Gerião as ferozes cadelas tremeram.⁶
Mas eu para Heródoto
    talhando a honra para sua quadriga
e as rédeas não com alheias mãos tendo guiado⁷ quero   15
seja para Cástor⁸ seja para Iolau⁹ harmonizá-lo num hino.
Pois eles, dentre os herois, aurigas na Lacedemônia e
    em Tebas gerados foram os melhores

e nos torneios parteciparam de muitíssimos jogos,
com trípodes ornaram suas casas,
com caldeirões e taças de ouro,   20
saboreando coroas
vitoriosas. E brilha clara a excelência
deles nos despidos estádios¹⁰ e
    nas escudirressoantes hoplíticas corridas,

tal como com as mãos arremessando dardos
e quando pétreos discos lançavam.   25
Pois não existia o pentátlo,¹¹ mas para cada
façanha era estabelecido um prêmio.
Destes com espessas grinaldas amiúde

---

6   O filho de Alcmena é Héracles, que matou o cão de duas ou três cabeças de Gerião (que vivia na região de Cádiz, no extremo ocidente da Europa, na atual Espanha) e roubou o gado dele. Píndaro é a única fonte que fala em mais de um cachorro.
7   Aparentemente, o próprio Heródoto teria dirigido o carro, algo incomum. O habitual era que o dono do carro financiasse, mas não dirigisse, porque isso exigia treinamento e destreza e era algo arriscado.
8   Um dos Dióscuros e filho de Tíndaro.
9   Filho de Íficles e sobrinho de Héracles, nascido em Tebas.
10   Ou seja, de pés descalços ou em que os corredores corriam nus.
11   O pentátlo era um conjunto de provas que incluía o salto em distância, a corrida, o arremesso do disco, o arremesso da lança e a luta.

coroando seus cabelos apareceram perto
    das correntes de Dirce e junto ao Eurotas,[12]

de Íficles o filho[13] compatriota sendo da raça dos Espartos,   30
e o Tindárida entre os aqueus
    de Terapne[14] habitando a altiplana morada.
Adeus a vós. Mas eu com Posídon, com o Istmo sacro
e com as margens de Onquesto vestindo meu canto
proclamarei, deste homem nas honras, o glorioso
    destino do seu pai, Asopodoro,

e de Orcômeno[15] a pátria terra,   35
que o acolheu, oprimido
pelo naufrágio, do imenso mar
em gelada desventura.[16]
Mas agora de novo seu Destino congênito o embarcou
na antiga bonança. Quem se   40
    esforça na sua mente também previsão traz[17]

---

12   Dirce era o nome de uma ninfa e também uma fonte de água localizada em Tebas. Eurotas era o rio que atravessa Esparta.
13   Iolau seria um descendente dos 'espartos', ou seja, 'homens semeados'. Esses homens surgiram da terra depois que Cadmo matou o dragão que vigiava a fonte de Ares e semeou o solo com os dentes desse dragão. Desses homens teriam sobrado cinco guerreiros que tornaram-se os ancestrais da nobreza tebana.
14   Localidade práoxima a Esparta onde havia um templo de Cástor.
15   Onquesto e Orcômeno eram duas cidades da Beócia, localizadas às margens do lago Copais. Na primeira, aconteciam jogos em honra a Posídon. A segunda, seria o local de nascimento de Asopodoro e lá ele possuía terras.
16   Referência a um possível exílio sofrido por Asopodoro ou a sua derrota em Plateia junto com os Persas.
17   Ou "quem se esforça com senso também previsão conquista".

e se à excelência dedica toda sua têmpera,
tanto com expensas quanto com esforços,
é preciso contá-lo entre os que encontraram
magnífico louvor não
com invejosos pensamentos. Pois leve dom para o homem sábio é, 45
em troca de labutas múltiplas, palavra boa
    dizendo, enaltecer a compartilhada nobreza.

Pois paga diversa para diversos labores aos humanos é doce,
para o pastor, o lavrador,
    o passarinheiro e aquele que o mar nutre.
Mas do ventre todo homem para afastar a fome irritante se esforça.
E quem nos jogos ou guerreando alcança distinção egrégia,   50
elogiado, ganho altaneiro recebe, primor
    da língua de concidadãos e de estrangeiros.

A nós convém de Crono o tremeterra filho
vizinho,[18] em retribuição, benfeitor
hipodrômico dos carros celebrar,
e os teus, Anfitrião,   55
filhos evocar,[19] de Mínias o vale,[20]
de Deméter o ínclito bosque eleusino
    e Eubeia em suas curvas pistas.[21]

---

18   Posídon.
19   Os filhos de Anfitrião eram Héracles e Íficles. Jogos em honra a Héracles e outros em honra a Iolau, filho de Íficles, eram realizados em Tebas.
20   Mínias era um rei mítico de Orcômeno e pai do heroi também chamado Orcômeno. Nessa cidade eram realizados jogos em honra a ele.
21   Em Elêusis e na ilha de Eubéia também eram realizados jogos.

Protesilau, dos homens aqueus em Fílace[22]
o teu precinto acrescento.
Mas declarar tudo quanto o agônico[23] Hermes   60
a Heródoto concedeu
com os cavalos, impede breve medida tendo
o hino. De certo amiúde também o silenciado
    júbilo maior traz.[24]

Possa ele, elevado sobre as asas esplêndidas das belivóceas
Piérides, ainda também de Pito   65
    e das Olimpíadas[25] com as seletas
grinaldas do Alfeu cingir sua mão, honra à septipórtia
Tebas provendo. Mas se alguém dentro mantém riqueza oculta,
e outros atacando sorri, não considera que sua alma sem fama
    ao Hades pagará.

---

22   Cidade da Tessália onde eram realizados jogos em honra a Protesilau, heroi originário daquela região e que teria sido o primeiro a morrer em Troia. Em todos os lugares citados entre os versos 53 e 59, Heródoto teria conseguido vitórias.
23   Deus patrono dos Jogos.
24   Esta afirmação pode parecer estranha, já que Píndaro sempre diz que é preciso celebrar com canções os grandes feitos e não deixá-los cair no esquecimento e no silêncio. Contudo é importante lembrar que o poeta busca também a medida correta do elogio para não causar enfado à audiência e não despertar a inveja entre os concidadãos do homenageado.
25   Píndaro faz uma prece pedindo que Heródoto seja vencedor também em Delfos, nos Jogos Píticos, e nos Jogos Olímpicos, as competições mais importantes da Grécia Antiga.

Comentário

Píndaro abre esta ode dizendo que precisa atrasar um pouco a composição de um peã a Apolo encomendado por cidadãos da ilha de Ceos para celebrar seu compatriota Heródoto, que realizou um feito extraordinário ao guiar o carro na sua vitória nos jogos do Istmo. Ele foi o auriga, assim como Iolau e Cástor. Por isso a comparação.

Ístmica 2 (470?)
Para Xenócrates de Agrigento, vencedor na corrida de carros

No passado, ó Trasibulo,¹
    os homens, que à carruagem das Musas auricoroadas subiam
    por ínclita forminge² acompanhados,
rápido flechilançavam jovens melivóceos hinos,
quando alguém era belo e tinha de Afrodite
belitrônea a excitante dulcíssima madurez.   5

Pois a Musa não era amalucro
    naquele tempo nem assalariada,
nem se vendiam por parte
    da melissonora Terpsícore,³ argênteas
nas faces,⁴ as doces suavevóceas canções.
Mas agora ela ordena do argivo⁵ observar
o dito que da verdade pertíssimo caminha,   10

---

1   Filho de Xenócrates, a quem Píndaro se dirige talvez porque seu pai já estivesse morto na época em que este epinício foi composto.
2   Instrumento musical, com caixa de ressonância e cordas, semelhante à lira, usado pelos poetas-cantores da Grécia Antiga, principalmente no período arcaico (de 800 a 480 a.C., mais ou menos).
3   Uma das nove Musas, cujo significa algo como 'aquela que deleita através dos coros', lembrando que os coros na Grécia Antiga cantavam e dançavam.
4   Argêntea porque a canção teria a mesma cor do dinheiro.
5   Um escólio a este verso diz que esse homem argivo seria Aristodemo, o sábio espartano, e cita o fragmento 360, de Alceu: "dinheiro é o homem e pobre nenhum é nobre nem honorável".

"dinheiro, dinheiro o homem",
 ele disse, tanto de bens privado quanto de amigos.
Estás, de fato, sendo sábio. Não canto algo ignoto:
a vitória ístimica com os cavalos,
que a Xenócrates Posídon concedeu
e uma coroa de aipo dório[6] 15
enviou para sua coma atar,

honrando o homem de belos carros,
 luz dos acragantinos.
Em Crisa[7] o vastipotente
 Apolo o viu e lhe deu o triunfo
e lá com as gloriosas graças dos Erectidas dotado,
na radiante Atenas,[8] não censurou 20
a mão salvacarro do homem guiacavalo,

a qual Nicômaco[9] no momento certo
 aplicou a todas as rédias.
A ele também os arautos do
 período o reconheceram, portatréguas elianos
do Crônida Zeus,[10] que experimentaram outrora uma ação hospitaleira,

---

6   Prêmio que os vencedores nos Jogos Ístmicos recebiam.
7   Cidade portuária onde os peregrinos desembarcavam para ir a Delfos. Ou seja, o poeta quer dizer que Xenócrates foi vencedor nos Jogos Píticos.
8   Nas Panateneias. Erectidas, ou os atenienses, são os descendentes de Erecteu, rei mítico de Atenas.
9   Auriga que guiou o carro de Xenócrates nas Panateneias.
10 Os arautos originários de Elis, cidade próxima a Olímpia, anunciavam que o período dos Jogos Olímpicos estava próximo e que deveria ser feita uma trégua geral na Grécia para que os jogos pudessem ser realizados em paz.

e com voz dulcihálito o saudaram 25
caindo nos joelhos da áurea Vitória[11]

na terra deles,
a qual de certo chamam bosque de Zeus
Olímpio. Ali entre imortais honras
os filhos de Enesidamo[12] se mesclaram.
Também de fato não ignorantes são vossas moradas 30
nem dos festins, ó Trasibulo, amáveis,
nem das meligloriantes canções.

Pois não há colina nem
        íngrime estrada,
se alguém para homens de boa
        fama leva as honras das Heliconíades.[13]
Depois que longe joguei o disco, que eu arremessse a lança tal como a têmpera 35
de Xenócrates acima dos homens doçura
tinha. Reverente era na companhia dos concidadãos,

praticava a equinocultura
        segundo o costume dos Panelenos,[14]
dos deuses os banquetes
        acolhia todos, nem jamais um vento soprou
e não enfunou sua vela em torno à sua hospitaleira mesa, 40

---

11   O poeta parte do nome do auriga, Nicômaco, formado a partir das raízes de Nike (vitória) e Makhe (guerra) para dizer que ele caiu nos joelhos, também poderíamos dizer 'no colo', da deusa Vitória ao ser vencedor.
12   Xenócrates e Téron, o qual foi vitorioso em Olímpia em 476 a. C. Cf. *Ol.* 2 e 3.
13   As Musas, assim chamadas porque moravam no Monte Hélicon, na Beócia.
14   Ou seja, como todos os gregos.

mas chegou ao Fasis no verão
e no inverno navegando até a margem do Nilo.[15]

Não agora, porque invejosas
    esperanças se penduram em torno às entranhas dos mortais,
não silencie jamais a virtude de teu pai,
nem estes hinos, pois de certo   45
não os produzi para que repousem.
Isso, Nicasipo,[16] transmite, quando
encontrares meu honrado anfitrião.

Comentário

Na época em que esta ode foi composta, o homenageado já estava morto. Aqui é celebrada uma vitória que provavelmente aconteceu em 477 a. C. Este epinício é o último que Píndaro compôs para um dos Emênidas. Ele já tinha composto a *Pítica* 6 para Xenócrates e as *Olímpicas* 2 e 3 para o irmão deste, Téron. Contudo é importante notar que o poeta homenageia também o filho de Xenócrates, Trasibulo, de quem Píndaro teria recebido a encomenda do poema e com quem teria uma grande amizade. Esta ode

---

15   Isso quer dizer que a mesa de Xenócrates sempre foi generosa. O Fasis é um rio que fica no norte do mundo helênico e desemboca no Mar Negro (na Cólquida), representando assim um ponto extremo. O Nilo representa o ponto extremo ao sul. Assim, Píndaro quis dizer que a liberalidade de Xenócrates chegou aos limites máximos.

16   Mensageiro encarregado de levar o epinício até Agrigento.

despertou discussões sobre se nosso poeta recebia pagamento ou não para compor suas odes. Sobre isso ver Introdução, página 7.

Ístmica 3 (474?)
Para Melisso de Tebas, vencedor com os cavalos

Se um homem bem sucedido com os afamados jogos
ou com a força da riqueza contém nas entranhas a irritante insolência,
digno é de aos elogios dos concidadãos ser mesclado.
Zeus, as grandes façanhas para os mortais vêm
de ti e vive mais
        a ventura dos reverentes, mas com as tortas mentes   5
não igualmente todo o tempo florescendo convive.

Pelos gloriosos feitos como paga cabe hinear o nobre
e cabe ao celebrante com gentis canções exaltar.
Tem também de duplos prêmios Melisso
o quinhão para guiar rumo à alegria doce   10
seu coração, nos vales do Istmo
        tendo recebido coroas e também no cavo vale
do leão fundipécteo[1] fez proclamar Tebe[2]

na corrida de cavalos vencendo. Dos homens a excelência
congênita não engana.
Conheceis, por certo, de Cleônimo[3]   15
a fama antiga com os carros.
E, por parte da mãe, com os Labdácidas[4] compartilhando

---

1   'Vale do Leão' é Neméia. Melisso foi vencedor nos Jogos Ístmicos e nos Jogos de Neméia.
2   Este é o nome da ninfa epônima da cidade de Tebas.
3   Antepassado de Melisso, também vencedor na corrida de carros.
4   Os descendentes de Cleônimo tinham alguma ligação com os descendentes de Lábdaco (pai de Laio e avô de Édipo): ou familiar (e daí Melisso seria um

a riqueza seguiram seus passos nas fadigas das quadrigas.
Mas a vida, com o rolar dos dias, ora isso ora aquilo
altera. Incólumes só, de certo, os filhos dos deuses.

Comentário

Por causa do uso da mesma estrutura métrica e da semelhança dos temas tratados, esta ode é colocada junto com a próxima, formando um único poema. Contudo, num dos manuscritos mais importantes (B), elas são entendidas como odes separadas. Aqui é celebrada uma vitória na corrida de carros e lembrada uma vitória em Nemeia, mas na *Ístmica* 4 é celebrada uma vitória no pancrácio. É possível que esta ode tenha sido composta depois que a vitória em Nemeia aconteceu e Píndaro tenha aproveitado a ocasião para compor mais um poema no mesmo metro usado para compor a *Ístmica* 4, que trata de temas semelhantes. Em outros pares de odes, ele não fez isso: *Olímpicas* 4 e 5; *Olímpicas* 10 e 11; e *Píticas* 4 e 5.

Labdácida também) ou quanto à riqueza e ao destino mutável (eles foram tão ricos quanto os Labdácidas e também viram sua sorte mudar, como aconteceu com Laio e com Édipo).

Ístmica 4 (473?)
Para Melisso de Tebas, vencedor no pancrácio

Tenho, com o favor dos deuses, incontáveis vias para toda parte,
ó Melisso, pois destreza revelaste nos Jogos Ístmicos,
para vossas façanhas com um hino seguir,
com as quais os Cleonímidas florescentes sempre
com o deus atingem o mortal   5
      fim da vida. Ora daqui ora de lá um vento
sobre todos os humanos caindo os impele.

De certo, em Tebas honrados desde o princípio são ditos
hospitaleiros com os vizinhos e órfãos da ruidosa
arrogância. E quantos para os humanos são aventados
testemunhos de homens mortos e vivos   10
de ilimitada fama, eles os tocaram
      em toda completude e com suas bravuras extremas
desde sua casa as colunas alcançaram de Héracles[1]

e que não ambicionem ainda maior excelência.
Equinocultores foram
e ao brônzeo Ares agradaram.   15
Mas, de fato, num único dia
a rude nevasca da guerra de quatro
homens privou o venturoso lar.[2]

---

1   As colunas de Héracles (ou seja, o Estreito de Gibraltar) eram, na mitologia, os limites do mundo conhecido e até onde os mortais poderiam chegar. Assim, elas representam o limite da felicidade e da glória que pode ser atingido.
2   Talvez haja aqui uma referência à perda de quatro membros da família dos Cleonímidas na guerra contra os Persas, quando Tebas esteve do lado dos inva-

Mas agora de novo, depois da procelosa treva dos cambiantes[3] meses,
o chão como com purpureas rosas floresceu,

pelos desígnios dos deuses. O movedor da terra, que mora em Onquesto
e na ponte marinha diante dos muros de Corinto,[4]   20
dando à família este admirável hino
do seu leito acorda a fama antiga
dos gloriosos feitos, pois no
      sono caiu. Mas, desperta, seu corpo brilha,
como a Estrela da Manhã[5] mirífica entre os outros astros.

E ela, tendo proclamado seu carro vencedor tanto nos planaltos de Atenas[6] 25
quanto nos Jogos Adrasteus de Sícion, concedeu,
como esta, dos então viventes, folhas de canções.[7]
E dos festivais públicos não afastaram
sua curva carruagem, mas com todos
      os helenos competindo deleitavam-se com a despesa dos cavalos,
pois dos que não tentam são os ignotos silêncios.   30

Mas há a obscuridade da fortuna também dos que lutam,
antes de à elevada meta chegar,

---

sores, especificamente na batalha de Plateia (479 a. C.).
3   Seguindo o texto (*poikilon*) dos manuscritos defendido por Privitera (1982: 64 e 175-176).
4   Posídon, deus dos terremotos, era cultuado em Onquesto, na Beócia, e no Istmo, perto de Corinto.
5   Planeta Vênus é o astro, visto desde a Terra, mais brilhante depois do Sol e da Lua, e aqui é comparado à fama da família de Melisso, que voltou a brilhar depois de um período de escuridão, marcado pela guerra e pela ausência de vitórias nos jogos.
6   Nas Panateneias.
7   Ou seja, a fama concedeu à família de Melisso canções de poetas do passado para celebrar suas vitórias, como esta canção.

pois isso e aquilo ela[8] dá
e com o ardil[9] dos homens inferiores
arruina e derruba o mais forte. Conheceis, de certo,   35
de Ájax o valor sangrento, que tarde
da noite ele tendo cortado em torno à sua espada censura traz
para os filhos dos helenos que para Troia foram.

Mas Homero, de certo, honrou-o entre os humanos, o qual dele
toda a excelência pôs de pé e declarou com seu bastão[10]
de divinos versos aos pósteros para deleitar.
Pois imortal essa voz continua,   40
se alguém bem fala algo. E sobre
        a terra todofrúctea e através do mar caminha
o raio dos belos feitos, inextinguível sempre.

Benévolas Musas encontremos,
para acender aquele archote de hinos
também para Melisso, do pancrácio coroa digna,
prole de Telesíades. Pois em audácia semelha   45
no coração às altibramantes feras, os leões,
na luta. Mas no engenho é uma raposa
        que, caindo de costas, da águia o ataque detém.
Cabe tudo fazer para enfraquecer o inimigo.[11]

---

8   A fortuna (*tykha*) dá um pouco disso e um pouco daquilo, bens e males.
9   Seguindo o texto proposto por Privitera e Willcock (1995: 78), com *tekhna* no dativo instrumental. O vocabulário usado nestes versos (34-35) faz-nos pensar que Píndaro está celebrando uma vitória no pancrácio, onde o vencedor deveria derrubar seu oponente. Porém o poeta emprega também vocábulos do campo semântico da corrida de carros, como no verso 32.
10   Objeto característico dos rapsodos que recitavam a poesia homérica.
11   Aqui Píndaro me parece contraditório, porque antes falou mal da astúcia de Odisseu que ficou com as armas de Aquiles, em detrimento de Ájax (cf.

Pois o porte de Órion[12] não teve por sorte.
Mas, embora desprezível de se ver, 50
cair em batalha[13] com ele é difícil.
E outrora de Anteu[14] à casa,
da Tebas Cadmeia na estatura pequeno,
mas na alma inflexível, para lutar veio um homem[15]
à triguífera Líbia, para impedí-lo
de, com crânios de estrangeiros, o templo de Posídon cobrir,

o filho de Alcmena, que ao Olimpo foi, depois de explorar 55
as terras todas e a cavidade de fundos precipícios do grisalho mar
e depois de pacificar as rotas para as navegações.
E agora junto ao Égide-tenente,[16] belíssima ventura
desfrutando, habita, honrado
      pelos imortais como um amigo, com Hebe está casado,
de áurea casa senhor e genro de Hera. 60

Nemeias 7 e 8 também). Agora elogia a rapoza e Melisso por causa de suas habilidades. É possível que haja aqui uma alusão a uma manobra usada no pancrácio para enganar um inimigo mais forte: o oponente menor e mais fraco, usando de astúcia, se joga no chão e aproveita disso para dominar o outro competidor.
12   Gigante filho ou da Terra (segundo Apolodoro, 1, 25) ou de Posídon e Euríale (Hesíodo, fr. 148a Merkelbach-West).
13   Seguindo aqui o texto defendido por Privitera e Willcock (1995: 83). 'Cair' aqui no sentido de 'entrar' em batalha.
14   Gigante filho de Posídon e da Terra, que toda vez que era lançado ao chão retornava mais poderoso, fortificado por sua mãe. Para vencê-lo, Héracles o ergueu, afastando-o do solo, e sufocou-o. Píndaro parece estar aqui fundindo esse personagem com outro, Busíris, filho egípcio de Posídon, que sacrificava todos os estrangeiros.
15   Héracles.
16   Zeus, pai do herói, que era muitas vezes imaginado empunhando um escudo feito de pele de cabra (*aigis*).

Para ele, sobre a Porta de Electra,[17] um festim preparamos nós, cidadãos,
e recém-construídas coroas de altares acrescemos,
combustos sacrifícios para os bronziarmados oito mortos,
filhos que gerou para ele Mégara, de Creonte filha.[18]
Para eles, ao crepúsculo dos raios,   65
     a chama erguendo-se constante dura toda a noite,
o éter chutando com sacrifical fumo

e no segundo dia o termo dos jogos anuais
acontece, proeza de força.
Ali dealvado na cabeça
com mirtos este homem[19] dupla   70
vitória proclamou e entre os meninos uma terceira
antes, do seu timoneiro guia
ao juízo rico em conselhos obediente. Com Orseas
celebrá-lo-ei vertendo deleitosa graça.

---

17   Uma das sete portas de Tebas.
18   Píndaro alude aqui a uma versão diferente do mito contado por Eurípides, no *Héracles*. Lá o tragediógrafo conta que o heroi, tomado por um acesso de loucura, matou seus três filhos, que eram crianças. Aqui os oito filhos de Héracles estão "armados com bronze", ou seja, eles são guerreiros adultos que morreram em batalha, como os quatro parentes de Melisso citados antes. Parece haver aqui uma referência a um culto dedicado a oito herois tebanos que foram identificados com os filhos de Héracles e Mégara. Cf. Willcock, 1995: 85-86.
19   Referência a Melisso, que com a ajuda do seu 'timoneiro', seu treinador Orseas, conseguiu duas vitórias nos jogos em honra a Héracles;

Comentário

Neste poema, Píndaro celebra outra vitória, agora no pancrácio, de Melisso de Tebas, já homenageado com a *Ístmica* 3. Vitórias anteriores de parentes do vencedor são lembradas aqui também. Contudo, sua família perdeu quatro guerreiros recentemente, talvez na batalha de Plateia, em 479 a. C. quando os Persas e seus aliados, entre os quais estavam tebanos, forma derrotados. Para os humanos a felicidade não é duradoura. Mas a glória por vezes volta a surgir. E a prova disso é que, mesmo sendo de baixa estatura, Melisso venceu seus oponentes, assim como Héracles venceu o gigante Anteu, com astúcia e habilidade, aprendidas com seu treinador, Orseas, a quem o poeta louva nos últimos versos.

Ístmica 5 (478?)
Para Filácidas de Egina, vencedor no pancrácio de meninos.

Mãe de Hélio, multinomeada Teia,
por tua causa também megapoderoso julgaram
o ouro os homens muito além do resto.
Pois também rivalizantes
naves no mar e sob carros cavalos   5
por tua honra, ó senhora, em ágil
      girantes corridas admiráveis tornam-se

e em competitivas disputas a desejada
glória alcançou aquele cujo cabelo compactas
coroas cingiram, pelas mãos tendo vencido   10
ou pela rapidez dos pés.
A proeza dos homens é decidida através dos deuses.
Duas coisas somente, de certo, guiam da vida
      o primor amabilíssimo: com florescente ventura

alguém ter sucesso e nobre elogio ouvir.
Não ambiciones tornar-te Zeus: tudo tens,
se te alcançar a tua porção destas belezas.   15
Coisas mortais convêm a mortais.
Para ti no Istmo florescendo a dupla distinção,
Filácidas, é oferecida, e em Nemeia para ambos,
também para Píteas, do pancrácio. Mas o meu

coração não saboreia hinos sem os Eácidas.¹ 20
Com as Cárites² vim para os filhos de Lâmpon³

a esta cidade de boas leis. E se tomou
o caminho puro das ações deodatas,⁴
não relutes em o louvor apropriado com teu canto
mesclar diante das fadigas. 25
Pois também entre os heróis os valorosos lutadores
o elogio ganharam: são celebrados
      nas forminges e nos clamores panfônicos dos aulos⁵

por infinito tempo. A atenção dos peritos,⁶
por vontade de Zeus, despertaram os venerados:
nas esplêndidas cerimônias dos etólios
os Eneídas⁷ são poderosos,
em Tebas Iolau impelecavalos
tem o dom, Perseu em Argos e a lança de
      Cástor e Polideuces sobre as correntes do Eurotas.⁸

---

1   Os descendentes de Éaco: Télamon e Peleu, seus filhos, e Ájax e Aquiles, seus netos.
2   As Graças, deusas que favorecem o canto e a dança.
3   Filácidas e Píteas.
4   Ações concedidas pelo deus.
5   Os aulos eram instrumentos de sopro, com palheta na embocadura, semelhantes ao oboé. Eles são chamados 'panfônicos' aqui por que os gregos julgavam que com eles era possível tocar todos os sons, ou seja, todas as notas. Isso é um exagero, mas é fato que com o aulo é possível produzir um número maior de notas em comparação com os instrumentos de corda, como a lira ou a forminge.
6   'Peritos' traduz *sophistai*, ou seja os que têm habilidade com a poesia, os talentosos
7   Ou seja, os filhos de Eneu, rei da Calidônia e pai de Meleagro e de Tideu.
8   Rio que atravessa Esparta.

Mas em Enona[9] as magnânimas têmperas
de Éaco e seus filhos: eles também com batalhas   35
duas vezes a cidade dos troianos devastaram, seguindo
Héracles na primeira vez
e com os Atridas.[10] Eleva agora meu carro desde o chão:
diz quem matou Cicno, quem Heitor
e o general destemido dos etíopes,   40
Mêmnon bronziarmado; quem então o nobre Télefo
feriu com sua lança junto às margens do Caíco?[11]

A boca proclama Egina pátria deles,
distinta ilha. Fortificada está há muito
sua torre com altaneiras excelências para escalar.   45
Minha língua fluente
tem muitas flechas para cantar
sobre eles. Também agora em Ares[12] testemunharia
    a cidade de Ájax, posta de pé por seus nautas,

Salamina sob a multirruinosa borrasca de Zeus
com a matança granizante de incontáveis
homens.[13]   50

---

9   Antigo nome de Egina. Cf. *N.* IV, 45ss.
10   Télamon, filho de Éaco, participou do primeiro ataque e Ájax, filho de Télamon, e Aquiles participaram da segunda guerra contra Troia.
11   Rio da Mísia, região da antiga Ásia Menor, ao sul do Mar de Mármara, hoje parte da Turquia, onde, segundo o mito, reinou Télefo. Foi Aquiles quem matou Cicno (rei de Colonas, na Tróade, e aliado de Príamo), Heitor e Mémnon e feriu Télefo.
12   Expressão que quer dizer 'na guerra'.
13   Aparente menção ao papel determinante que os guerreiros de Egina tiveram na vitória dos gregos contra os persas,
na batalha de Salamina, 480 a. C.

Mas contudo rega em silêncio o alarde.
Zeus bens e males distribui,
Zeus, o senhor de tudo. Mas em amável
mel também tais honras o vitorioso
        deleite afagam.[14] Que lute quem participa

de competições, com a raça de Cleônico[15]   55
aprendendo. De fato, não ficou obscuro o grande
esforço dos seus homens nem quantas despesas
consumiram seu desvelo quanto às suas esperanças.
Louvo também Píteas que nos treinamentos
a Filácidas guiou corretamente na corrida dos golpes,   60
hábil com as mãos, rival no espírito.[16]
Recebe para ele a coroa, leva a grinalda de fina lã
e envia junto um novo e alado hino.

Comentário

Dos três epinícios que Píndaro compôs para os filhos de Lâmpon, este é o mais recente. Os outros foram a *Nemeia* 5 (483?), para Píteas, e a *Ístmica* 6 (480), para Filácidas também, mas mencionan-

---

14   Ou seja, as honras das competições atléticas também afagam o prazer das vitórias com o mel das canções.
15   Avô de Filácidas e Píteas.
16   Píteas teria sido o treinador de Filácidas, por isso o poeta também o elogia, como é costumeiro num epinício dedicado a um vencedor ainda adolescente.

do uma outra vitória de Píteas em Nemeia. Como de costume, o poeta cita os heróis descendentes de Éaco: Télamon, Peleu, Ájax e Aquiles. Mas, além dos eácidas, Píndaro menciona também a contribuição dos eginetas na batalha de Salamina, o que nos permite datar esta ode em algum momento logo depois dessa batalha, que aconteceu em 480 a.C. A deusa Teia aparece na *Teogonia* (vv. 371-374) como a mãe do Sol, da Lua e da Madrugada e está ligada à luminosidade e à visão. Desse modo, ela estava ligada ao brilho e à visibilidade proporcionada aos homens pela glória das vitórias guerreiras e atléticas. Ela é chamada de 'multinomeada', 'de muitos nomes', porque se manifestava de várias maneiras.

Ístmica 6 (480)
Para Filácidas de Egina, vencedor no pancrácio de meninos

Como quando floresce um banquete de homens,
a segunda cratera de melodias das Musas
mesclamos em honra à raça de nobres atletas de Lâmpon, em
      Nemeia primeiro, ó Zeus,
de ti o primor das coroas recebemos,
agora de novo do senhor do Istmo   5
e das cinquenta Nereidas, pois o mais jovem dos seus filhos,
Filácidas, é vencedor. Que nós possamos uma terceira
preparando para o salvador
      Olímpico em Egina
oferecer libações com melíssonos cantos.

Pois se um dos homens, alegre com a despesa   10
e com o esforço, realiza divinas façanhas
e com ele um deus engendra o deleitável renome,
      aos limites já da prosperidade
lança a âncora, sendo deoestimado.
Com tal têmpera suplica
encontrar o Hades e receber a velhice grisalha   15
o filho de Cleônico.[1] E eu rogo
a Cloto altitrônea e a suas irmãs, as Moiras, que
      acompanhem as ínclitas
preces deste homem querido.

---

1   Lâmpon.

E, Eácidas de áureos carros,
digo que para mim o rito mais distinto   20
é, a esta ilha chegando, regar-vos com elogios.
Incontáveis caminhos há traçados, centípedes
      em fileira, de feitos nobres
até além das fontes do Nilo e através dos Hiperbóreos.
E não há cidade tão bárbara
      nem de língua estrangeira
que não ouça a glória do herói   25
      Peleu, venturoso genro dos deuses,[2]

nem a de Ájax Telamônio
nem a do seu pai. À guerra bronziálacre
com os Tiríntios levou-o, benévolo aliado contra
      Troia, dissabor para os heróis,
por causa dos erros de Laomedonte,
em naves o filho de Alcmena.[3]   30
Tomou Pergâmia e matou com ele dos Méropes
os povos e o boieiro igual a uma montanha,
depois de encontrá-lo nos campos Flégreos,
      Alcioneu,[4] e não poupou
com suas mãos o seu nervo[5] gravissonante,

Héracles. Mas chamando o Eácida   35
para a viagem encontrou-o celebrando as bodas no banquete.[6]

---

2   Peleu casou-se com Tétis e os dois geraram Aquiles.
3   Télamon acompanhou Héracles na expedição contra os troianos.
4   Sobre essas façanhas de Héracles, cf. *Nem.* 4, 26ss. e *Nem.* 1, 67.
5   Ou seja, o seu arco.
6   Seguindo o texto proposto por Privitera (1982: 96-97 e 208) a partir da sugestão de von der Mühll.

A ele na pele do leão de pé ordenou
        começar com as libações nectárias,
ao Anfitriônida lancipotente,
e entregou-lhe, o bravo
Télamon, a taça portavinho auriencorpada[7]   40
e ele alçando aos céus suas mãos imbatíveis
proferiu tais palavras:
        "Se jamais minhas preces, ó Zeus
Pai, de coração aberto ouviste,

agora a ti, agora com orações piedosas
suplico que um filho audaz de Eribeia   45
com este homem, meu hóspede, por destino perfaças.
A ele invulnerável por natureza faz,
        como esta pele que agora me envolve
da fera que, primeiro combate, matei outrora em Nemeia.
E ânimo o acompanhe." Enquanto isso então
        falava, a ele enviou o deus
a rainha das aves, uma grande águia.   50
        Doce alegria vibrou dentro dele

e disse falando como vidente:
"Terás o filho que pedes, ó Télamon.
E a ele da ave que apareceu chama por epônimo
        vastipotente Ájax,[8] terrível

---

7   Isto é, 'grossa com ouro'.
8   Píndaro propõe que o nome de Ájax (*Aias*, em grego) deriva de *aietos*, 'águia', em referência à ave enviada por Zeus como sinal favorável à prece de Héracles.

nas fadigas dos exércitos de Eniálio⁹."
Assim então tendo dito, sem demora   55
se sentou. Mas a mim longo é contar todas as façanhas,
pois para Filácidas vim, ó Musa, dispensador
de cortejos, também para Píteas e Eutímenes.¹⁰
       No modo argivo¹¹
será dito de algum modo também em brevíssimas palavras.

Pois conquistaram vitórias do pancrácio,   60
três do Istmo e as outras da beliarbórea¹² Nemeia,
ilustres filhos e tio materno. E ergueram à
    luz um tal quinhão de hinos:
A pátria dos Psaliquíadas¹³ eles irrigam
com o belíssimo orvalho das Cárites,
e exaltando a casa de Temístio¹⁴ esta cidade   65
deoamada habitam. E Lâmpon "esmero
a suas ações somando", de Hesíodo
    sem dúvida estima esse dito,¹⁵
e aos filhos falando exorta,

partilhado adorno à sua cidade trazendo.
E pelas gentilezas com os estrangeiros é amado,   70
a medida com inteligência buscando e a medida também possuindo:

9	Epíteto de Ares, deus da guerra.
10	Tio materno de Filácidas.
11	As pessoas de Argos eram conhecidas por falarem pouco, como os espartanos.
12	Ou seja, 'bem arborizada'.
13	Família à qual pertencia Filácidas.
14	Avô materno de Filácidas.
15	Cf. Hesíodo, *Os Trabalhos e os Dias*, 412.

sua língua não escapa de sua mente.¹⁶
    Dirias que ele é um homem entre os atletas
como a amoladora dominabronze de Naxos entre as outras pedras.¹⁷
Dar-lhes-ei para beber de Dirce a sacra
    água que as filhas de finas cinturas
de Mnemósine de áureo peplo fizeram   75
    jorrar junto aos portões bem murados de Cadmo.¹⁸

Comentário

É provável que esta ode tenha sido apresentada num banquete, por causa à menção a esse tipo de situação nos primeiros versos, mas também por causa da cena em que Héracles faz uma prece e profetiza que Télamon terá um filho glorioso, Ájax, cujo nome derivaria da palavra aietos, 'águia', em grego. É interessante comparar esta ode com a *Nemeia* 5 e a *Ístmica* 5.

---

16   Ou, dito de outra maneira, "ele não fala sem pensar".
17   Lâmpon é comparado à famosa pedra de amolar da ilha de Naxos, porque ele é sábio e soube afiar, ou seja, educar bem os seus filhos.
18   Dirce era uma fonte localizada em Tebas, cidade fundada por Cadmo, segundo os mitos. As filhas de Mnemósine são as Musas, as quais trazem a 'água sagrada' que é a canção.

Ístmica 7 (454?)
Para Estrepsíades de Tebas, vencedor no pancrácio

Com qual das precedentes, ó venturosa Tebe,[1]
glórias nativas sobretudo teu coração
deleitaste? Acaso quando o parceiro
da bronzissonora Deméter deste à luz,
o vastacoma Dioniso, ou à meia-noite quando acolheste   5
    o supremo deus que nevou em ouro,[2]

quando de Anfitrião na porta
parado a esposa procurou com as Heracleias sementes?
Ou com os sagazes conselhos de Tirésias?
Ou com Iolau equinesperto?
Ou com os Espartos[3] de infatigáveis lanças? Ou quando do feroz   10
    alarido reenviaste Adrasto órfão

de uma miríade de camaradas para Argos equestre?
Ou porque a dórica colônia sobre
ereto artelho colocaste
dos Lacedemônios e tomaram Amiclas
os Egeidas[4] de ti descendentes, segundo os oráculos píticos?   15

---

1   Ninfa de cuja denominação deriva o nome da cidade de Tebas, com a qual ela é identificada.
2   A imagem de Zeus caindo em forma de chuva, habitualmente associada à história de Dânae, é transferida aqui para o episódio da fecundação de Héracles. Em *Ol.* 7, 34, Píndaro também diz que Zeus fez "nevar ouro".
3   Os 'semeados' eram homens que nasceram dos dentes do dragão que Cadmo matou. Cf. *Pít.* 9, 82 e *Ist.* 1, 30.
4   Família tebana que teria ajudado os Heraclidas, descentes dóricos de Héracles, a conquistar o Peloponeso, começando por Amiclas, cidade que ficava

Mas a antiga glória
de certo dorme e amnésicos são os mortais

daquilo que não alcança o sumo primor da perícia
poética, aos ínclitos fluxos dos versos jungido.
Celebra, portanto, com dulcimélico hino 20
também Estrepsíades, pois conquista no Istmo
a vitória do pancrácio, pela força terrível, formoso
      de se ver e traz excelência não menor do que seu porte.

E flameja com as violitrâncias Musas
e ao tio materno homônimo deu uma partilhada grinalda,
ao qual o bronzescudo Ares a morte mesclou. 25
Mas a honra dos valentes é a recompensa.
Pois que saiba com clareza que quem nessa nuvem
      a saraivada de sangue da cara pátria afasta,

ruína levando contra[5] o adversário exército,
entre os concidadãos à sua família grandíssima glória acresenta
ainda vivo e mesmo depois de morto. 30
E tu, filho de Diódoto, emulando
o guerreiro Meleagro e emulando também Heitor
e Anfiarau,
tua florescente juventude exalaste

da vanguarda sobre a tropa, onde os melhores 35

---

perto de Esparta. Cf. *Pít.* 1, 65-66.
5   Seguindo a emenda proposta por Thiersch e adotada por Willcock (1995: 35 e 66) e Race (1997: 202).

suportavam da guerra a contenda com suas últimas esperanças.[6]
Sofri tristeza indizível, mas agora
o Moveterra[7] bonança concedeu-me
depois da tormenta. Cantarei, a coma com coroas
      ajustando. Que dos imortais a inveja não perturbe,

porque deleite diário buscando   40
calmo me aproximo da velhice e do destinado
tempo. Pois morremos igualmente todos,
mas o destino é desigual. Se alguém longe
mira, é pequeno para alcançar dos deuses a sede
      de brônzeo piso. De fato, o alado Pégaso arrojou

seu dono quando do céu às moradas queria   45
chegar Belerofonte de Zeus
à assembleia. O doce contra
justiça, acérrimo final o espera.
Mas dá-nos, ó com áurea coma vicejante Lóxias,[8]
nos teus torneios   50
também em Pito florida coroa.

---

6   O filho de Diódoto é Estrepsíades, tio do vencedor. Como Meleagro, ele teria convocado outros heróis para ajudá-lo. Como Heitor, ele teria morrido defendendo sua pátria. E como Anfiarau, ele viu sua cidade se reerguer depois de uma derrota militar. Currie (2005: 211-216), porém, propõe que o que há em comum entre os três personagens míticos e Estrepsíades é o fato de os quatro terem sido cultuados como heróis em suas cidades.
7   Posídon.
8   Prece final a Apolo, pedindo que Estrepsíades também vença nos Jogos Píticos, em Delfos. Apolo é chamado Lóxias,
'oblíquo', 'ambíguo', porque seus oráculos, muitas vezes, não eram claros ou fáceis de entender.

Comentário

É possível que nessa ode haja referências veladas (para nós, pelo menos) à batalha de Enófita, na qual os tebanos foram derrotados pelos atenienses, depois que os espartanos os abandonaram. Nessa ocasião teria morrido o tio do vencedor. Chama nossa atenção o catálogo de deuses e heróis ligados a Tebas mencionados no começo do poema. Além disso, a lembrança do parentesco que havia entre tebanos e espartanos tornaria mais grave o fato de os lacedemônios terem abandonado seus aliados beócios no campo de batalha.

Ístmica 8 (478)[1]
Para Cleandro de Egina, vencedor no pancrácio dos rapazes

Para Cleandro e sua juventude alguém
      como compensação gloriosa, ó jovens, das aflições
do seu pai Telesarco ao esplêndido pórtico
vá e desperte
a festa, pela Ístmica vitória
      recompensa e porque
de Nemeia nos jogos o sucesso   5
      encontrou. Por isso também eu, embora entristecido
em meu coração, sou instado a convocar a áurea
Musa. E, de grandes pesares libertos,
não caiamos na orfandade das coroas
nem de aflições sejas
      servo. Tendo cessado nossos inelutáveis males,
algo doce cantaremos diante do povo, mesmo depois dos labores,
porque, de sobre a nossa cabeça,
como[2] de Tântalo a pedra,[3]   10
      afastou um deus

---

1   Nesta ode predomina o vocabulário da tristeza e da cessação (*pauo*) tanto nas possíveis referências históricas às Guerras Pérsicas quanto no relato mítico que trata do casamento de Tétis e Peleu realizado para impedir que um deus mais poderoso do que Zeus ou Posídon fosse gerado. Tema a ser explorado.
2   Aceitando a emenda proposta por Privitera (1982: 125 e 228), tomada de Bergk (1866).
3   Possível referência à invasão Persa ou à sentença decretada por Esparta e Atenas contra Tebas. Tântalo, de acordo com o mito, foi condenado a ter uma pedra eternamente suspensa sobre sua cabeça.

a insuportável labuta para a Hélade.
    Mas o temor do que passou
fez cessar o poderoso estertor: o que está diante do pé[4]
é melhor sempre observar
em todo caso, pois doloso o
    tempo sobre os homens pende,
turbilhonando o curso da vida.   15
    Porém é curável para os mortais, ao menos com liberdade,
também isso. Deve a boa esperança ao homem concernir.
E deve quem na septipórtia Tebas foi criado
a Egina das Cárites o primor[5] oferecer,
porque do pai gêmeas
    filhas foram, dentre as Asópidas[6]
as mais jovens, e ao rei Zeus agradaram.
Ele a uma, junto à belifluente
Dirce, da amacarros cidade   20
instalou como senhora

e depois de à ilha Enópia[7] te levar,
    contigo dormiu, onde o divo geraste
Éaco para o fundirribombante pai o mais caro
dos terrícolas, o qual mesmo
entre divindades litígios
    resolveu. Dele os deissímiles
filhos exceleram e   25

---

4   O que está perto, o que está ao alcance da mão.
5   A canção, o epinício é o primor, a melhor flor das Cárites.
6   As ninfas Tebe e Egina eram filhas do rio Asopo, que atravessava a Beócia.
7   Outro antigo nome de Egina, como Enona.

       os filhos dos filhos caros a Ares pela virilidade
ao devotar-se ao brônzeo gemente embate
e foram sagazes e prudentes no coração.[8]
Disso também dos venturosos a assembleia lembrou-se,
quando Zeus, por causa de Tétis,
       e o ilustre Posídon querelaram pelas núpcias,
cada um desejando que ela sua formosa
esposa fosse, pois o amor os dominava.
Mas para eles as imortais mentes   30
       dos deuses não concluíram as bodas,

pois o determinado ouviram.
       Disse a bem-atinada Têmis[9] no meio deles,
porque predestinado estava, que mais poderoso do que o pai
um régio filho geraria
a marinha deusa, que mais forte
       do que o raio e o tridente indômito
outro dardo com a mão   35
       impeliria, se com Zeus ela se mesclasse
ou com irmãos de Zeus. "Mas isso
cessai. Leitos mortais tendo obtido,
que ela veja seu filho morrer na guerra,
nas mãos a Ares
       símile e aos relâmpagos no poder dos pés.
O meu conselho é ao Eácida Peleu o dom
deodestinado do casamento conceder,

---

8   Os filhos de Éaco foram Télamon, pai de Ájax, e Peleu, pai de Aquiles.
9   Deusa que ligada à esfera da justiça e dos bons conselhos.

o homem mais reverente, dizem, 40
que a planície de Iolco[10] nutre.

Que sigam para o imortal
    antro logo de Quíron[11] súbito as notícias
e que de Nereu a filha das contendas as folhas[12]
duas vezes não coloque em nossas
mãos. Mas que em noites
    de lua cheia a amável
brida da sua virgindade solte 45
    sob o herói". Assim disse aos Crônidas
falando a deusa e, de certo, com suas sobrancelhas
imortais acenaram anuindo: das palavras o fruto
não definhou. Pois dizem que coonrou
também as bodas de Tétis o
    senhor e mostraram dos sábios as bocas
aos inexpertos a juvenil excelência de Aquiles.[13]
Ele também a Mísia vinivestida
planície ensanguentou de Télefo 50
com o negro sangue regando-a,

---

10   Cidade no leste da Tessália.
11   Centauro que foi o educador de Peleu, dentre outros herois, e em cuja caverna ele celebrou as bodas de Tétis, a filha de Nereu, e Peleu.
12   'Folhas das contendas' ou 'ramos da discórdia' é uma metáfora usada para indicar que haveria um outro litígio entre os deuses caso Tétis se casasse com Zeus ou com Posídon, já que o filho dela seria mais poderoso do que o pai e causaria problemas às divindades.
13   Ou seja, os sábios, os poetas, cantaram e contaram os feitos de Aquiles àqueles que desconheciam-nos.

fez para os Atridas[14] a ponte
>   para o retorno e Helena libertou, de Troia
os tendões tendo cortado com sua lança, os quais impediam-no de ordenar
da guerra mata-homens
a obra na planície
>   outrora, de Mêmnon a força
magnânima, Heitor e outros   55
>   excelentes, aos quais a morada de Perséfone[15]
mostrando Aquiles, guardião dos Eácidas,
Egina e sua própria raiz celebrizou.[16]
Nem mesmo depois de morto as canções o abandonaram,
mas junto à sua pira e
>   à sua tumba as Helicônias donzelas[17]
ficaram e, sobre, um lamento multivóceo verteram.
Pareceu bom então também aos imortais
o nobre homem, mesmo morto,   60
>   aos hinos das deusas entregar.

Isso também agora traz o elogio e
>   apressa-se das Musas o carro para celebrar
a memória do pugilista Nicoclés.[18] Honrai aquele
que no Ístmico vale
obteve o dórico aipo:[19]
>   pois circunvizinhos

---

14   Os filhos de Atreu eram Agamêmnon e Menelau.
15   O Hades, ou seja, a morte.
16   Sobre os feitos de Aquiles, cf. *Nem.* 3, 43-52.
17   As Musas. Cf. *Odisseia*, 24, 58-64.
18   Primo de Cleandro.
19   As coroas dadas aos vencedores nos Jogos Ístmicos eram feitas de um tipo de aipo selvagem.

homens venceu, de certo, outrora 65
      também ele com inescapável mão aturdindo-os.
A ele não envergonha a prole do distinto
irmão de seu pai. Portanto que um dos seus coetâneos, pelo
pancrácio, para Cleandro trance de mirto
delicada coroa,
      pois de Alcátoo o torneio[20] com sorte
e em Epidauro a juventude o acolheram antes.
Ao homem bom é concedido louvá-lo,
pois sua juventude não subjugou 70
      num buraco inexperta de feitos nobres.

Comentário

É possível que nesta ode haja referências à péssima situação na qual Tebas ficou depois da derrota dos Persas na batalha de Plateia, em 479 a. C. E alguns versos (6-19) parecem ter um tom bastante pessoal. Interessante também a lembrança as ninfas Tebe e Egina eram irmãs, lembrando assim que tebanos e eginetas tinham uma origem comum e deveria haver concórdia entre eles e entre todos os gregos. Para afastar a discórdia, Píndaro pode ter escolhido contar o mito do casamento de Tétis e Peleu e de seu filho, Aquiles. Era o momento de afastar a tristeza e comemorar a vitória de Cleandro e a liberdade da Grécia.

---

20   Em Mégara, aconteciam jogos em honra a Alcátoo, filho de Posídon e Hipodâmia. Nesses jogos ou nos jogos em honra a Asclépio, em Epidauro, o prêmio era uma coroa de mirto.

Ístmica 9 (?)

Gloriosa a história de Éaco e gloriosa Egina
      de ínclitas naves. Com o decreto dos deuses
de Hilo e Egímio
o dórico exército veio
e a povoou.[1] Sob o preceito deles vivem
nem a justiça nem o direito   5
dos hóspedes transgredindo. Por sua virtude são como
delfins no mar e servidores sábios
das Musas e dos torneios atléticos.

Comentário

Esses versos encontram-se no manuscrito Laurentianus D, depois da *Ístmica* 8 e têm muitos elementos comuns a outras odes pindáricas para eginetas. Snell defendeu que havia alguma relação entre esses versos e os fragmentos 4 e 190.

---

[1] Hilo foi um dos filhos de Héracles. Ele adotou Egímio, pai de Pânfilo e Dimas. Eles são, portanto, os primeiros Heráclidas e os antepassados míticos dos povos dóricos que conquistaram Amiclas, principal cidade da Lacônia pré-dórica, que ficava a poucos quilômetros da cidade de Esparta. Depois, os dóricos colonizaram a ilha de Egina também.

FRAGMENTOS

INTRODUÇÃO AOS FRAGMENTOS

Além dos epinícios, chegaram também até nós muitos fragmentos de variados gêneros compostos por Píndaro, através da tradição manuscrita, em citações de outros autores, e através de achados em papiros, principalmente da cidade de Oxirinco, no Egito. Na chamada Vida Ambrosiana (1.3.6-9 Drachmann), lemos que nosso poeta compôs poemas para diferentes ocasiões e com objetivos diversos: hinos (em homenagem aos deuses), peãs (em homenagem a Apolo), dois livros[1] de ditirambos (em homenagem a Dioniso), dois livros de prosódios (poemas cantados em procissões), dois livros de partênios (poemas cantados por um coro de moças), um livro de poemas separados dos partênios, dois livros de hiporquemas (poemas cantados acompanhados de dança), encômios (em homenagem a homens ilustres) e trenos (poemas cantados para lamentar e honrar um morto). Essa ordem é seguida desde a histórica edição de Boeckh, de 1821. Contudo no papiro de Oxirinco 2438. 36-39 (publicado em 1961 e depois emendado por Ítalo Gallo) os gêneros são apresentados numa ordem diferente e um livro de hiporquemas é omitido: dois livros de ditirambos, dois de prosódios, peãs, três de partênios, encômios (incluindo escólios), hinos, hiporquemas e trenos.

 Eu tentei traduzir o máximo de texto legível em cada fragmento. Em muitos deles há lacunas que dificultam o trabalho do tradutor. Esperemos que, no futuro, mais papiros sejam achados e publicados para que os textos que já conhecemos se tornem mais inteligíveis e, quem sabe, para que nossa coleção se enriqueça mais ainda.

---

1   Ou seja, rolos de papiro.

O texto de base usado aqui é o Herwig Maehler (2001). Porém, para os peãs, usei a edição de Rutherford (2001), para os ditirambos consultei também a edição de Lavecchia (2000) e para os trenos consultei a edição de Canatà Fera (1990).

Os textos com letra menor não são de Píndaro, mas de autores posteriores que citaram ou fizem comentários sobre as obras do poeta.

DOS EPINÍCIOS ÍSTMICOS

1a
.].[....].traz tempesta[de
... a nau da onda...
no correto curso...
derrotou com todo seu coração   5
alado (?) ...

1b + 1c
].. Nemeia .[...   3
esplend. [...   6

2
Para Casmilo de Rodes,[1] Pugilista

aquele que quer e pode prazeres experimentar
o conselho [dado] a Agamedes e Trofônio[2]
pelo Longicerteiro[3] recebendo

3 (Plutarco, *Consolação a Apolônio* 14.109A)
Também referente ao epinício para Casmilo de Rodes, Pugilista

---

1   Filho de um certo Evágoras, contemporâneo de Diágoras de Rodes. Cf. *Ol*. 7 e A. P. 16.23, atribuído a Simônides.
2   Construtores do templo de Apolo em Delfos.
3   Epíteto de Apolo.

E sobre Agamedes e Trofônio Píndaro diz que, depois que construiram os templos em Delfos, pediram o seu pagamento a Apolo e ele prometeu pagar no sétimo dia e sugeriu que eles participassem dos banquetes enquanto isso. Depois de fazer o que lhes foi ordenado, na sétima noite, quando foram dormir, eles morreram.

4
Para Mídias de Egina

e se a mim um homem dentre os mortos

5

Ao Eólida Sísifo ordenaram
ao seu filho uma longivisível honra[4]
erguer, ao falecido Melicertes

6
Melicertes, Atamantiada, filho de Ino

6a
Para um Megarense, vencedor no estádio
(a) as siringes ...
(b) era noite, e Alexandre...
enquanto as criaturas dormiam, Hermes...
(c)   calmamente

---

[4]   Um escólio na introdução às Odes Ístmicas (3.192.13 Drachmann) diz que as Nereidas em coro ordenaram a Sísifo que conduzisse os jogos Ístmicos em honra ao seu filho Melicertes. Em Apolodoro (1.9.1), Melicertes é filho de Atamas e Ino.

(d) pastoreava ao vastirrugente pai...
(e) mas por mais tempo ficou sentado (?)...

* * *

esporão

* * *

    Musa, desperta-me a mim
(f) que para dentro da terra
    vou [
(g) tu aparecerás não junto ao alvo
(h) se de três no Ístmo e em Nemeia do[is
(i) de Alatas um Lacedemônio
(k)] dizem diante do altar...
(l) encontra de ouro...

6b
(a)]... de certo de casa
(b) a mãe de malgrado
(c) vem a ser .... acolherão
(d) pois nos capiteis ... das colunas
(e) pois sendo o melhor...
(f)]regando com canções[
    ] dos nobres o primor nectáreo...[
    ]o fruto colhendo...
(g) as preocupações...

6c
Para um Ateniense, portador de cachos de uva

6d
impediram

6e
a todas as Cárites

6f
perigo (de Teseu?)

7
que volta de fato o fez girar

8
três cabeças

9 = fr. 65 Schr. vid. ad pae. 13

10
com esperanças imortais de imediato são levados

11
não lutarei mentirosamente

12
venceram aqueles que

13
cavalo victorípede

14
Zeus vastojugo

15 = 6a (d)

16
victoriforte com as mãos

17
carrissoante

18
Posídon golpeiachão

19 e 20
combate cortejacoroa e cortejador de coroas

21
Aurora prece

22
tantas (ter encontrado) dentre as coisas belas

23
ter superado Tisandro de Naxos

24
a superapalavra preocupação

25-27
meteco e com a boca inflama e compartilhar

28 = 6a (c) .

HINOS

Para os Tebanos em honra a Zeus (?)

29
Ismeno ou de áureo fuso Mélia
ou Cadmo ou dos Espartos homens a sacra raça
ou de escuro véu Tebe
      ou a todousada força de Héracles
ou de Dioniso a multijubilante honra
      ou as bodas da alvibrácea Harmonia
      hinearemos?[5]

32
(Cadmo ouviu Apolo)
a música correta apresentando

30
primeiro a prudente Têmis celeste
com áureos cavalos desde as fontes do Oceano
as Moiras até a escada augusta
conduziram do Olimpo sobre resplendente via
para ser a esposa original do salvador Zeus.

---

[5]   Estes versos lembram muito os primeiros versos da *Ístmica* 7, onde encontramos também um catálogo de personagens míticas tebanas. Sobre esse hino, ver Snell, 2003: 121-138.

E ela as auricoroadas de esplêndidos frutos
verídicas Horas deu à luz.

33
o senhor que ultrapassa todos
      os venturosos, o Tempo

33a (Héracles lutando contra os Méropes habitantes da ilha de Cós)

...clava...
... com a mão, esta santa...
...sobre o exército atirou (?)
nem igual à força do fo]go, nem do mar
às ondas, nem aos ve]ntos
...rad]i[lanc]eiro...

33b
com o tempo nasceu Apolo

33c
Salve, ó teoconstruída, da reluzentetrância
Leto aos filhos amabilíssimo broto,
do mar filha, da vasta ter-
ra imóvel portento, a qual os mortais
Delos chamam, e os venturosos no Olimpo
longivisível astro da escura terra.

33d
Pois era antes arrastada
sobre as ondas de todo tipo de ventos
pelas forças, mas a Coiogerada[6] quando com as dores dos partos próximos furiosa pisou
nela, justo então quatro eretas
dos troncos da terra ergueram-se,
e com seus cumes sustentaram
a pedra adamantopédicos
pilares. Ali tendo pari-
do, contemplou sua feliz prole.

34
ele[7] também golpeado com sacro machado deu à luz
    a loura Atena

35
(os Titãs das cadeias)
daquelas tendo sido libertados pelas tuas mãos, senhor

31 Aristides, Or. 2.420 (1.277 Lenz-Behr)
Píndaro... diz que, no casamento de Zeus, os próprios deuses, quando Zeus perguntou se eles precisavam de algo, pediram que ele criasse alguns deuses[8] para ele mesmo, os quais adornariam com palavras e música esses grandes feitos e todo o ordenamento dele.

---

6   Leto, filha do titã Coio (Koios) com a titã Febe.
7   Zeus bateu com um machado na sua cabeça para que Atena pudesse sair de dentro dela. Cf. Hesíodo, *Teogonia*, 924-925.
8   As Musas.

35a Aristides, *Or.* 43.30 (2.347 Keil)

Zeus...somente ele poderia dizer o que é preciso sobre ele mesmo, como um deus
algo mais tendo recebido por destino

pois esse dito de Píndaro é mais belo do que qualquer outro dito por qualquer outro sobre Zeus.

35b

os sábios também o dito 'nada em excesso'
elogiaram demasiadamente

35c

dos nomos[9] ouvindo o teoconstruído som

36

Para Amon

Amon, chefe do Olimpo

37

Para Perséfone

Senhora Legidoadora, [esposa de Hades][10] de áureas rédeas

---

9   Os nomos eram tipos específicos de composição musical que existiram na Grécia Antiga, nos períodos arcaico e clássico principalmente. Sobre isso, ver ROCHA JUNIOR, R. A.. A invenção dos nomos e seu desenvolvimento no livro 'Sobre a Música', de Plutarco. Calíope (UFRJ), v. 15, p. 112-130, 2006.

10 Seguindo uma conjectura proposta por Boeckh.

38
Nas ações vence a fortuna,
não a força

39
Fortuna sustentacidade

40
Fortuna insubmissa e virando duplo timão

41 (Pausânias, 7.26.8) Píndaro diz que
a Fortuna é uma das Moiras e do que as irmãs é um pouco mais forte

42
...a estranhos não revelar que fadiga
é suportada por nós. Isto a ti direi:
nossa parte das coisas belas e prazenteiras
no meio de todo o povo é preciso
mostrar. Mas se aos humanos
     uma deodata insuportável desgraça[11]
acontecer, convém ocultá-la na escuridão.

---

11   Seguindo o texto de Boeckh, adotado por Race (1997:244).

43
"Ó filho, de marinha fera petral[12]
à pele sobretudo tua mente
equiparando todas as cidades visita.
Que no presente elogies de boa vontade
mas em outros tempos diferente pensa."

44
Pristinamente (?) encontrou Oponé (?) para os longivisíveis Neiea (?)

45
o mais antigo

46
oliveira selvagem

47
de cabritos companheiro (Pã?)

48 Aristides, 3.37 (1.304 L.-B.)

Nos *Hinos* Píndaro lembra que Peleu, sem querer, quando estava caçando, matou Eurítion, filho de Iro, filho de Áctor, um dos Argonautas... ele era seu parente, pois Peleu, antes de Tétis, teve como esposa Polimela, filha de Áctor.

---

12   Referência ao polvo, cuja pele muda de cor de acordo com a pedra à qual ele adere. Cf. Teógnis, 215.

49
Damodica, sogra de Frixo

50 = 33

51 = 33a

51a-d
Para Apolo Ptoio

51a
Apolo
tendo dado a volta atravessou
a terra e todo o mar
e sobre os altos picos das montanhas postou-se
e recessos procurava para lançar as bases dos seus precintos

51b
E outrora a tricéfala
caverna do Ptoio[13] o rapaz habitou

51c
Ptoio, filho de Apolo e Zeuxipa, filha de Atamas.

---

13   Nome de uma montanha da Beócia e também nome de um filho de Apolo. Nesse lugar havia um templo dedicado ao deus.

51d
Tênero
...guardião do templo vidente homônimo das planícies

51e
a coceira de Héracles

51f
(a)...	(b)...	(c)...
...	...	...
...	...	...
...	...	]nutriz (?)
...	...	p]rofundo... [
...	...	]... nem a m[im
força(?)[	...	...
pois(?)[	...	...
me...[	...	]. pálpebra[
...	aurípede	...
	...	...
	].... oportuno[	...
	]chicoteada(?)[	
	]a vaca pelo moscardo[	

PEÃS

52 = Peã 6, 118

1 (fr. 52a = D1 Rutherford)[14]
Para os Tebanos

Antes que as dolorosas da velhice [..... ch]eguem,
antes, que um homem com alegria cubra com uma sombra
sua mente sem ira, sob medida, tendo visto
a riqueza guardada em sua casa.

ié ié, agora o completo Ano
e as Horas[15] filhas de Têmis
à guia]cavalos cidade de Tebas chegaram
para Apolo o banquete amacoroas trazendo.
Que Peã[16] por muito tempo coroe a raça dos povos
com as flores da prudente boa ordem.

2 (fr. 52b = D2 Rutherford)
Para os Abderitas

---

14   Sigo aqui a numeração de Snell-Maehler, mas uso o texto de Rutherford (2001), ao qual o código alfanumérico se refere.
15   Deusas que representavam as estações do ano.
16   Peã, na origem, era uma divindade associada à cura e à proteção contra doenças e outros males. Com o tempo esse deus foi associado a Apolo, que também foi associado à cura. Cf. Rutherford, 2001: 11-12.

Da Náia]de Trônia, Abdero de brônzea couraça,
e de Pos]ídon filho,
a partir] de ti para o povo Jônio este
    pe]ã [im]pelirei
para Apolo Dereno¹⁷ e Afro[dite...   5

(faltam as linhas 6-22)

... habito esta
Trácia, terra vinivestida e   25

frutífera. Que o grande tempo duradouro
para mim avançando não se canse no futuro.
De uma nova cidade sou, mas a mãe
    de minha mãe dei à luz, contudo,
quando com inimigo fogo ela foi   30
    atacada.¹⁸ Mas se um homem ajudando aos amigos
os inimigos feroz enfrenta,
a fadiga traz paz
    no momento oportuno chegando.
ié iê Peã, ié iê. Que Peã   35
    nunca nos deixe.

...mas as proezas dos homens como muralha
altíssima ficam de pé
... eu luto, sim,

---

17   Esse era um nome cultual dado a Apolo na região de Abdera.
18   Abdera foi fundada por colonos da cidade de Teos, localizada na Ásia Menor. Depois que a metrópole foi destruída por Dario em 499 a. C., abderitas refundaram a sua cidade mãe. Por isso, o coro diz que "deu à luz" a mãe de sua mãe.

... contra inimigos 40
... Posidônia raça...
pois dos que se empenham
... ser levado
... longe
... encontra 45
... e fica irado
...
... o conjunto dos cidadãos
...
... o que no bom 50
  conselho e no respeito
se baseia sempre floresce em suaves bonanças.
Também isso conceda
  o deus. Mas, hostilidades concebendo,
já se foi a inveja 55
  dos que há muito morreram.
Um homem precisa trazer aos seus pais
seu quinhão fundifamoso.

Então com batalha conquis[taram
  terra multidoadora, riqu[eza 60
acumularam, para além do Monte Atos dos Peônios
lanceiros as hostes tendo expulsado
da sua divina nutriz. Mas [um pesado
destino caiu sobre eles. E, depois que eles
  suportaram, os deuses deram um fim a isso. 65
Aquele que se esforça por algo belo
  com louvores flameja.
Para eles a mais alta luz foi

contra seus inimigos diante
    do Monte
Melanfilo.[19]   70
ié iê Peã, ié iê. Que Peã
    nunca nos deixe.

Mas, quando chegaram junto ao rio, ele o confundiu
com escassas armas
contra um grande exército.[20] Do
mês   75
    aquele foi o primeiro dia.
E anunciou a purpurípede virgem benéfica
Hécate a palavra
    que desejava se realizar.
Mas agora o dulcimaquinante...   80

(faltam os versos 81-94)

...   95
... canções chamam
na fragrante Delos e em torno às Parnásias
pedras altas amiúde de Delfos
as virgens brilhandiadema estabelecendo
um coro velocípede com brônzea   100
    voz cantam de um doce

---

19   Montanha localizada na Trácia.
20   Essa seria uma profecia feita por Hécate antecipando a vitória dos Abderitas contra os Peônios. Mas Rutherford (2001:272-273) se coloca contra essa interpretação e sugere que é melhor pensar nessas linhas apenas como uma continuação da narração anterior.

    modo. Mas para mim...
        ... glorioso ... graça,
    Abdero, e o exército equestrejubiloso
    com tua força na batalha final
        tu possas liderar.
    ié iê Peã, ié iê. Que Peã
        nunca nos deixe.

3 (fr. 52c = D3 Rutherford)
... esplend-
... Cárites
...
...
dos esplendores...   5
mãe...
templo...
e incensado...
altar...
oito...   10
do alto...
em canções bem traçadas... com meli-
      vóceo, e a ti, auri-...
no tempo certo...
e da deusa de curvo diadema   15
conduzes pelo imortal [caminho]
o brilhente éter

(faltam os versos 18-92)

                    ... a força, uma sacra
                bronzivóceo som dos aulos
                brilha acima...   95
                    sacrificando...
                        ...golpeia   100
                        ...coro

4 (52d = D4 Rutherford)
Para os Ceios

...Ártemis
...dançarei (?)
...voz
...de mulheres será dado
...do que palavras mais poderoso   5
...em todo caminho
...
...paz para Ceos
...
...   10
...move o tempo
...Delos célebre
...com as Cárites. Carteia[21]
...um estreito cume de terra
[mas eu não] a trocarei pela Babilônia   15
...de planícies
...

---

21   Uma das quatro cidades da ilha de Ceos.

...de deuses...
...
...com peixes 20

De certo, também eu, que um rochedo habito, sou
    conhecido pelas façanhas dos jogos
entre os Helenos e sou conhecido também
    por prover a Musa em abundância.[22]
Se contudo de Dioniso o campo produz algum 25
remédio doavida contra o desespero,
estou sem cavalos e sou ignorante da pecuária.
Mas Melampo[23] pelo menos não quis,
depois de deixar sua pátria, ser monarca em Argos,
tendo abandonado o divinatório dom. 30
ié ié, ó iê Peã.

A cidade da sua casa e...
e a família para o homem...
estar contente. Mas dos tolos...
    das coisas que estão longe.[24] O dito do senhor Euxântio[25] 35
aprovo, que, embora os Cretenses desejassem, recusou
governar sozinho e compartilhar das cem cidades
    a sétima parte

---

22   Possível referência à grande quantidade de canções produzida para homenagear vencedores da ilha de Ceos ou, por outro lado, menção aos poetas mais famosos dali, Simônides e Baquílides, que compuseram poemas para atletas da sua terra natal.
23   Adivinho de Pilo, primo de Jasão.
24   Housman (1908) propôs uma suplementação aqui que daria o sentido: "Mas de homens tolos é o amor por coisas distantes". Comparar com *Pít.*, 3, 20-23.
25   Filho de Minos e Dexítea, rei de Ceos. Cf. Baquílides, 1, 118-128 e 2, 8.

com os filhos de Pasífae.[26] E o seu augúrio
    ele disse a eles: "Temo, sim, a guerra   40
de Zeus e o Tremechão gravigolpeante.

A terra, de certo, outrora e o exército completo
enviaram com o raio e o tridente
para o fundo Tártaro, minha mãe   45
    tendo poupado e toda a casa bem murada.
Então, em busca de riqueza e dos venturosos a ordem
local completamente vazia tendo lançado longe,
    alhures grande
herdade tenho? Muito meu medo constante
seria. Deixa, coração, o cipreste,   50
    deixa o pasto em torno do Ida.[27]

Para mim foi dado um pouco de arbusto...
Mas de tristezas não recebi nenhum lote, nem de contendas

(faltam os versos 54-57)

... em volta (?)

(faltam os versos 59-61)

ié ié, ó iê Peã.

---

26   Esposa de Minos e mãe do Minotauro.
27   A montanha mais alta de Creta.

5 (52e = D5 Rutherford)
Aos Atenienses, para Delos

Iéie, Délio Apolo!

(faltam os versos 2-5)

com as Cárites chegando (?)

iéie, Délio Apolo!   7

iéie, Délio Apolo!   13

Dél[io (?)...   17
   e com [...

iéie, Délio Apolo!
....   20
[... em penhasco]s (?)
(faltam os versos 22-34)
[... Eu-](?)   35
    beia tomaram e habitaram.

iéie, Délio Apolo!
E as dispersas ilhas
multirebanhos povoaram e tiveram[28] a ilustríssima
Delos, depois que a eles Apolo   40

---

28   Um escólio explica que Jônios vindos de Atenas colonizaram Delos.

áureas-comas deu
>de Astéria[29] o corpo para morar.

iéie, Délio Apolo!
Ali, filhos de Leto,
com mente benigna recebei-me, vosso 45
servo, com a ressoante
melodiosa voz
>do glorioso peã.

6 (52f = D6 Rutherford)
Aos Délfios, para Pito

Por Zeus Olímpico, áurea
>inclitomântica Pito,
suplico-te com as Cárites
>e com Afrodite,
no tempo sagrado recebe-me, 5
decantado profeta das Piérides.
Pois junto à água de brônzeo portal,[30]
>ouvindo o rumor de Castália
órfão[31] de homens para a dança, eu vim
para afastar o desespero de teus 10
>cidadãos e para minhas honras.

---

29 Irmã de Leto que foi perseguida por Zeus e transformada na ilha Ortígia, que depois foi chamada de Delos. Cf. *Peã*, 7, 43-52.
30 De acordo com um escólio, o rio Cefiso corria até a fonte Castália passando através das bocas de leões de bronze.
31 No sentido de 'privado', 'necessitado'.

E ao meu coração, como criança à sua querida mãe
    obediente, desci ao
de coroas e de festas criador bosque de Apolo,
    onde ao Latoida
    com frequência de Delfos as moças
da terra junto o umbigo umbroso cantando
com ágil pé golpeam o chão
(faltam os versos 19 – 49 = estr. 19 – 21, antístr., ep. 1 – 7)

E donde entre os im[ortais discórdia s]urgiu?   50
    Quanto a isso os deuses
podem persuadir os sábios
e aos mortais é impossível encontrá-lo.
    Mas vós virgens, sim, sabeis, Musas,
tudo, com vosso negrinúbilo   55
    pai e com Mnemósine
    tendes esse dever,
escutai agora. Deseja minha
língua de mel doce primor [derramar
à vasta aglomeração de Lóxias tendo descido   60
    na hospitalidade dos deuses.

Pois sacrificam em nome da esplêndida Panél-
    ade,[32] o que dos délfios
o povo prometeu da fo-
    me[...
         65
...
pois] ama[s...

---

32   Ou seja, 'toda a Hélade', 'toda a Grécia'.

Crôni[o...
    senh[or...
de
certo...   70
no orácu[lo...
    de Pito...
e certa vez [...
    Pantho[o[33]...
e para Troia...   75
    levou[... o destemi-
    do filho...
...] o qual lançan-
    [do...
de Páris com a mortal feição
    o deus lon[gicerteiro,   80
de Ílion estabeleceu adiante
mais tarde a captura,

o filho poderoso da escuritrância
    marinha Tétis,
fiável baluarte dos Aque-   85
    us, com audaz assassínio tendo derrubado.
Quanto querelou com a alvibrácia
Hera, com espírito inexorável resistindo,
e quanto com a Políade.[34] Antes das labutas
    grandiosas a Dardânia   90
teriam destruído, se não a tivesse protegido Apolo.

---

33   Nome do sacerdote de Apolo em Troia. Cf. *Ilíada*, 3, 146 e Virgílio, *Eneida*, 2, 319.
34   Atena, entendida como protetora da cidade.

Mas aquele que em áureas nuvens do Olimpo
    e que sobre os cumes se assenta,
Zeus, o guardião dos deuses, os destinos não se atreveu a
    desfazer. Por causa da alticomada Helena   95
era preciso então que Pérgamo vasta
    destruísse a chama do ardente
    fogo. E depois que o valente
cadáver do Pelida no túmulo multichorado puseram,
à espuma do mar indo che-   100
    garam núncios de novo
de Esciro, Neoptólemo
vastipotente trazendo,

o qual destruíu a cidade de Ílion.
Mas nem a mãe querida depois   105
viu, nem nos campos paternos
os cavalos dos Mirmidões,
sua bronziarmada tropa estimulando.
E perto de Tomaro[35] à terra Molóssida
chegou e não escapou dos ventos   110
nem ao de vasta aljava longicerteiro.
    Pois o deus jurou
que o velho Príamo
junto ao altar doméstico quem matou pu-
    lando, não à sua alegre casa   115
nem à velhice chega-
    ria da vida. E com os sacerdotes
    por causa de incontáveis honras

---

35   Montanha perto de Dodona, no Epiro.

aquele que discutia ele matou
no seu templo junto ao vasto umbigo da terra. 120
Ié, ié, agora, os metros dos pe-
  ãs, ié, jovens.

Aos Eginetas, prosódio para Éaco

Nomínclita ilha estás
  no mar dórico
dominando, ó de Zeus He- 125
  lênio brilhante astro.
Por isso não te levaremos ao leito
sem um banquete de peãs, mas de cantos
uma arrebentação aceitando proclamarás
  de onde recebeste teu destino 130
naurregente e tua justospitaleira virtude.
De certo aquele que tudo faz, tanto isso quanto aquilo,
  pôs a tua prosperidade em tuas mãos,
o filho do vastivóceo Crono, quando sobre as águas do Asopo[36] outrora dos portais raptou 135
de fundas curvas a virgem Egina.
  Então as áureas
  comas do ar ocultaram
de vossa terra as sombreadas costas,
onde sobre leitos imortais 140
  a[mado filho gerou]
[com auspicioso sucesso]
[dos Mirmidões o senhor]

---

36 Asopo é o nome de um rio que nascia no monte Citéron, na Beócia. Esse rio era cultuado como um deus e era também o pai da ninfa Egina.

o qual [entre os mortais o mais sensa]to
      de Zeus [filho] s[ei] 145
[ser, senhor do mar].
   ...

...
hos[p................] ser para o marinho
... 150

   ...
...
[..................] as quais a ti
     [..................] os quais
Ze[us.........] antes de Estige a jura com fa- 155
    [vorável espírito jurando] sentenciar

(faltam os versos 157-168 = antístr. 9 – 13, ep. 1 – 5)

      ]....[
....................] ínclitas eu veja...
....bron]ziarmadas [170
punição.....].. enraivecido
    [a vós então, deu]ses
[este prêmio agudimelódico]
[de liras] a chama incontável e de vozes
    ...ruidosas para alimentar as ilimitadas excelências 175
dos Eácidas. Amai
    [como se deve] vossa cidade pátria e de ami-
    gos a alegre multidão
[e toda vossa raça] com coroas
de toda[flo]rescente saúde cobri. Acolhei, 180
    Peã, quem muitas vezes toma parte
    da festa das Musas fieis às leis.

7 (52g = D7 Rutherford)

Para os Tebanos
Ao doador de divinos oráculos
e ao realizapalavra
ádito do deus... e à esplêndida sala
da filha de Oceano...Mélia
para Apolo... 5
sobre montanhas correndo...
com amável...
brilhar (?)...
vertendo gotas de peãs (?)
com as Cárites para mim perto de... 10
num doce aulo éter...
que vou sobre o longerradiante píncaro
o heroi chamado Tênero[37]
...de touros...
...em frente ao altar... 15
...
...cantavam uma canção...
...proferiu um oráculo
...

(a) = G5	(b)	(c) = Z1 Rutherford
mesclada...	...	de pura...
criança...	...	cair...(?)
o maior...	alegria...	...

---

[37] Filho de Apolo e Mélia. Teria sido profeta tanto de Apolo Ptoio na planíce que tinha o seu nome quanto de Apolo Ismênio, em Tebas. Cf. *Pítica*, 11, 4-6 e *Peã*, 9, 41-46.

de bela roca...   primeiro...
igual aos deuses...
costascurtas...   sab...
ilha...

(d) = Z2   (e) = Z2   (f) = Z9-10 Rutherford
fluxo...   mesclado...   ...O brande]tridente
a ti também fácil (?) ... onde esplendicomada...   em Ptoio
                                            ...sab...

7a (52g (A)) = C1 Rutherford

...
para fora do espírito...
sem fraude...
por vontade de Cleos...

7b (52h) = C2 Rutherford

Para Delos

Apolo...
a ti e...
mãe...
peã...
coro[...]florescente
folhag[...
não para mim...
começ[...
para o herói...

5

cantai hinos, 10
e de Homero não pela repisada estrada
indo, mas sobre cavalos alheios,
já que... alada carruagem,
Musa...
suplico à filha de belo peplo de Urano, 15
Mnemósine, e às suas filhas que
habilidade concedam.
Pois cegos são os espíritos dos homens,
    aquele que sem as Heliconíades
        a profunda via da sabedoria ... procura. 20
Mas a mim elas entregaram
esta imortal labuta
...
...do tablete...

(faltam os versos 25-31)

...
...leito...
...ancestral, o Longicerteiro[38]... 35
...se vestiu 40

...
...por que obedecerei
se de Zeus, eu não querendo,
de Coio a filha[39]...

---

38   Epíteto de Apolo. Cf. *Pítica*, 9, 28.
39   Leto e Astéria eram filhas de Coio. Cf. Hesíodo, *Teogonia*, 409 e *Peã*, 12, 13.

incrível para mim, eu temo... 45
     Mas [dizem] que ela no mar
tendo sido lançada, como conspícua pedra apareceu...
Chamam-na Ortígia[40] os nautas há muito.
E ela era levada sobre o Egeu repetidas vezes.
Com ela o mais poderoso 50
desejou mesclar-se
para produzir uma prole arqueira

(faltam os versos 53-57)

7c (52h (A)) = C3 Rutherford

(faltam os versos 1-6)

...fim ser
...e tu o Istmo (?)
...tu terminarias
...também a partir do pai: um hino (?)

(a) = E1 Rutherford

...
...
... tinha em torno (?)...
... com a virgem...
...........fera (?)... 5
Crônia morada esplênd...

---

40   Nome mais antigo da ilha de Delos. Cf. Apolônio de Rodes, 1, 537 e Virgílio, *Eneida*, 3, 124.

...sobre Ismênias...
...
...adivinho (?)...
...nem...   10
...
...útil...

(b) = E2   (c) = D9   (d) = D8 Rutherford
...   .
matern...   ó profund...   ...ele protegeu
...ossos (?)...   iéie filho d..   Apolo...
                      povo de Atena...   ...Leto...
                                         ...

7d (52h (B)) = B1 Rutherford

(ilegível nos versos 1-9)

grand....................mas uma palavra   10
.................................para eles
aja com muita justiça

8 (52i = B2 Rutherford)
Aos Délfios, para Pito

Ínclitos adivinhos de Apolo,
eu sobre a terra
e sobre o Oceano
e sobre Têmis...

(faltam ou estão ilegíveis os versos 5-99)

templo, o qual com os Hiperbóreos   100
um vento furioso mesclou...
ó Musas, mas do outro com as todartífices
palmas de Hefesto e Atena
que ritmo apareceu?
Brônzeas paredes e brônzeas   105
colunas o colocaram de pé
e áureas seis sobre o pedimento
cantavam Encantadoras.
Mas de Crono os filhos,
com um raio tendo aberto o chão,   110
ocultaram a mais sacra de todas as obras...

com a doce voz maravilhados,
porque estrangeiros pereciam
longe dos filhos
e das esposas com melíflua canção   115
    seu coração suspendendo...
liberamortal com virginal...
de imaculados artefato...
Palas colocou dentro...
com a voz as coisas que são e   120
as coisas que aconteceram antes
... Mnemósine...
...tudo lhes explicou

...dolo sem fôlego...
...pois sobre eles estava uma fadiga   125

...excelência...
...puro...
...nem o mais agudo...
...
...   130
...claramente...

(faltam os versos 132-139)

... contra Tebas   140
sua espada empunhando...

8a (52i (A)) = B3 Rutherford

...rápido...
...respirou...   15
ele apressando-se, gritou seu sacro (?)
divino coração[41] com destrutivos
         lamentos logo
e com esta culminação de
         palavras indicou: "Ó todo-...   20
         vastividente Crônida, realizarás...
o predestinado sofrimento...
         quando aos Dardânidas Hécabe...
...outrora viu sob suas entranhas
trazendo este homem.[42] Pois pensou   25
dar à luz um foguiportante vasti-...
Centibráceo, com dura...

---

41   Referência a Cassandra.
42   Referência a Páris.

Ílion toda ele no chão
lançar. E disse ...
...o portento em sonho visto 30
...previsão...

9 (52k = A1 Rutherford)
Aos Tebanos, para o Templo Ismênio, do ano de 463

Radiância do sol, multividente, o que planejaste,
ó mãe dos olhos, astro altíssimo
no dia escondendo-te? Por que tornaste incapaz a força
    dos homens
e a via da sabedoria,
    um escuro caminho apressando? 5
Conduzes algo mais sinistro do que havia antes?
Mas, por Zeus, tu que conduzes ágeis éguas,
suplico-te, para uma
incólume felicidade torna para Tebas,
ó senhora, o portento comum a todos 10

...
...
...de guerra um sinal trazes ou do
    fruto a perda
ou da nevasca a força
    inefável ou sedição destrutiva 15
ou do mar o esvaziamento sobre o solo
ou congelamento da terra ou chuvoso verão
com água furiosa fluindo
ou a terra inundando farás
de homens uma nova raça desde o princípio? 20

Não lamento nada que com todos sofrerei

(faltam os versos 22-32)

... fui ordenado por um
[sinal] divino
        perto do leito imortal de Mélia   35
nobre ruído juntar ao cálamo
e aos planos do meu espírito por vossa graça.
Rogo, Longicerteiro,
às artes das Musas dedicando
o teu oráculo...   40

Nele Tênero vastipotente de oráculos
seleto profeta deu à luz no leito
a filha de Oceano, Mélia, mesclada a ti, Pítio. A ele de Cadmo
        o exército
e de Zeto a cidade,
        intonso pai, confiaste
por causa da sua coragem temperante.
Pois também o marinho Brandetridente
antes de todos os mortais o honrou
e apressou-se para o país de Euripo

10a (521 = A2 Rutherford)

...
e...
nadava[em um rio...
ao Estige[unido...

...
todo ... ferindo-se (?)
mandíbula...

   ...
pai...
e auri...
guiará...
protegecidade...
e aos cidadãos...
cuida dos estrangeiros...

...
...
meu...
a ti junto a ele...
a mim junto a eles...
jungida diante do altar...
um filho ainda dará à luz, o qual...
inclitadivinhos para ele...

10b (521 (b) = A3 Rutherford)

Castálio...
Icádio[43]...
...
...
...
...homônimo...
...

---

43   Tanto um quanto o outro nome podem ser epítetos de Apolo ou nomes de heróis ou adivinhos tebanos.

11 = *Peã* 8, 63ss.

12 (52m = G1 Rutherford)
Aos Náxios, para Delos (?)

...
... com as nove Musas
e muito de Ártemis o leito, Astéria (?),
de Leto guardando, as flores de uma tal
      hineação tu colhes. E amiúde vai   5
desde Naxos para o sacrifício de ricamentenutridas
ovelhas no meio das Cárites
junto ao penhasco Cíntio,[44] onde...
dizem que o negrinúbilo brilhantrovejante...
Zeus sentando-se   10
sobre os píncaros desde o alto vigiou com previdência,...
quando a de suave espírito
de Coio filha[45] foi libertada do agradável
parto. E brilharam como do sol o corpo
esplêndido para a luz indo as gêmeas   15
crianças, grande rumor emitiram de suas bocas
Ilítia[46] e Láquesis[47]...
seguraram...
falaram as nativas...
esplêndido as quais...   20

---

44   Cinto é o monte mais alto de Delos.
45   Leto.
46   Deusa associada ao parto.
47   Uma das Moiras, responsável por enrolar o fio da vida e por decidir que sorte os humanos teriam.

...fugiram do homem...   22
...sem...   26
................muitas vezes...   27
...

12a (52m (a) = G2 Rutherford)

...sab...

...

...vamos profe...
para os filhos de Leto...
...   5

...
... multirreverenciados...
.... deu à luz...
...aproximando-se...
...coro o mais alto...   10
...graça...
...envia...
...abrir...

12c (52m (c) = Z15 Rutherford

...povo...   5

12d (52m (d) = Z16 Rutherford

...cítara...   2

12e (52m (e) = Z17 Rutherford

...perigo...
...nuvem...
...trabalhou (?)...
...

13 (52n = S5 Rutherford)

(a)

para o herói um altar...
para ele esta...
      deu...
do mar...
Palas...   5
...
com todo...
de hinos...
florescem...
multiamado...   10

agora...
de moças...
      ...agitaégide...um coro
elas postando-se...
      ...com um ruído...   15
      tendo prendido suas tranças
de mirtos...incitavam...
etéreo..., helicoid... com

        purpúrea lã...
com belas fitas de cabelo...brilho...　　　　　20
no banquete...venturoso...
daqui...Olimpo...
...da guerra...
ao assinalador...
...

(b)

...de inimigos acompanharia...
...longe da pátria...
...
...mãos delgadas
...o melhor dos homens...　　　　　5
...não sofrerias algo vergonhoso...
...com incompletos não encontrou...
...destino...
...
...atravessaram direto...　　　　　10
...preferiria...
...chamar
...alguém sem...
...
...no coração　　　　　15
...desceu...
...
...
...quando
...a ele de...　　　　　20

...distribuir
...
...
...senhoris
...

(c)

...uma tal mulher... 1
...de pé... 2
...com gritos... 4
...compreenderam que o destino... 5
...assentos... 7
...tinham...
...também agora um portento...
...nem então uma videira... 10
...nem do Aqueloo 11
...memória ainda dele... 13
...senhor (?) ... 16

(g)

...
...Aquiles...
... é ...

14 (52o = S3 Rutherford)

...nem odiosa rebelião... 13
...em canções... 20

...
...os companheiros...
...cidade brônzea...   26
...recompensa pela boa reputação...   31
          ...de clara voz a Musa...
          ...nos rituais profere
um discurso de agradáveis palavras...
e lembrará também de alguém que mora   35
          longe do heroico
espetáculo. Ao ouro que
          foi testado o fim...
Pensamentos rápidos...
Pois com sabedoria é elevado...   40

15 (52p = S4 Rutherford)

Aos Eginetas, para Éaco
Neste dia agradável
as éguas imortais
          de Posídon conduzindo para Éaco...
e Nereu, o ancião, segue.
E o pai Crônida chegou (?)...   5
tendo lançado seu olho, com sua mão...
à mesa imortal dos deuses...
onde para ele é vertido para beber...

chega ao fim do ano...
a mais alta...   10

16 (52q = G3 Rutherford)

...
...senhor Apolo......pois rogo...
...com (espírito) solícito dar...
...o poder é suficiente   5
e foste reputado como
o mais getil com os mortais...
...

17 (52r = S6 Rutherford)

(a)

...
...
...Olimp...
...não dito...
...plantar (?)...   5
...celestelevado...
...isto lançamos...
...fundo...
...

(b)

...
...
...no ar...
...de peãs...
...folhas dos portadores (?)...

18 (52s = S7 Rutherford)

Aos Argivos, para Eléctrion

No dos Tindáridas sacro
precinto plantado o bosque
para o homem sábio há uma melodia...
...em torno à cidade flameja...
...dos hinos o brilho a partir de incansável... 5
...não em erro...
...em torno à Dardânia...
...outrora em Tebas...
...e quando os piratas...
...conduziram à noite em segredo... 10
...

19 (52t = G8, 1-5 Rutherford)

...aos Pários, para Apolo (?)... 4

20 (52u = S1 Rutherford)

...o neto de Alceu[48]... 4
...
...aterrorizar (?)
...através da porta depois...
as serpentes enviadas pela deusa...
...ao bebê do celeste Zeus

---

48   Héracles. Interessante comparar este fragmento com a descrição do nascimento do heroi encontrada na *Nemeia* 1, 38ss.

...e ele ergueu sua cabeça contra 10
...com a mão a partir de seus membros o variegado
pano arremessou e sua natureza mostrou
...dos seus olhos um brilho rodopiou.
...sem peplo do leito dos recém-nascidos
...ela pulou (?) por causa do medo. 15
...a casa de Anfitrião...
...pelo terror tomadas fugiram
...todas
...as servas Cefalênias... 19

21 (52v = S2 Rutherford)

...
...celeste...
ié iê rainha dos Olímpicos
esposa do melhor esposo
... 5
abandonar...
...alguém...
...venturoso...
a força de Aqueloo
esta divina fonte, 10
ié iê rainha dos Olímpicos
esposa do melhor esposo.

pois será doce...
sempiterno...
para a cidade um apanágio... 15
e aos nautas...

terá...
humano...
ié iê rainha dos Olímpicos
esposa do melhor esposo   20

e ainda um homem...
este (?)...
...
...
ié iê rainha dos Olímpicos
esposa do melhor esposo   28?
...

22a-b (52w (a-b) = S9 Rutherford)

(a)

...e a ele na montanha (?)...   2

(b)

...ele chegaria...
...então variegado...
...doce...
...com o himeneu
...em torno floresce   5
...viemos do Olimpo.
...do Crônio Pélops, pois ouvindo
...no céu
...junto a (?), outrora a ele...

...a ele em um ano a morte... 10
...distribuiu aos participantes do festim 15
seu pórtico...
...
harmonia...

22d+e (52w (d+e) = Z20 Rutherford)

...para o Aqueronte... 9

22f (52w (f))

...ouvir (?)... 2
...já que...infatigável na guerra[49]... 7

22g (52w (g) = Z22 Rutherford)

...caro a Ares 3
ela chamando 4
...tentou doce... 5

22h (52w (h) = Z23-Z24 Rutherford)

...Atena... 1

Aos Eginetas, para Éaco 6

---

49 Cf. *Pítica* 4, 171.

22i (52w (i) = Z25 Rutherford)

...olhou jurando (?)...
...a filha...
...mortal posta na mão...
...

22k (52w (k) = Z3 Rutherford)

...divino falou...   4
...terra...   8
...cidade...   11

53 = *Peã* 8, 70 ss.

54 = H1 Rutherford (Cf. Estrabão 9.3.6 e Pausânias 10.16.3)
Eles chamaram o lugar de Umbigo da Terra, tendo criado também um mito que Píndaro conta, pois ali pousaram as águias soltas por Zeus, uma vinda do oeste e a outra do leste.

55 = H2 Rutherford (cf. Escólio a Ésquilo, *Eumênides*, 2 5b, i 43.7 Smith)
Píndaro diz que Apolo dominou Pito através da força e, por isso, a Terra tentou aprisioná-lo no Tártaro.

56 = Peã 3

57-60
Para Zeus de Dodona

57
De Dodona megapotente
excelentartífice pai

58 (Escólio a Sófocles, *Traquínias*, 172)

Eurípides diz que elas eram três (as sacerdotisas em Dodona), outros dizem que eram duas e que uma veio de Tebas para o oráculo de Amon na Líbia, mas a outra foi para a região de Dodona, como Píndaro também diz em seus *Peãs*.

59 = S8 Rutherford
...
...pai...
...dos Helos......festival...desceu...
...
inespúrio...oráculo...
segue...a dobra do Tomaro
...a partir da nossa...
...forminge compartilhar (?)...
...multinomeado
...daí...e com trípodes
e com sacrifícios...

60 (a) = Z21 Rutherford
...
espírito...
mas se para mim...
terra honra...
para Zeus...
o Tremeterra... 5
...
aos sábios...
conhecido...
sentado ao lado...
mas de fato... 10

60 (b) = G4 Rutherford
...ao exército 8
...presta atenção, o corego... 13
...Cíntio... 14
...não diz 15

61 = F1 Rutherford
o que suponhões ser a sabedoria, a qual pouco de fato
um homem mais do que outro retém?
Pois não é possível dos deuses
as resoluções inquirir a uma mente mortal
e de uma mãe mortal ele nasceu.

62 = F8 Rutherford (Cf. Apolônio de Rodes, 1.1085-7, com escólio em 96.7ss Wendell)

Voou o alcíone com sua aguda voz profetizando
a cessassão dos sublevados ventos. E Mopso compreendeu
da costeira ave a fatídica voz tendo ouvido.

63 = *Peã* 2, 5

64 = F9 Rutherford (Cf. Plutarco, *Sobre a Música*, 1136C = Aristóxeno, fr. 80 Wehrli)

65 = F10 Rutherford (Cf. Sérvio sobre Virgílio, *Geórgicas*, 1.31 (iii/1.139.26 Thilo-Hagen))

66 = F3 Rutherford (Cf. Amônio, *De adf. dif. verb.* 231 Nickau)

Aos Tebanos, para o Ismênio trípodeportador.

Tebagerados

67 = F5 Rutherford
sobre a harmonia Dórica é dito nos peãs que a melodia Dórica é a mais venerável

68 = F4 Rutherford
Nos peãs é dito sobre o oráculo emitido para Laio, como também Mnaseas escreve no primeiro livro *Sobre os oráculos*: "Laio Labdácida, famoso entre todos os homens".

69 = F7 Rutherford

Em Pito, pois lá está o vale de Apolo, sobre o qual se fala nos peãs

70 = F6 Rutherford

pois no Cefisso os cálamos auléticos nascem e fala-se também nos peãs sobre aulética.

DITIRAMBOS

I = 70a
Aos Argivos

...de Dana[50]...
...dizendo...
...o senhor...
...derramado...
...o pai[51] das Górgonas...   5
...dos Ciclopes. A cidade...
...na grande Argos...
...jungidos com amor a casa...
...de Abas[52]...
...a eles...   10
...de afortunados no banquete de Brômio[53] é adequado
...píncaro
...colocar (?). Com belas fitas de cabelo
...aumentai ainda, Musas, o broto das canções
...pois rogo. E os mortais dizem   15
...ele tendo fugido também do negro recinto do mar
das filhas (?) de Forco, um parente dos pais,
...

---

50   De Dânae, de Dânao ou dos Dânaos?
51   Forco, pai das Górgonas e avô do ciclope Polifemo.
52   Rei de Argos.
53   Um dos nomes cultuais de Dioniso, que significa 'ruidoso', certamente por causa do barulho que seus cultuantes faziam soltando gritos e tocando instrumentos musicais, principalmente de percussão.

...chegaram
...sua (?)   20
...agradavelmente (?)   30
...nos rituais   32
...morte...   36

II = 70b
Descida de Héracles ou Cérbero, para os Tebanos

Antes avançavam também em linha reta as canções
    dos ditirambos
e o *san*[54] espúrio a partir das bocas dos humanos,
estão abertas...
       ...novas...sabendo   5
que tipo de festival de Brômio
também junto ao cetro de Zeus as Urânidas
no palácio estabelecem. Junto à venerável
Grande Mãe[55] começam os ribombos dos tímpanos
e dentro ressoam os crótalos e a fulgurante   10
    tocha sob os amarelos pinhos.
E dentro das Náiades os vastissonantes gemidos,
os frenesis e os gritos elevam-se com agitação
lançapescoço.
E dentro o todopoderoso raio que respira   15
fogo é movido, de Eniálio[56]

---

54   Nome dórico da letra que em ático era chamada 'sigma', ou seja, a sibilante surda que nós chamamos 'ésse'.
55   Cibele, deusa frígia também conhecida como Reia, a esposa de Crono.
56   Um dos epítetos de Ares, deus da guerra.

a lança e a valente égide de Palas
ressoa com os clangores de incontáveis serpentes.⁵⁷

Rapidamente vai Ártemis, sozinha, tendo
    jungido em arroubos 20
Báquicos a raça dos leões...
E ele é enfeitiçado também pelos dançantes
    rebanhos das feras. E a mim como seleto
arauto de sábios versos
a Musa elevou para a Hélade de belos coros 25
rogando por Tebas poderosa em carros
onde outrora Harmonia, é fama, como esposa
Cadmo com seu elevado espírito recebeu, querida.
    De Zeus ouviu a voz
e gerou bem-afamada entre os homens prole. 30
Dioniso...
mãe...
...

249a

Héracles, tendo descido ao Hades em busca de Cérbero, encontrou Meleagro, filho de Eneu, que pediu que ele se casasse com sua irmã Dejanira. Depois de voltar à luz, ele se apressou em direção à Etólia, até Eneu. Tendo tomado a moça como sua noiva, lutou contra o vizinho rio Aqueloo, que tinha assumido a forma de um touro. Depois de lhe arrancar um dos chifres, tomou a moça. Mas dizem que o próprio Aqueloo de Amalteia, filha do Oceano, tendo tomado um chifre, deu-o a Héracles e o seu próprio retomou.

---

57   A égide, no caso, por metonímia, é o escudo de Atena, por que os gregos costumavam fazer escudos com couro de cabra (*aigis*, em grego). No escudo de Atena havia a imagem da cabeça de Medusa, com as serpentes no lugar dos cabelos lamentando-se ruidosamente.

249b
Píndaro diz então que Cérbero tem cem cabeças

81
...e a ti eu junto a ele
louvo, Gerião, mas o que a Zeus não
é caro eu silencie por completo...

III = 70c

...
...
...rebelião
...pé
...túnica azul 5
...que teu ritual alguém cante
...um trançado de coroas de heras
...têmpora
...vem a cara cidade
...e o rochedo vizinho governante... 10
...junto também o exército
...inflexívelmente pendura[58]
...cabeças de lanças[59]
...que o pescoço proteja...
...que seja 15

---

58 Imperativo aoristo segunda pessoa singular do verbo *kremánnymi*.
59 De acordo com um escólio.

...fadigas dos coros...
...e canções...
...a tribo...
...folhas primaveris
...caval... 22
...o guardião...

IV = 70d908

...veio (?)... 3
...mostrando... 4
...incitando... 7
...vales... 9
...plantou para a mãe 14
...e leitos forçados... 15
...o Crônida assentiu com a necessidade... 17
...mas longa é a via dos imortais 18
...píncaros 20
...com ações 21
...mortais se apressaram (?)... 22
...quebraram... 31
...preocupou à mente do pai, 35
...a ele com altíssimos desígnios
e do Olimpo para ele impeliu Hermes de áureo bastão...
e a protegecidade
    Cerulolhos. Ele petrificou (?) aquilo. Eles viram o que não deveriam ver
pois de fato a transformação deles extrema 40
ele fez. E pedras apareceram no lugar dos humanos
...e do desejo a represália ele distribuiu...

ao comandante.
...
...e a raça divina (?) 45
...mas fugir
...

(a)   (b)

...   ...
e muito sabia (?)   ... saiba dizer (?)
...a Heitor brônzeo...   ...
...sobre...   ...
...inflexível...   ...   5
...de pé...   não mais...
...o sibilo...   foi irritado...
...   enormes bovinos (?)...
                                uma chama viu (?)...
                                caíram. maldade...   10
                                por que alguém...
                                ...

(c)   (d)

...   ...naquele tempo...
...e de rosas   ...
...de jacintos e de açafrões   ...
...a um homem (?)... tudo...   ...
...   5   ...
uma cidade, um...   ...
...teu, sendo celebrados...

...
...na Babilônia
...saudação...   10
...muito
...

(e)

...
dirigecavalos...
...
e de homens...
brandem...
de oráculos
...
pereceu...

(f)

...
...
...
dos Cálidos
5   pedregulho...
para ele
...
...
lembra incansável (?)
10 ...

(g)

...
...
...fez cessar
...
...
para Cloto
...

(h)

...
multi...
logo...
belarbóreos...
5   dos vales...
...
...
...olhou...
...

10   ...
    ...pois amiúde de sua casa
    ...sob o solo...
    ...

71

Aos Tebanos

Píndaro nos *Hiporquemas* diz que em Naxos primeiro foi inventado o ditirambo (fr. 115), mas no primeiro dos ditirambos ele diz que foi em Tebas.

72

em Quios
        a uma esposa alheia outrora, bêbado, Órion
atacou[60]

73 (Estrabão, 9.2.12, p. 404)

a Híria...da região de Tebas, onde...o nascimento de Órion, sobre o qual fala Píndaro nos ditirambos

74

...que ele corra atrás de Pleione junto com ele o cão[61]
(...domaleão?)

---

[60] Órion, caçador da Beócia, perseguiu Mérope, esposa de Enópio.
[61] Órion perseguiu também Pleione, esposa de Atlas, e as filhas dela, as Plêiades, com Sírio, seu cachorro. Por fim, todos foram transformados em estrelas.

74a
Aos Atenienses I

75+83
Aos Atenienses II

Vinde aqui à dança, Olímpicos,
e enviai vossa ínclita graça, deuses,
que do multirrepisado centro fragrante da cidade
      na sacra Atenas
vos aproximais e da bem afamada ágora toda decorada.   5
Partilhai as violetrançadas coroas e os primaveri
      colhidos cantos
e olhai para mim que venho de Zeus
pela segunda vez com o esplendor dos cantos
para o deus hericingido,
Brômio, que nós mortais chamamos Vastobrado,   10
celebrando o rebento de pais excelsos
e de mulheres Cadmeias.
O visível a mim, como vidente, não oculta,
sempre que, aberto o tálamo das Horas purpurivestidas,
as plantas nectáreas produzem a perfumada primavera.   15
Então se lançam, então sobre o imortal chão os amáveis
cachos das violetas e rosas às comas se mesclam,
ecoam as vozes das melodias com os aulos
e aproximam-se de Sêmele diademicoroada os coros.

***

Houve um tempo em que chamaram de 'porco' o povo beócio

76-77
Aos Atenienses

Ó tu, radiante, violeticoroada e cantada,
da Hélade es-
      teio, renomada Atenas, divina cidade.

***

sobre a batalha de Artemísio

onde os filhos dos atenienses lançaram os brilhantes
fundamentos da liberdade

78
Escutai, Alalá, filha da Guerra,
proêmio das lanças, à qual oferecem
os homens, em nome da cidade, sua sacrofertada morte

79 = *Ditirambo* 2, 1-3 e 8-11

80
senhora Cibele mãe

81 = *Ditirambo 2*

82
o radiante Egito próximo à costa

83 = 75

84
reconstruídos edifícios

85
o Ditirambo: Dioniso...Píndaro diz *lythiramon*, pois também Zeus, quando (Dioniso) estava nascendo, gritou: *lythi ramma, lythi ramma* (soltem o fio).

85a = 247
(Dioniso) a partir de Zeus (*Dios*) e da montanha Nisa (*Nyses*) foi nomeado, já que ele nela nasceu, como Píndaro diz, e ali foi criado.

86
ditirambo

86a
oferecendo um ditirambo

87 + 88 = 33c e d

PROSÓDIOS

89a
Para Ártemis?

O que é mais belo, para aqueles que começam ou terminam,
do que a de funda cintura Leto
e a de velozes cavalos condutora[62] cantar?

89b
Aos Eginetas, para Afaia

90 = *Peã 6, 1-6*

91

todos os deuses..., quando por Tífon estavam sendo perseguidos, não eram semelhantes aos humanos, mas aos outros animais: apaixonado por Pasífae, Zeus tornou-se ora um touro ora uma águia e um cisne.

92
(sobre Tífon)
em torno a ele o Etna, prisão descomunal,
jaz

---

62   Ártemis, deusa caçadora e filha de Leto.

93
(sobre Tífon também)
mas só um dentre os deuses matou o inabordável
Tífon de cinquenta cabeças por necessidade, Zeus pai,
entre os Arímnos outrora.

94
lembraram-se da canção

PARTÊNIOS

1 = 94a
Aos Tebanos?

...
...
a prisão deve...
...no coração
      que eu cumpra como adivinho   5

sacerdote. E honras
      aos mortais foram destinadas.
Sobre todo homem jaz a inveja
da sua excelência, mas aquele que nada tem sob
      negro silêncio sua cabeça esconde.   10

Como amigo eu rogaria
      aos Crônidas sobre Eóladas
e sua família sucesso estender
por tempo constante. Imortais para os mortais
      são os dias, mas mas o corpo é perecível.   15

Mas aquele cuja casa sem filhos
      não cai por completo domada
pela violenta necessidade,
vive escapando da aflição
      dolorosa, pois antes de   20
            nascer...

2 = 94b
Dafnefórico[63] para o tebano Agasicles

...de áureo peplo...
...

pois chega Lóxias[64]
    favorável para imortal graça
a Tebas sobremesclar.   5

Mas depois de amarrar meu peplo depressa
    e com as mãos suaves o ramo esplêndido
de louro segurando, a todo-
    gloriosa casa de Eóladas
e de seu filho Pagondas   10

hinearei, com coroas eu vice-
    jando minha virginal cabeça
    e das sereias o rumor
ao som de aulinhos[65] de loto
    imitarei com canções   15

aquele,[66] que de Zéfiro silencia os sopros
    velozes e quando do inverno com a força
eriçando-se Bóreas apres-
    sado o rápido golpe
do mar ele agita...   20

---

63   Portador de louro, a planta associada ao culto de Apolo.
64   Lóxias significa 'oblíquo' e era um outro nome de Apolo, por causa do caráter enigmático, não direto, dos seus oráculos.
65   Ou seja, pequenos aulos, instrumento de sopro composto de dois tubos semelhante a um oboé ou uma clarineta.
66   O rumor das sereias.

(faltam 8 ou 23 versos e 2 versos estão ilegíveis)

Muitas são as coisas anteriores...
    adornando com versos, mas as outras...
Zeus sabe, mas é apropriado que eu
    coisas virginais pense
e com minha língua diga.   35

E de nenhum homem nem mulher, entre os rebentos dos quais
    eu estou, cabe a mim esquecer a canção adequada.
E como fiel para Agasicles
    testemunha vim ao coro
e para seus nobres genitores   40

por causa da sua hospitalidade. Pois foram
    honrados no passado e agora
    pelos vizinhos
dos cavalos velocípedes pelas
multinotórias vitórias,   45

com as quais nas praias de Onquesto[67] ínclita
    e nas... o templo de Itônia[68]...
seu cabelo com coroas
    embelezaram e em Pisa[69] em torno...

---

67   Cidade da Beócia, a noroeste de Tebas.
68   Perto de Coronea, havia um templo de Atena Itônia. Ali eram realizados os jogos Pan-Beócios.
69   Cidade que ficava perto de Olímpia. Píndaro usa esse nome para se referir ao local onde aconteciam os jogos Olímpicos.

(faltam 8 ou 23 versos)

e a raiz...
o venerável... em
   Tebas septipórtia.   60

Inspirou também depois...
  por causa do pensamento prudente destes homens
odiosa contenda não contra-
   ditória, mas da justiça as vias
    fieis ele amou.   65

Ó pai[70] de Damaina, agora com seu pé...
   caminhando guia-me. Pois a ti alegre seguirá
primeiro, a tua filha, perto
    da via do louro frondoso
caminhando com suas sandálias,   70

a qual Andaisistrota
   treinou com seus conselhos...
    e ela com ações...
de incontáveis...
jungiu (?)...   75

Não agora néctar... minhas
   com sede... para perto do salgado
ir...

---

70 Ou 'filho'. Não temos certeza.

(faltam 10 ou 25 versos)

...
... 90
Ó Zeus...
    ...
aumentarás...
...o lar 105
...resplende 106

(falta o resto)

94c
Dafnefórico para Daifanto[71] de Tebas (para o Ismênio?)

O líder das Musas me chama para dançar
Apolo (?)...

***

que conduzas o teu servidor, ó ínclita Leto

94d
falar na ágora

94e
e dos moidons a pedra (?)...

---

71   Este seria o filho de Píndaro. Na ode que começava com estes versos, o poeta mencionaria também os nomes de suas filhas Protomaque e Eumétis. Cf. a *Vita Ambrosiana* (1.3.3 Drachmann) e o P. Oxy. 2438.24ss.

POEMAS SEPARADOS DOS PARTÊNIOS

95
Ó Pã, da Arcádia regente
e de augustos áditos guardião

***

Da Grande Mãe[72] acompanhante,
das augustas Graças querido
agradável

96
Ó venturoso, que da grande
deusa o cão múltiplo
chamam os Olímpicos

97
a tua melodia aqui cantas

98 (Escólio a Teócrito, 5, 14b)
Píndaro...diz que com os pescadores ele (Pã das margens) se preocupava.

---

72   Reia ou Cibele.

99 (Aristides, *Oração* 41, 6 (II 331 K.))

e eles concedem a ele (ou seja, a Dioniso) e que Pã é o 'mais perfeito dançarino' dentre os deuses, assim Píndaro hineia e os sacerdotes que no Egito ensinaram.

100

Pã era filho de Apolo e Penélope.

101-102 = 51a-d

103 = 94d

104 (Escólio a Teócrito, 2, 10b)

Píndaro diz, nos *Poemas separados dos Partênios*, que entre os apaixonados os homens rogam estar perto do Sol e as mulheres estar perto da Lua.

104b (Plutarco, *Os Oráculos Píticos*, 29.409B)

Dafnefórico para Galáxion

"Então, aqueles que moravam em torno ao Galáxion,[73] da Beócia, souberam da epifania (de Apolo) pela abundância e excesso de leite".

Pois de todos os rebanhos jorrava,
como água da melhor fonte,
das tetas leite. E de fato enchiam, apressados, suas jarras.

---

73   Templo de Apolo Galáxio (ou seja, 'do leite') que ficava às margens de um pequeno rio também chamado Galáxio.

E odre e nenhuma ânfora ficava em suas casas,
pois suas tigelas de madeira e jarras foram preenchidas todas

104c e d = 94a e b

HIPORQUEMAS

105
A Hierão de Siracusa

(a)

Entenda o que te digo,
dos sacros templos epônimo[74]
pai, fundador de Etna.

(b)

pois entre os nômades Citas é banido dos povos
aquele que uma casa carregada por uma carruagem não possui
e inglório vai

106
Do Taigeto a Lacônia
cadela para correr contra as feras
é o mais astuto animal;
Para a ordenha de leite as Escírias cabras são eminentíssimas,
as armas de Argos e o carro 5
Tebano, mas da esplendifrúctea
Sicília a carruagem dedálica é preciso buscar.

---

74 Há aqui um jogo entre a palavra *hierá*, 'templos', e o nome do homenageado, Hierão, que são muito semelhantes em grego. Por isso Píndaro diz que o fundador da cidade de Etna era 'epônimo de sacros templos'.

107 = *Peã 9, 1-22*

107a

O Pelasgo[75] cavalo ou a cadela
Amicléia[76] com competidor
pé girando imita, a curvada[77] melodia seguindo,
como sobre a Dótia[78] florida planície
   ela[79] voa buscando encontrar
a morte para o cornudo cervo
e enquanto ela vira sobre o pescoço
   dela sua cabeça por todo o caminho...

107b

A leve dança dos pés sei mesclar.
Cretense chamam o modo e o instrumento Molosso.

108

(a)

Quando um deus mostra o princípio
para cada ação, direito de certo
é o caminho para alcançar a excelência
e os fins são mais belos.

---

75 Os Pelasgos eram um povo que viveu na Tessália, no norte da Grécia, região famosa por seus cavalos.
76 Amiclas era uma cidade ao sul de Esparta.
77 Não sabemos o que isso significa exatamente.
78 Também na Tessália.
79 A cadela.

(b)

Para um deus é possível de dentro da negra
noite incitar a imaculada luz
e na negrinúbila treva
esconder o brilho claro
do dia

110, 109
Aos Tebanos

110
Doce é a guerra para os inexpertos, mas alguém experiente
teme-a muitíssimo em seu coração quando ela se aproxima.

109
A comunidade, um dos cidadãos na bonança
colocando, que ele busque da altaneira Quietude
     a radiante luz,
a discórdia colérica de seu espírito tendo arrancado,
de penúria doadora, odiosa nutriz de rapazes.

111
(Héracles contra Anteu?)

Deu de beber mesclado em sangue e muitas
     feridas lançava... empunhando sua dura clava,

mas por fim, depois de levantá-lo, contra suas robustas costelas
ele o arremessou e a medula dele através dos ossos foi quebrada   5
...sangue...
...cérebro...
...filha...
...tendo visto...

111a
...
...lançamos...
...quando eram...
...píncaros...
...   5
...quando estavam em guerra...
...o primor dos heróis...
...
...

112
Aos Lacedemônios

Lacônio grupo de virgens

113
Omola ou Omoloia

114 (Escólio à *Ístmica* 1, 21)
a biga é uma invenção de Cástor

115 (ver fragmento 71)

116 e 117 = 94c

ENCÔMIOS

118-119
A Téron de Agrigento

118
Quero aos filhos dos Helenos...

119
Em Rodes se estabeleceram...,
e dalí tendo partido, em torno à elevada cidade habitam,
muitíssimos dons aos imortais oferecem,
e os segue de sempre fluente riqueza uma nuvem.

120-121
A Alexandre,[80] filho de Amintas

120
Homônimo dos ditosos Dardânidas,
filho audaz de Amintas

---

80   Rei da Macedônia, entre 504 e 455 a. C. Ele é homônimo dos Dardânidas, ou seja, dos Troianos, por ter o mesmo nome de Páris Alexandre.

121

...convém aos nobres hinear...
...com belíssimos cantos.
Pois somente é dito o que em imortais honras toca,
e perece, se silenciada, a bela ação...

122

A Xenofonte de Corinto

Muito hospitaleiras jovens, servas
de Persuasão na rica Corinto,
que do verde líbano[81] as louras lágrimas
queimais, amiúde para a mãe celeste
dos amores, Afrodite,
voando com seus pensamentos,

a vós sem censura concedeu,
ó crianças, em amáveis leitos
da suave juventude o fruto colher.
Com a necessidade toda beleza...

Mas me admira o que de mim dirão do Ístmo
os senhores, que este princípio de um delicioso
escólio eu inventei
em comunhão com mulheres comuns[82].

---

81   Árvore a partir da qual se produz incenso.
82   Mulheres públicas, que pertencem a todos, ou seja, prostitutas. Ateneu (13.33.573E) nos conta que Xenofonte prometeu oferecer 50 mulheres para Afrodite, se vencesse nos jogos Olímpicos, e Píndaro estaria fazendo referência a essa

Ensinamos o ouro com pura pedra de toque[83]...

Ó de Chipre senhora, aqui ao teu santuário[84]
de dadivosas[85] moças um grupo centímembre
Xenofonte para perfeitas
oferendas conduziu, deleitado.

123
A Teóxeno de Tênedo

Era preciso no tempo certo amo-
      res colher, coração, no apogeu.
Mas de Teóxeno os raios, com os olhos,
cintilantes tendo visto
quem não com desejo ondula, de adamanto
ou de ferro tem forjado o negro coração

com fria chama, por Afrodi-
      te helicopalpébreia[86] é desprezado
ou por riquezas se fatiga por força
ou de feminina insolência
sendo escravo suporta todo o frio caminho.

---

promessa que o homenageado teria cumprido depois de vencer em Olímpia. Cf. *Olímpica* 13, de 464 a. C.
83   Talvez com o sentido de: "testamos, verificamos o ouro com pura pedra de toque".
84   Bosque consagrado a Afrodite.
85   Esse adjetivo refere-se a mulheres que tiravam seu sustento de seus próprios corpos, ou seja, prostitutas.
86   De rápido vislumbre, de rápido olhar.

Mas eu, por vontade dela, como cera, mordido pelo calor,
de sacras abelhas, derreto, quando olho
para o auge neomembre dos rapazes.
Também em Tênedo, então,
Persuasão e Cáris habitavam
o filho de Agesilau.

124a-b
Ó Trasibulo, esta carruagem de amáveis
cantos te envio, como sobremesa. Em comum seja
para os convivas doce, com o fruto de Dioniso

e com cálices para os atenienses espora.
quando dos homens os enfadonhos cuidados saem
para fora dos peitos, em mar de multiáurea riqueza

todos igualmente nadamos para enganosa praia.
Quem era pobre, torna-se rico em seguida, e por outro lado os que eram ricos...

aumentam os ânimos pelas flechas das videiras dominados

124c
Terminando o banquete doce é uma sobremesa,
mesmo depois de copiosa refeição.

124e
mulher ateniense

124d, 125, 126
A Hierão de Siracusa

124d
Toca com o bárbito o coração que está embotado e a voz no vinho

125
Terpandro de Lesbos então certa vez o inventou
primeiro, em banquetes de lídios
ouvindo o salmo contrassonoro da alta pectis.[87]

126
Não embotes o prazer na vida: muito, de certo,
melhor para um homem é uma vida alegre.

127
Que seja possível amar e com amor
agradar no tempo certo.
Uma ação mais velha do que
o número adequado não persigas, coração.

---

87   Esse fragmento é citado por Ateneu (14,635B), o qual explica que Terpandro inventou o bárbito como acompanhamento (daí o 'contrassonoro', da tradução, significando 'que soa contra', 'que soa junto, ao mesmo tempo', 'que acompanha') para a pectis, instrumento de grande alcance sonoro que produzia tanto sons agudos quanto notas graves, comparável a uma harpa. Ver Gostoli, 1990: 28-29 e 111-112.

128

e as graças de afrodisíacos amores,

para que, com Químaro enquanto me embebedo, para Agatônidas eu lance o cótabo[88]

---

[88] Cótabo era uma brincadeira que acontecia nos banquetes quando um conviva lançava o resto de vinho na taça de outro companheiro ou numa bacia.

TRENOS[89]

1 = 128a = 4 Cannatà Fera

...torcicolo...   8
...conhecido...   9

2 = 128b = 5 Cannatà Fera

Trasídeo...
de belo trono...
não...
vossas...
mas agora...   5
isto...
dulciamaro...
...agudo...   13

3 = 128c = 56 Cannatà Fera

Há dos filhos da aurifúsea Leto os cantos
oportunos peânicos; há também os cantos
do florescente Dioniso de hera que a coroa
de Brômio (?) percurtem (?); mas outros cantos colocaram para dormir
três [filhos] de Calíope, para que para ela fosse posto um memorial dos defuntos. 5
Um canto o vastacoma Lino hineava com um *áilinos*,[90]

---

89   Endechas, lamentos cantados em homenagem a um morto.
90   Palavra lamentosa usada em cantos tristes. Nela parece estar contido o nome de Lino e Píndaro parece estar fazendo uma relação entre o nome da personagem e o canto

outro hineava Himeneu, o qual, nas suas bodas sendo tocado,
de noite primeiro o último dos hinos tomou;[91]
outro hineava Iálemo, por uma doença
rasgacarne transtornado quanto à sua força;   10
e o filho Éagro[92]

Orfeu de áureo instrumento

4 = 128d = 1 Cannatà Fera

(a)

...
...Ino do fogo,
depois de agarrar seu filho, lançou...
...de Doris de esplêndido seio
com as cinquenta filhas   5
...
...sofreu (?)...
...ora outras...
... aos humanos...
...às imortais...   10
...chega em casa (?)...
...à pátria depois (?)...
...a muitos ouvir.

---

executado em sua homenagem. Cf. Cannatà Fera, 1990: 152-153.
91   Ou seja, o último hino, na verdade um lamento, foi cantado no dia do casamento de Himeneu, um dos filhos de Calíope.
92   Possível referência a Orfeu, que talvez, na versão adotada aqui, fosse considerado filho de Calíope.

...afabilidades
...festivais continuamente   15
...corretos conselhos este...
...antigo...com os genitores...
...da fonte não cessa...
...água. Então da Eubeia...

(b)

...
...raça...
...
...doce...

5 = 128e = 3 Cannatà Fera

(a)

...
agudo lamento[93]
entoai...
...
...conforme a idade...   5
...segurar (?)...
...a ele outrora...

---

93   Em grego está escrito 'órthion iálemon'. Órtio, além de poder significar 'estridente' ou 'agudo', também era o nome de um nomo específico. E Iálemo era também o nome de um dos filhos de Calíope. Cf. 3 = 128c acima e ver Cannatà Fera, 1990: 127-129.

...Alevada[94]...
...morriam...

(b)

...
...
...
...folha...
...e algo...   5
agudo lamento
entoai...
...

(c) = 2 Cannatà Fera

...e dos...
...destino...
...de terríveis sofrimentos...
...
...marinhabitante (?)...   5
...
...Leucoteia
...
...

---

94   Os Alevadas eram uma importante família da Tessália.

6 = 128f ~ 57 Cannatà Fera[95]

...
...
...excelem (?)
...famoso (?)...
...e Cástor...   5
...
...Mas, com verdes
abetos [golpeado], Ceneu parte, com reto pé
a terra [separando]

7 = 129, 131a, 130 ~ 58 Cannatà Fera

129
para eles brilha o poder do sol
lá embaixo, enquanto aqui é noite,
e em prados de púrpuras rosas fora da cidade deles
e de olíbanos[96] umbrosos...
e está carregado com árvores aurifrúcteas   5
e alguns com cavalos e exercícios,
      outros com jogo de damas,
outros com forminges se deleitam e entre eles
      florescente completa felicidade viceja.
Um aroma por esse lugar amável se espalha   10

---

95   Cf. Apolônio de Rodes, 1, 63-64 e o escólio a 1, 57a, onde está escrito que Apolônio se inspirou nesses versos de Píndaro. Ver também Plutarco, *Sobre as opiniões dos Estoicos*, 1.1057D, que cita as últimas palavras do fragmento.
96   Árvore usada para fazer incenso.

sempre...enquanto eles mesclam ao fogo longivisível oferendas de todo tipo sobre os altares dos deuses.
...porção ali...
...com presentes de bovinos sacrifícios (?)...
...esposa...
...ao Olimpo...
...

e alguns rios, sem ruído e calmos, correm por lá, e têm conversas sobre as memórias e as histórias sobre o passado e o presente, acompanhando uns aos outros e reunindo-se[97]

131a
Felizes todos com o lote dos rituais que libertam das penas

130
o terceiro caminho é daqueles que viveram de modo ímpio e contra as leis conduzindo as almas a uma treva e ao abismo

de lá vomitam a infinita escuridão
lentos rios da sombria noite[98]

131b
o corpo de todos segue à morte fortíssima,
mas permanece ainda uma imagem viva da

---

[97] Citação de Plutarco, *Consolação a Apolônio*, 35, 120C.
[98] Citação de Plutarco, *Sobre a vida em segredo*, 7, 1113C.

       vida, pois só ela provem
dos deuses: dorme quando agem os membros, mas
       àqueles que dormem em muitos sonhos   5
mostra de prazeres e de dificuldades a vindoura decisão.

132 = 67 Cannatà Fera (Espúrio)[99]

133 = 65 Cannatà Fera
Aqueles dos quais Perséfone recebe o resgate da antiga
mágoa, para o sol de cima daqueles no nono ano
devolve as almas de volta. Delas reis nobres
e na força velozes e na sabedoria grandiosos
homens surgem e no tempo restante herois
       sacros pelos humanos são chamados.

134 = 60 Cannatà Fera
dos bem-aventurados fugidia não é a felicidade

135 = 61 Cannatà Fera
[Enomau] matou treze homens.
Mas pelo décimo quarto ele próprio foi perseguido.

---

99   Esse fragmento é citado por Clemente de Alexandria, *Miscelâneas*, 4, 640 e por Teodoreto. Ele é considerado falso por causa do uso de algumas palavras estranhas a Píndaro. Ver Cannatà Fera, 1990: 232.

136a ~ 63 Cannatà Fera
astros, rios e ondas do mar
tua precoce [morte] reinvocam

136b = Horácio, *Odes*, 4, 2, 21
(Píndaro)...deplora o jovem arrancado de sua esposa em lágrimas, eleva aos astros sua força, sua alma e seus costumes áureos e os recusa ao negro Orco.

137 = 62 Cannatà Fera
Para Hipócrates (?) de Atenas

Feliz é aquele que, tendo visto aquelas coisas, vai para debaixo do chão.
       conhece da vida o fim
e conhece o princípio por Zeus dado.

138 = 66 Cannatà Fera
ou mesmo (colocado depois)

139 = 128c

FRAGMENTOS DE LIVROS NÃO IDENTIFICADOS

140a = G8 Rutherford
Aos Pários, para Apolo (?)

(a)

...muito	12/a36
bosque e tinham em...	13/a37
...cabelo...	15/a39
amigo...	48/b20
de certo previram seu destino...	49/b22
...então...	
Héracles. Sobre marinha...	
nave [alguém] chegando...	
...fugiram...	b25
pois de todos era o mais poderoso...ele disse (?)...	
a alma de homens vazios...ele reprimiu...	55
do hospedecida rei de povos	
com a presunção enraivecendo-se amiúde	
e ao primeiro chefe de Delos	b30
obedeceu e deu um fim às ações impudentes...	
pois o grito agudissonante das ínclitas	60
forminges, Longicerteiro, a ti...	
lembrai que, de certo, da sacra	

Paros nos vales ele[100] assentou para o senhor   b35
um altar e para o pai Crônida honrado
      para além do ístmo tendo atravessado,   65
quando para Laomedonte
      da predestinada ruína
veio como arauto.   b40

Pois havia um antigo dito...
Ele foi até três   70
parentes...cabeça...
...

(b)

fonte (?)...
      ...guerra ...dos
      heróis...   75
obtiveram por lote...
...eu...
em rituais...
aumentar (?)...
ágil (?)...   80

140b = G9 Rutherford
...e para Apolo (?)

---

100   Apolodoro (2.5.9) faz referência à viajem que Héracles fez a Paros, quando ele estava em busca do cinto de Hipólita. Depois disso ele foi para Troia, castigar Laomedonte.

Jônio (?)...
a canção e a harmonia
com os aulos inventou
      um dos Lócrios, que junto à alvicristada
colina de Zefírion[101]   5
...sobre o mar Ausônio,[102]
brilhante cidade...
uma tal carruagem clara e bem
      trançada, Lócria, com peãs (?)...
para Apolo e...   10
ajustando. Eu...
pequenas coisas melodizando, a arte
gárrula honrando, sou
      incitado a...
do marinho delfim a maneira,   15
o qual, no oceano do mar sem ondas,
dos aulos a amável melodia moveu.

140c

os Tindáridas
acalmando o violento mar
que avançava e as velozes rajadas dos ventos

140d

O que é deus? Tudo.

---

101   Onde estava localizada Lócris Epizefíria, no extremo sul da atual região da Calábria, na Itália.
102   O mar Adriático.

141
deus, que tudo faz para os mortais,
também a graça na canção planta.

142 = 108b

143
(sobre os deuses)

pois eles, sem doenças, sem velhice
e ignorantes de labutas, da gravirrugente
travessia do Aqueronte tendo escapado

144
o Lançatrovão filho de Reia

145 = 35a

146
Atena
que bem perto do relâmpago que sopra
fogo, junto à mão direita do pai
sentada, suas ordens aos deuses transmite

147 = 33a

148 = H4 Rutherford
dançarino do esplendor mestre, de ampla aljava Apolo

149 = *Peã* 16, 6

150
Profere o oráculo, Musa, e eu profetizarei

151
a Musa me instigou

152
minha voz é mais doce do que os favos de mel abelhifabricados

153
Que Dioniso multiprazenteiro aumente o bosque de árvores, sacra luz do fim do verão

154 = *Peã* 4, 50-54

155
O que posso fazer para tornar-me caro a ti,
potentrovejante Crônida, caro às Musas
e pela Alegria prezado, isso pergunto-te

156
o fogoso dançarino que golpeia o chão,
o qual de Maleia[103] o monte nutriu, da Náiade o esposo,
Sileno

157
Sileno dialogando com Olimpo

ó miserável efêmero, tolices dizes
riquezas para mim alardeando

158
(sobre as sacerdotisas de Deméter)

com as sacras abelhas deleita-se

159
dos homens justos o Tempo é o melhor salvador

---

103   No sudeste do Peloponeso.

160
dos mortos até mesmo amigos são traidores

161
(sobre os Cércopes)

uns de cabeça para baixo com amarras estão amarrados

162
(Oto e Efialtes)

espalhando veloz escada rumo ao céu íngreme

163
interassassinas lanças levaram contra eles mesmos

164
raça amaguerra que vem de Perseu

165 + 252
                        igual ao de uma árvore
o termo da sua vida deodeclarado ela obteve por lote.

166

Depois que os Feres[104] conheceram o homem-domante
ímpeto do melidoce vinho,
com pressa o branco leite com as mãos das mesas
empurraram e espontaneamente dos argênteos chifres
bebendo perderam seus sentidos

167 = *Treno 6*

168

(a) Filóstrato, *Imagens*, 2, 24

(Héracles) chegando à casa de Corono come um boi inteiro, de modo que nem os ossos julgou um excesso.

(b)

"Uma dupla de bois
aquecida em volta da brasa
colocaram e no fogo assavam
os corpos. E então eu
das carnes o grito [ouvi?] e dos   5
ossos o gemido profundo:
havia naquele momento muito tempo para divisar vendo".[105]

---

104   Os Centauros, que estavam presentes no casamento de Pirítoo e Hipodâmia.
105   Neste fragmento citado por Ateneu (10.1.411C), Héracles é apresentado

169a
A Lei, soberana de todos,
mortais e imortais,
conduz, sendo justa, o que há de mais violento
com mão suprema. Dou testemunho
com os feitos de Héracles,　　　　　　　　　　　　5
depois que de Gerião os bois
ao Ciclópico portal de Euristeu
sem dano e sem pagamento ele levou,
...de Diomedes as éguas.
...monarca dos Cícones　　　　　　　　　　　　　10
　　　junto ao Bistônio lago[106]
de Eniálio de brônzea couraça
...assombroso filho

...grande
...não com insolência, mas com excelência.　　　15
...pois, quando [tesouros] estão sendo pegos,
morrer [é melhor] do que ser um covarde.
...tendo entrado no grande...
...de noite a via da violência
... tendo pego um homem e tendo-o amarrado　　20
nas mangedouras de pedra o lançou...
as éguas... o espírito...
e a ele... rapidamente
　　　ressoou dos todobrancos

---

como um glutão que não vê a hora de devorar a carne assada. É o heroi que fala nessa cena, que teria inspirado Íon de Quios (490-421 a. C.), no modo como ele teria apresentado o filho de Alcmena na sua tragédia *Ônfale*.
106　　Na costa sul da Trácia.

ossos quebrando o baque.   25
E ele de imediato o entrelaçado bronze

... a mesa
dos gados acorrentada
ao longo das cercas e esmagou com firmeza
uma na perna, outra no antebraço   30
e outra na parte de baixo da cabeça
com os dentes, o pescoço que se erguia.
        ...entretanto...
a mais amarga notícia gritou
com raiva...tirano...   35
dos variegados leitos sem sandálias
...
...
...
...
...   40

veio... a criança
de Héracles...
tendo sido ordenado...
pelas ordens de Hera. De Estênelo o filho[107]
mandou que sozinho,   45
sem aliados, ele fosse.
E Iolau na septipórtia Tebas
permanecendo e erguendo uma tumba para Anfitrião
...sobre um túmulo

---

107   Euristeu.

...de belos chifres
... os quais eles (?)
...o exército não de mal grado
...

169b
...fugiram (?)...
...
o filho de Leto...
encontrou com vida...
sol...
gravidoloroso (?)...

auri...
a todos (?)...
à criança...
...

170
(sobre as hecatombes)

sacrificar todo cem

171
<Héracles?>
matou seus doze filhos florescentes
na idade, mas o décimo terceiro <Neleu?>

172
De Peleu deissímile
com fadigas a juventude refulgiu
incontáveis. Primeiro de Alcmena com o filho
à Troiana planície
e em busca do cinturão da Amazona foi,   5
e, de Jasão a bem-afamada viagem tendo completado,
capturou Medeia no palácio dos Colcos.

173
As Amazonas
o Sírio vastilanceiro exército conduziam
    ...fazendo ruídos
    ...de um homem...
    ...
    ...no espírito   5
    ...
    ...a aljava
    ...excessivo
    ...

174 (Pausânias 7.2.6)
As Amazonas construíram o templo (de Apolo em Dídimos) quando estavam em campanha contra Atenas e Teseu.

175 (Pausânias 1.2.1)
Antíope (a Amazona) foi capturada por Pirítoo e Teseu.

176 (Plutarco, *Vida de Teseu*, 28, 2)
Dámofon, filho de Teseu.

177

(a) fez mudar o predeterminado destino

(b) assassino, nem em silêncio desabou

(c) corredia melodia e as ordens de Quíron

(d) o enigma [que saiu] das mandíbulas selvagens da virgem

(e) em umbrosos o pai, mas com mente impiedosa

(f) E nada pedindo eu falei sobre...

178 = 35c

179
...estou tecendo para os Amitaônidas uma variegada
fita

180
Diante de todos não deixes escapar a inútil palavra:
há momentos em que as mais confiáveis são as vias do silêncio
e espora da guerra é a palavra que é poderosa.

181

...pois o elegio que vem de casa se mescla à censura

182

Ai ai ai, como o pensamento dos efêmeros é enganado
não sabendo

183

Fênix

que dos Dólopes[108] conduziu a multidão audaz com a funda,
prestimosa às armas dos equodomadores Dânaos

184

superpoderoso incansável na batalha Ájax

185

há de certo (?) fluido de fumaça

186 = Calímaco (?) fr. 813 Pf.

187

os heróis em torno a uma venerável mesa mesclavam-se amiúde

---

108   Tribo que vivia nas montanhas da Tessália, perto do monte Pindo.

188
o canto comum a todos conheces
        de Polimnesto,[109] homem de Cólofon

189
(sobre Perses)

todapavorados sobre a sacra passagem marinha de Hele

190
de Mídilo a família a ele...

191
O Eólico caminhava pelo Dórico caminho dos hinos

192 = H3 Rutherford
Déficos de oráculos adivinhos
filhos de Apolo

193 = H5 Rutherford
(Píndaro sobre si mesmo)

---

[109]   Músico-poeta e compositor de poesia coral ativo no século VII a. C.

a quinquenal festa
com bovina procissão, na qual primeiro
      fui deitado, amado sob os cueiros

194
Para os Tebanos

Foi forjada uma áurea base para sacras canções.
Vamos, construamos agora um variegado
adorno que diz palavras

* * *

o néctar do meu canto
mesmo sendo multigloriosa
Tebas ainda mais exaltará nas cidades
de deuses e de humanos

195
De belos carros e áurea túnica, o mais sacro
ornamento, Teba

196
da brilhante Tebas o grande rochedo

197 = espúrio

198a

    de fato nem estranho
nem ignorante das Musas ensinou-me a ser a ínclita
Tebas

198b

melideleitosa ambrosíaca água
da belafonte de Tilfossa[110]

199

Lá os conselhos dos anciãos
e as lanças dos jovens homens excelem
e os coros, a Musa e Aglaia.[111]

200 = 140b, 4ss.

201

a Egípcia Mendes, junto à margem do mar,
extremo chifre do Nilo, onde
monteses bodes com mulheres se mesclam

---

110   Fonte na Beócia da qual Tirésias teria bebido e depois morrido, por causa do frio. Cf. Ateneu, 2.15.41E. Estrabão (9.2.27) conta que, segundo Píndaro, essa fonte ficava perto do Lago Copais, perto do monte Tilfosso, onde ficava a tumba de Tirésias e o templo de Apolo Tilfosso.
111   Aglaia, a esplendorosa, era uma das Cárites ou Graças.

202
profetas dos alvequinos Micênicos

203
alguns homens, na verdade, dissimulando
odeiam com suas palavras
       o cavalo morto que jaz na luz, mas em segredo
com suas tortas mandíbulas esfolam os pés e a cabeça

204
e à brilhante cidade dos Esmirneus

205
Princípio da grande excelência,
senhora Verdade, não faças tropeçar minha
composição contra a rude falsidade.

206
junto a um Lídio carro a pé indo

207
o fundo do invisível Tártaro moerá (?)
com marteladas necessidades

208 = *Ditirambo* 2, 10

209
os fisiólogos
colhem os frutos imaturos da sabedoria

210
em excesso com a ambição homens preocupados nas cidades
causam dor evidente

Papiro 30:
...os mais difíceis
homens preocupados em excesso
com a ambição nas cidades[112]
...

211
(a maldade?) revelou o malígno fruto da mente

212
a inveja companheira de homens de mente vazia

---

112   Talvez este fragmento possa ser unido ao Papiro 30, fr. 3.

213

seja com justiça um muro mais alto
ou com tortos enganos sobe
a terrestre raça dos homens,
dividida tenho minha mente para dizer com certeza.

214 = 64 Cannatà Fera

aquele que com justiça e com piedade sua vida conduz

A doce Esperança seu
coração, acariciando-o, da velhice nutriz,
acompanha, a qual sobretudo dos mortais o multicúrveo
pensamento governa

215 (a-b) = G10-11 Rutherford
Para os Tebanos (?)

(a)

...
Há diferentes costumes para diferentes pessoas e cada um
     dos homens louva a sua própria justiça.
Por favor, ó senhor, não zombes de mim...
há para mim...   5
a pátria antiga com o pente das Piérides[113]

---

113   É possível que Píndaro esteja se referindo aqui à lira como 'pente' das Musas. Desse modo o instrumento musical, assim como o pente, serviria para 'embelezar' e honrar os seus patronos. Ver Rutherford, 2001: 389.

como o cabelo louro de uma virgem...
...pois, Apolo...
...e um hino (?)...
...com esplendores... 10
...
...com inteligentes...
...sigo...
...

(b)

...
...
...outros...
...mas ele acalmou...
... 5
...
...uma égide o chão, ...graça
...honrando com as auri... Musas...
Moro junto à fonte...
Parnássia...às abruptas 10
pedras de Cirra (?)... das planícies
...da frutífera terra o umbigo. E não é
honrada por seus cavalos...
...propriedades... 19

215 (c) = Z29 Rutherford
...de Atena
...dos maiores...
...

...rei...
...da terra dardo...   5
...
...rogando

216 = 35b

217
algo doce é o desvelo de Cipris quando roubado (ou escondido)

218 = 124b

219
e eles com a riqueza persuadem

220
      nada é digno de censura
nem de ser mudado...o que a esplêndida terra
e do mar o balanço trazem

221
...de tempestapedes cavalos alegram um homem
as honras e as coroas,
a outros em multiáureos tálamos a vida

e deleita-se também um homem sobre a ondulação marinha
numa nave ágil atravessando

222

de Zeus filho é o ouro:
nem a traça nem o verme o devora,
mortal espírito o mais poderoso dos espíritos[114]

223 + 277 + 278

de áureas flechas são as feridas

* * *

Queres[115] fortunutridas...de ansiedades dolorosas

* * *

encantos do prazer

224

(Píndaro ordenou) que temamos
igualmente o deus e o homem caro ao deus

---

114   Este último verso está corrompido. Valckenaer e Boeckh propuseram a seguinte emenda: *dámnatai dè brotéan phréna kártiston ktéanōn*, ou seja, 'mas ele, a mais poderosa das possessões, domina a mente mortal'. Cf. Race, 1997: 427, na nota 35 a este fragmento.
115   Divindades que traziam morte e destruição.

225

sempre que um deus a um homem deleite envia,
antes seu negro coração ele golpeia forte

226

ninguém de bom grado o mal encontrou

227

...dos jovens as preocupações, com fadigas girando,
a glória encontram. Brilham com o tempo
os feitos no éter erguidos

228

quando os jogos são estabelecidos, o pretexto
...lança a excelência na íngreme escuridão

229

pois sendo vencidos os homens ao silêncio estão presos:
não [podem?] vir antes dos amigos

230

com um fino bastão andar

231

coragem furiosa e sagacidade previdente salvaram-no

232
o que está predestinado nem o fogo, nem um férreo muro o conterão

233
a fidelidade para os infieis é nada
ou nada é crível para os descrentes
ou nada é digno de confiança para os desconfiados

234
...sob um carro um cavalo,
num arado um boi, ao lado da nave se esforça o mais rápido que pode o delfim
e para um javali quem planeja a chacina precisa um cão
de robusto coração encontrar.

235 = 140b, 13-17

236
os delfins (isto é, que surgiram a partir de piratas)
sua vida amiga dos homens não abandonaram

237
atrás jazo das audazes raposas como louro leão

238
lá os rebanhos são domados por javalis e leões

239
gritam hordas de gravirrugentes leões

240
que ele em silêncio não se molhe

241
colado como madeira à madeira

242 = *Peã* 22 (h)?
a cidade dos Eácidas

258 + 243
que Teseu, desejando ser cunhado dos Dióscuros, para protejer Helena que tinha sido raptada, para isso foi ajudar Pirítoo a concluir o dito casamento

* * *

(sobre Pirítoo e Teseu)
diziam ser
filhos de Zeus e de Posídon de ínclitos corceis

244
a mão de Acidália[116]

---
116   Ninfa de Orcômeno.

245

Píndaro, [para quem] surdo é o violento:
tornar-se o pretexto de um surdo ruído

246a-b

(a) de melíssonos seguem as tranças

(b) eram abertas as carnes

247 = 85a

248

de Lieu soltando a corda das penosas ansiedades

249a = *Ditirambo 2*

249b[117]

antes a força do Aqueloo, a fonte
de Europa e as correntes do Melas nutriram
o mais canoro cálamo[118]

---

117   Na edição de Snell-Maehler esse fragmento aparece junto com o 70. Na edição de Rutherford, ele não aparece junto com o 70. Preferi deixá-los separados, por que parecem tratar de temas diferentes.
118   Aqueloo e Melas eram nomes de rios que corriam perto de Orcômeno, na Beócia. Eles eram famosos pelos cálamos que cresciam em suas margens e eram usados para fazer aulos. Cf. Pítica 12, 25. Não temos informações sobre a fonte de Europa.

250 = Nemeia 1, 1ss.?

250a
Tumulto filho da Injustiça

251 (Sérvio, *Comentário às Geórgicas, de Virgílio*, 1, 14)
Píndaro diz que Aristeu migrou de Ceia, na Arcádia, e lá passou sua vida

252 = 165

253 (Harpocrácio, p. 44 Bekk.)
Erictônio da terra apareceu

254 = a ser apagado

255
os Escopadas (isto é, Tessálios?)

256
às Portas Gadeirianas...por último chegou...Héracles

257 = *Pítica* 10, 41ss.

258 = 243

259
de cinquenta remos...[ele disse que] as naves dos Aqueus eram

260
      para ti a desonra (?)...
e de uma secreta palavra...
incurável...
     ... difícil...
e Odisseu...   5
ao filho a rede (?)...
mais soberano... para a sabedoria a palavra
observando...
...
por isso (?)...   10
...
doce (?)...
trouxeram (?)...

261 = *Ístmica* 6, 47

262
Reso,...ao longo de um dia tendo guerreado contra os Helenos, os maiores males a eles mostrou, mas, por causa da previdência de Hera e Atena, os que estavam de pé em torno a Diomedes o destruíram.

263 (Pausânias, 9.22.7)

(a Píndaro não aconteceu muitas vezes cantar)

canções para Glauco

264 (Pseudo-Plutarco, *Vida de Homero*, 25, 4 Wil.)

Píndaro disse, de fato, que Homero era de Quios e de Esmirna

265 (Eliano, *Varia Historia*, 9, 15)

(Homero) sem meios para entregar sua filha para se casar, deu a ela como dote os Cantos Cíprios, e Píndaro está de acordo com isso

266 (Filodemo, *Sobre a piedade*, col. 45a/b p. 17 Gomperz)

Píndaro diz que os Ciclopes foram acorrentados por Zeus que estava temeroso, para que para um dos deuses, algum dia, armas não fabricassem

267 = 236

268 = 109

269 (Plutarco, *Sobre a Música*, 8, 1134A; Cf. também Pausânias 9.30.2)

Houve também Sácadas de Argos,[119] compositor de melodias e de elegias musicadas. E o mesmo Sácadas, está escrito, foi grande auleta e venceu três vezes os jogos Píticos. Também Píndaro o menciona.

---

119 Famoso compositor e auleta dos séculos VII-VI a.C.

270 (Harpocrácio, s. v. Abaris)

Píndaro conta que Ábaris esteve com Creso, o rei dos Lídios

271 (Orígenes, *Contra Celso*, 3, 26)

as informações acerca de Aristeas de Proconeso, [Celso] parece ter pego de Píndaro e de Heródoto (4, 14-15)

272 (*Vida Ambrosiana de Píndaro*, 1, 3, 2 Drachmann)

Píndaro menciona o reinado de Cadmo (ou seja, o filho de Cités, sobre o qual cf. Heródoto, 7, 163)

273 (Escólio a Apolônio de Rodes, 1, 411)

Esônis, cidade da Magnésia, cujo nome vem do nome do pai Jasão, como diz Píndaro

274 (Quintiliano, 10, 1, 109)

não recolhe as águas pluviais, como diz Píndaro, mas transborda em vivo turbilhão

275 (Plutarco, *Sobre os oráculos da Pítia*, 18, 403A)

Píndaro também sobre o modo de uma melodia negligenciado confessa estar sem respostas de acordo consigo mesmo e se surpreende porque...

276 (Plutarco, De sera num. vind. 32, 567F) = Espúrio?

277 = 223

278 = 223

279 = *Olímpica* 2, 19

280 = *Olímpica* 2, 2?

281 = Simônides, PMG 582

282 = Filóstrato, *Imagens*, 1, 5 e Filóstrato, *Vida de Apolônio de Tiana*, 6, 26

(sobre o Nilo:) Na Etiópia, onde ele nasce, como seu servidor um daimon foi colocado, pelo qual é enviado nas estações na medida correta.

* * *

mas outros [dizem] que, em Píndaro, o demônio
de cem braças,
a partir do movimento dos pés dele o Nilo transborda

283 (Boeto, *Comentário a Platão, República*, 2, 378D, *apud* Fócio, *Léxico*, 74, 1)

Hera, em Píndaro...por Hefesto é presa no trono construído por ele

284 = cf. *Ditirambo* 4, 15

285? (Fulgêncio, *Mitologias*, 1, 13)
(o corvo) é a única entre todas as aves que tem sessenta e quatro significados, segundo Píndaro.

286 = Escólio a Ésquilo, *Eumênides*, 11
que ele tinha uma procissão em torno a ele (Apolo dirigindo-se de Delos a Delfos), Píndaro diz, de Tanagra, na Beócia.

287?
Musas argênteas

288 (Libânio, *Cartas*, 36, 1 (10, 34, 3 Foerst.))
(Píndaro em algum lugar diz ser)
      de maçãs áureas guardião,
as quais são das Musas e que ele as distribui ora a uns ora a outros

289 (Estobeu, *Florilégio*, 111, 12) = Espúrio

290 = Pausânias, 5.22.6
(sobre as filhas do Asopo) que Zeus mesclou-se a Tebe

291 = *Prob. ad. Verg. ecl.* 7, 61

Píndaro diz que ele foi chamado primeiro Alcides e depois Hércules por causa de Hera..., pois foi por causa das ordens dela que conseguiu sua reputação e sua fama de valentia.

292

o pensamento voa
sob a terra... e sobre o céu

293 = *Peã* 7, 3

294

o filho de Alera (ou seja, Tício)

295

Apessais montanha de Nemeia, como Píndaro [diz]

296

aranha (o inseto à maneira do macho)

297

caluniador

298 = cf. *Peã* 10,19

299
tendo deslocado

300
anual

301 = *Olímpica* 13, 20

302?
(nuvem ou ar) opaco

303
a ovação (feminino)

304
detentor (isto é, rico)

305
oleavam

306
peixe comecriança

307
Afrodite de pálpebras violetas

308 = *Peã* 7a, 7

309
Crestoniano

310
mare (isto é, 'mão' ou melhor 'as mãos')

311
O *daimon* recebeu os hóspedes

312 = *Peã* 6, 123

313
de um porco montanhês

314
percurso (*Nemeia* 11, 40), percorrer

315 = *Nemeia* 6, 55?

316 = 169a, 27ss.

317
a besta (ou seja, o Pégaso)

318
a palavra foi lançada

319
Obscuro

320
naquele momento penteada (?)

321
está amuralhada (?)

322 = Calímaco, fr. 1, 36 Pf.

323 = *Ditirambo* 2, 26

324 = *Nemeia* 3, 41

325
de altos chifres pedra (ou seja, Delos?)

326
do Oceano as folhas fontes

327
com cascalho triturando

328 (Escólio a Píndaro, *Pítica* 7, inscr. b) = Espúrio

329
sob incenso de áureos chifres

330
áureo (?)...

331
verdadeiro

332
a cabra bufa e salta

DÚBIOS

333
Para Equécrates de Orcômeno

(a)
...
...
...justiça...
para Apolo dos deuses...
mas dos homens para Equécrates
filho de Pitângelo 5
coroa festínclita
à cidade de Orcômeno dirige
       cavalos. Lá outrora...
...as Cárites... 10
...deu à luz
...virgem (?)...
...esplêndida melodia
da virginal voz bem-amada...
...pois...

(b)

...megapotente... 1
o hino... 2

(d)

primo...		9
...governar		11
...dirige		13
...	...o poder	16
...tem um espírito (?)...		18
...de uma querida...		20
...toda a noite...	...vem aqui (?)...	22
... a excelência distribuis...		25
...*daimon*...		28

(g)

Meleagro...   3

334

(a)

...porto (?)...
os fluxos das Musas...
do chão nasceu...
da morte...   5
...
...para a vida luz (?)...
nivoso...
Crônida...
Zeus um amável...   10

pois tudo...
...

(b)

...reter (?)... 8
...da mão pelo vigor... 9
...trazendo 11
...

335
companheiro... 7
do pai dele... 8
domado por um deus... 9
matou Dríope[120] (?)... 10

336 = Baquílides 24

337
...lançar em volta... 5
...o mais rápido possível (?)...
...pão (?)...
...
... o verdadeiro
...estabeleceu a luz (?)... 10

---

120   Ou Drías, um filho de Ares que participou da caçada em Cálidon. Cf. Grimal, 2000: 124.

...deus (?)...
... deleite (?)...
...o poder (?)...
...
...a porção...   15
...

338
...ser...   3
...Délfios...
do Parnasso o contraforte   5
todos os dias com esplêndidos. com os próprios (?)...
sacros hinos foi deleitado...
...Apolo...
...

339
a ele ... nem
com machados nem a Sereia

339a
cavalo portamachado

340
cantor viajante do mar

341
rememorantes, ou seja, as Musas

342
não impotente, para entrar em tão grande combate

343 = Baquílides 25

344 = 169a

345 = a ser apagado

346

(a)

mais forte...
sábio guia...

★ ★ ★

(b)

...no momento oportuno das propriedades
...de Mnemósine (?)...

...mui deleitoso caro...
...de Eleusis, para Perséfone e para sua mãe auritrônea
e estabeleceu para os cidadãos a iniciação, para que... 5
...às gêmeas viram de belas formas (?)...
...
...deu a Héracles, o primeiro...
...o caminho atrairá
...do Anfitriônida a esposa 10
...
...logo aquele dentre os defuntos
... nutre também tudo quanto no mar...
...
...grande filho de Zeus 15
...

(c)

...
... a ele tendo enfrentado...
...Meleagro longe de...
...

(e)

...hino...
4

347
Homero
ordenador[121] da guerra Frígia

---

121   Ou 'ornamentador'.

348
(a) ... o vigor para os jovens é [algo] querido (?)...
(b) cordas

349
purpur...das couraças...insolentes
...

350
Delos maricingida

351
mar vastibramante

352
os poetas que se nutrem das Musas

353
imbatíveis alguns na sabedoria

354
abrir o jarro dos hinos

355
cargueiro que leva incontáveis [mercadorias]

356
o Sol cavalga num fogo
brilhante com cabeleira caída

357
com muitos do marinho
        e da caça nas montanhas com muito das melhores partes
tendo honrado a Caçadora ao mesmo tempo deusa e perseguidora [Ártemis]

358
do delfim o qual
não tem o direito de parar nem de cessar seus avanços

359
tem uma censura